우진 현대 판타지 장편소설
WISHBOOKS MODERN FANTASY STORY

다시 태어난 베토벤

다시 태어난 베토벤 19

우진 현대 판타지 장편소설

초판 1쇄 찍은 날 | 2020년 10월 23일
초판 1쇄 펴낸 날 | 2020년 10월 30일

지은이 | 우진
펴낸이 | 예경원

기획 | 위시북스
편집책임 | 이은송
편집 | 위시북스

펴낸곳 | 예원북스
등록번호 | 제396-2012-000132호
등록일자 | 2012. 7. 25
KFN | 제1-567호

주소 | 경기도 고양시 일산동구 호수로 646-24 위너스21II빌딩 206A호 (우)10401
전화 | 031-819-9431 팩스 | 031-817-9432
E-mail | yewonbooks@naver.com

ISBN 979-11-365-4310-3 04810
      979-11-6424-234-4 (set)

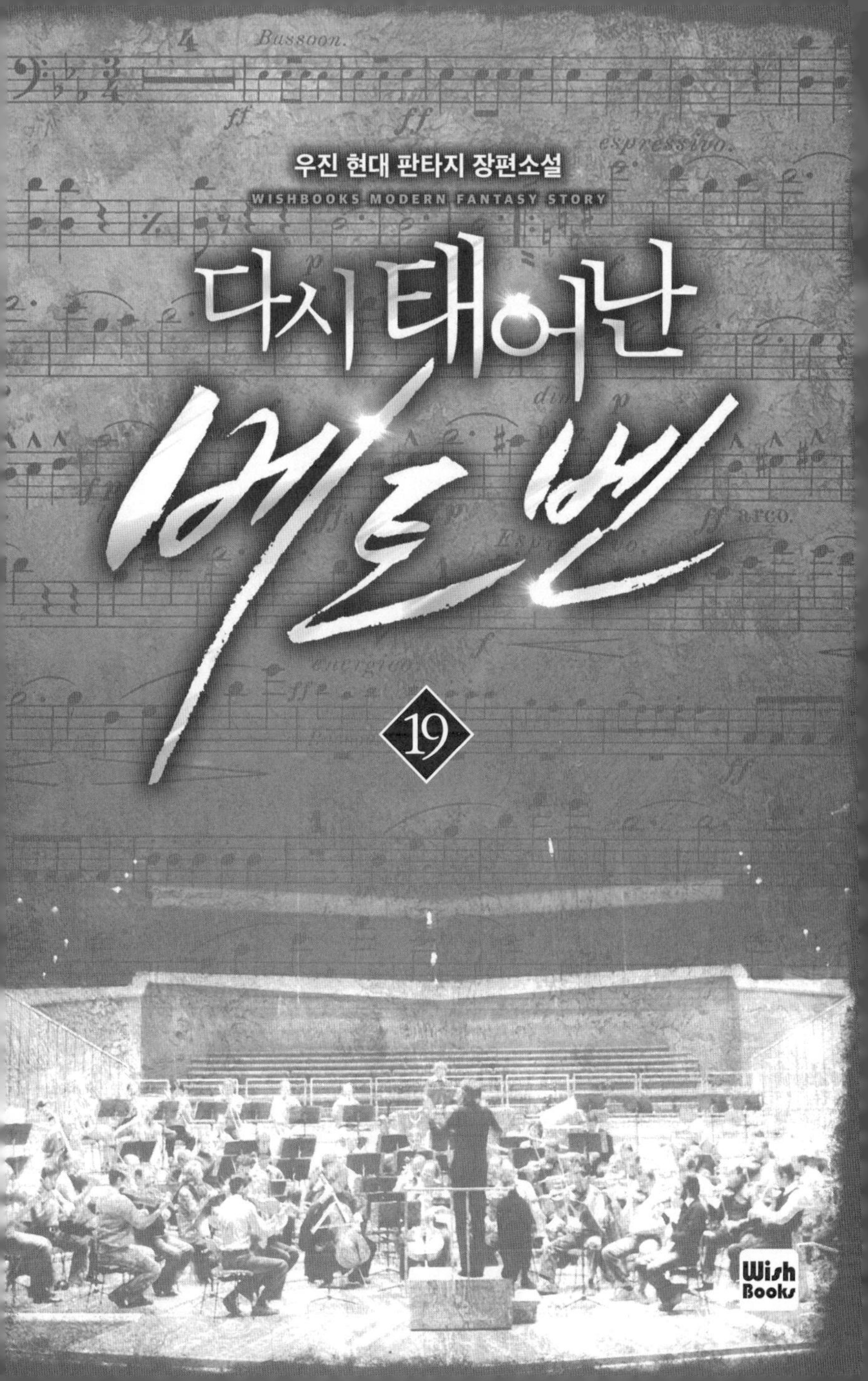
Bussoon.
우진 현대 판타지 장편소설
WISHBOOKS MODERN FANTASY STORY
다시 태어난
베토벤
19
Wish Books

CONTENTS

· 108악장 ·
악성

"좋은 아침."

"안녕하세요, 부장님."

배도빈 콩쿠르 2라운드를 하루 앞둔 날, 이자벨 멀핀이 배도빈의 집무실을 찾았다.

내일 아침 A팀 참가자들을 상대로 순서 추첨과 개인 인터뷰를 진행하려는 일을 보고하기 위함이었다.

그러나 비서 죠엘 웨인이 난감한 표정으로 악단주 집무실을 보았다.

"오늘 안 나오셨어?"

"네. 콩쿠르에 집중하신다고 하셨어요. 악단 일은 사무국에 맡기시겠다고 오늘 아침에 연락 주셨습니다. 인트라망에 공지

막 올린 참이에요."

"부지런해도 손해 본다니까."

이자벨 멀핀이 한숨을 내쉬자 죠엘이 작게 웃었다.

멀핀도 큰일이 아니었기에 그리 신경 쓰지 않았다.

도리어 배도빈이 콩쿠르에 집중한단 소식이 반가웠다.

'단단히 마음먹으신 모양이네.'

그간 악단 운영과 관련한 일로 알게 모르게 시간을 빼앗겼던 배도빈이 대외활동에 적극적으로 나서는 게 반갑지 않을 리 없었다.

베를린 필하모닉의 직원이기 전에 클래식 음악과 배도빈의 팬이었기에 이자벨 멀핀은 그가 음악에 매진할 수 있게 됨에 가슴이 뛰었다.

"평소에도 이렇게 하시면 좋을 텐데."

멀핀이 무심코 내뱉은 혼잣말에 죠엘이 공감했다.

"정말 그래요. 사실 음악만 해도 바쁘신데 악단 운영으로 고생하시는 거 보면 조금 안타깝기도 해요."

멀핀이 고개를 돌렸다.

죠엘이 웃으며 말을 이었다.

"그러니 다른 일에 신경 쓰지 않을 수 있도록 더 열심히 보좌하려고요."

"나도 우리 모두 그래야겠지."

두 사람이 다짐하듯 서로를 마주 보며 고개를 끄덕였다.

"그럼 수고해."

"네. 참, 어제 진행도 멋지셨어요. 완전 프로페셔널."

죠엘이 멀핀을 향해 주먹을 쥐고 힘을 불어넣듯 흔들었다.

멀핀도 화답하곤 민망한 듯 고개를 저었다.

♪

기술을 익혔다고 해서 그것을 온전히 다룰 수 있는 것은 아니다.

매일, 매번 반복하면서 몸에 익고 그 행동이 자연스러워져야만 완전히 익혔다고 할 수 있다.

특히나 미묘한 움직임의 차이로 달라지는 건반의 깊은 세계를 탐구하여 체득하는 이 일은 너무나 흥미로워 잠시라도 멈출 수 없다.

"정말 안 가?"

"어차피 결승에서 볼 텐데 뭐 하러."

"요즘 좀 무리하는 거 같은데."

"걱정 마. 최고로 좋으니까."

채은이와 지훈이가 A조 경합을 보러 가자고 했지만 지금은 그보다 더 중요한 일이 남아 있기에 거절했다.

상대가 누구든 가우왕은 결승에 오를 것이고 그때 그 높은 코를 눌러주기 위해선 이것을 완전히 체화시켜야 한다.

두 사람을 보내고 다시금 건반을 눌렀다.

'좋아.'

의도한 대로 소리가 나는 이 완벽한 세계에서 조금도 벗어나고 싶지 않다.

지금이라면 베를린 환상곡을 더욱 완성도를 높여 연주할 수 있을 것 같은 기분이다.

'푸르트벵글러가 지휘하게 해서 연주해 볼까.'

분명 즐거운 일이리라.

그가 펼치는 묵중하고 광활한 평야에서 자유롭게 노래하는 것을 떠올리니 괜스레 옛 생각이 난다.

그러는 한편 내 지휘에 가우왕은, 또 최지훈은 어떤 연주를 할지 궁금해 미칠 지경이다.

그 배경에서 찰스가 어떤 바람을 일으킬지, 나윤희는 또 어떤 엉뚱한 말을 꺼낼지.

소소는 아마 나무처럼 있는 듯 없는 듯하면서도 존재감을 내리겠지.

이승희 역시 특유의 무게감 있는 연주로 활력을 불어넣을 터.

그래.

이보다 행복할 순 없다.

나의 사람. 나의 악기.

그들만 있다면 내가 하고 싶은 모든 음악을 할 수 있으리라.

사색에 잠겨 건반을 두드리다 보니 또 하루가 지나 있다.

환기하고자 창을 여니 새벽의 쌀쌀한 공기가 폐부를 채운다. 상쾌하기 이를 데 없는 기분에 도취되어 숨을 내쉬니 하얀 입김이 번진다.

"아."

무심코 떠오른 악상.

악보.

다급히 그랜드 심포니의 5악장을 찾아 펼쳤다. 도저히 시작할 수 없었던 첫 주제를 적을 수 있을 것만 같은 기분이다.

시작은.

그래, 푸르트벵글러다.

그에게 어울리는 악기로 튜바보다 나은 것도 없을 터.

호른의 보조를 받은 튜바는 만인 앞에 당당히 그 고귀하고 높은 기상을 과시한다.

그의 목소리를 따라 제1바이올린과 첼로가 움직이고 제2바이올린과 비올라가 정신을 이어받는다.

10년 가까이 멈춰 있던 악보가 순식간에 채워진다.

나의 성채. 나의 방패.

나의 안식처.

노이어가 빠질 순 없지.

제국을 지켜온 기사단의 위용을 떠올리며 음표를 적어둔다.

주제가 순환되니 가장 먼저 떠오른 악기는 찰스의 파이어버드와 나윤희의 블러드 와인.

이 곡은 악장단 전체가 달려들어야 할 듯싶다.

전개를 이어나가다 클라이막스는 역시 가우왕과 최지훈이 어울리겠다 싶은데.

두 사람의 기량을 최고로 뽑아내기 위해선 아무래도 고민을 좀 더 해야겠다.

화려하게 치장한 사자와 그를 약 올리듯 나풀거리는 나비.

'이런 식으로?'

'아니. 이쪽이 더.'

어떤 곡이든 훌륭히 연주해낼 두 사람이라 자꾸만 욕심이 더해진다.

욕심과 망설임이 얽히는 가운데 신기하게도 가우왕과 최지훈을 떠올리니 또다시 펜이 움직인다.

사명감도 명예도 없이.

오직 음악을 향한 순수한 갈망으로 살아온 이들을 떠올리면 자연스레 그들의 목소리가 악보에 내려앉는 듯하다.

이 가슴에서 터질 듯이 솟아오르는 감정을 조금도 거르지 않아 끼었으니.

창문을 통해 여명이 들어왔다.

그 따스한 빛에 감정을 추스르고 보다 효과적으로 악상을 전개하기 위해 과도하게 사용한 음표를 생략하고 붙이고 또 새로이 추가하기도 한다.

조금씩 그랜드 심포니가 완성되어 간다.

이 고양감.

'세상에 없던 음악을 들려줄 테니.'

푸르트뱅글러와 했던 약속을 비로소 지킬 수 있을 것 같단 생각마저 들었을 때.

마지막 지시문을 적어 놓을 수 있었다.

그 순간 육신과 정신이 충족되어 형용할 수 없는 만족감과 피로가 물밀 듯이 들이닥쳤다.

'빨리 듣고 싶다.'

이 생생한 두 귀로.

그런 생각조차 조금씩 수마에 이끌려 잠을 청하자니 알 수 없는 소리가 먼 곳에서 들려온다.

'시끄럽다.'

으으음.

지금은 일단 한숨 자도록 하자.

♪

배도빈 콩쿠르 2라운드 첫째 날.

막심 에바로트가 첫 번째 순서로 정해지고, 그의 얼굴이 스크린을 채우자 객석이 떠나갈 듯 요동쳤다.

일찍이 크리스틴 지메르만을 사사하며 이름을 떨친 가우왕의 즉위가 늦어진 이유.

그는 가우왕 못지않은 화려함과 정열로 서정적 풍조가 주를 이루었던 피아노계를 평정, 가우왕과 함께 이분했었다.

그의 고혹적인 연주는 국가와 성별, 연령을 가리지 않고 큰 사랑을 받아 왔다.

크로아티안 랩소디, 엑소더스, 파가니니를 주제로 한 랩소디, 집시 메이드 등.

그 외에도 여러 명연주를 펼치며 장르에 구애받지 않는, 아름다운 음악만을 고집하는 모습을 보인 그는 현재 주류 라이든샤프트의 전조적 성향을 띠고 있었다.

"그런데 혁명가란 별명은 왜 붙은 거야?"

정세윤 기자가 차채은에게 물었다.

"보통은 크리스틴 지메르만과 가우왕으로 이어지는 정통파와 구분하기 위해서라고 하는데."

차채은이 고개를 돌리자 한이슬이 웃으며 설명을 덧붙였다.

"초창기 테러리스트라 불리다 보니 자연스레 그쪽으로 발전한 느낌도 있지."

"테러리스트?"

옳고 그른 것을 떠나 많은 혁명인이 테러를 수단으로 삼는 것은 사실이니 억지로 연관시킬 수도 있겠다 싶었으나.

그의 준수한 외관과는 그리 어울리지 않은 이름이기도 했다.

"그게."

"와아아아아!"

한이슬이 연 순간 막심 에바로트가 무대 위에 모습을 드러 냈고 관객들은 함성을 내질렀다.

댄디하게 자른 짧은 머리.

190㎝의 장신과 균형 있는 근육질 몸매, 선이 굵은 남성적 외모조차 정세윤 기자의 시선을 빼앗을 순 없었다.

가죽바지는 고사하고 맨몸에 조끼만 입고 복근과 문신이 훤 히 드러나는 통에 정세윤은 벌어진 입을 막을 수밖에 없었다.

"저, 저게 뭐야?"

"테러리스트로 불린 이유."

한이슬의 말에 정세윤은 곧장 납득할 수 있었다.

크로스오버라는 새로운 장르를 개척하며 고전 서양 음악과 는 다른 노선을 가고 있었기에.

또 1라운드에서는 멀쩡한 연미복을 입고 참가했기에 정세윤 으로서는 그의 진짜 모습을 처음 본 것이었다.

"원로 음악가들이 가우왕이랑 막심을 인정 안 했던 것도 조금은 이해되지?"

"……네."

정세윤과 몇몇 관객, 많은 시청자가 막심 에바로트의 충격적인 비주얼에 얼이 나가 있을 때.

대기실에 있던 가우왕은 눈을 가늘게 뜨고 심각해 있었다.

"제법인데."

또 사교 모임으로 배도빈 콩쿠르를 방문한 과거 영국의 귀족들은 눈을 가리고 혀를 차기 바빴다.

"대체 무슨 생각인지 모르겠네요."

"교양 있는 콩쿠르라 해서 찾았더니 정말 못 어울리겠습니다."

그들이 콘서트홀을 나서려 하자 최우철이 싱긋 웃으며 그들을 막았다.

"저기 찰스 왕세자께서도 계시지 않습니까. 다음 만남 때 좋은 대화거리가 될 테니 조금 더 마음을 넓게 가지시는 게 어떠실지."

최우철의 말에 그들이 어쩔 수 없이 자리에 앉았다.

ㄴ어얼ㅋㅋㅋㅋㅋ 저게 뭐얌ㅋㅋ

ㄴ내 눈 ㅠㅠ 내 누운 ㅠㅠㅠ

ㄴ아니 이게 대체 무슨 일임? 저딴 식으로 입고 나와도 돼?

ㄴ막심 콘서트 본 적 없어? 원래 저런 사람임.

ㄴ애초에 클래식계 떠났던 사람이야. 그냥 대중 음악 하는 사람이라고 생각하면 됨.

ㄴ가우왕 같은 인간이 또 있었다니.

ㄴ내 생각에 음악 하는 인간, 그중에서도 천재들은 좀 미친 부류가 많은 듯.

ㄴ듯이 아니라 실제로 많음.

ㄴ약이랑 범죄만 안 저지르면 되지. 저런 것도 다 자기표현임. 막심 표정 안 보여? 완전 진지하잖아.

한 시청자의 의견과 같이 혁명가 막심 에바로트는 그 어느 때보다도 진지했다.

1라운드에서 어린 피아니스트에게 패배한 탓이었고.

2라운드에서 숙명의 라이벌과 조우한 탓이었다.

최고의 피아니스트라는 명예를 두고 자존심에 상처를 입은 전위적 음악가는 클래식이 아닌, 본인의 음악으로 승부하고자 최선의 상태를 갖추고 나선 것이었다.

곤혹스러워하는 관객도, 차마 무대를 보지 못하는 관객도 있었지만.

그에게는 연주를 시작한 순간 그들 모두 본인의 팬으로 만들 자신이 있었다.

베를린 필하모닉의 연주자들이 그를 위해 반주를 준비했고.

그들과 시선을 교환한 막심 에바로트가 건반을 눌렀다.

첫 번째 곡은 크로아티안 랩소디.

고혹적인 멜로디가 퍼지며.

과연 그가 자신한 대로 루트비히홀과 베를린 필하모닉 디지털 콘서트홀을 찾은 모든 이의 가슴이 요동치기 시작했다.

밤이 찾아온 도시.

남자는 차갑게 내리는 비를 지켜보다 그 사이로 발을 내디뎠다.

비닐로 감싼 기타를 짊어지고 헤진 가죽 재킷 주머니에 손을 파묻는다.

주머니 안에는 오디션에서 떨어졌다는 통보지와 월세 독촉장 그리고 지폐 몇 장이 구겨져 있다.

남자는 집주인이 잠들 때까지 거리를 배회한다.

고개를 숙인 채 묵묵히 걷는다.

집주인이 잠들었을 때 방으로 들어가 짧게 머물렀다 이른 새벽에 나오길 반복한 지 벌써 몇 달째.

가슴속에서 꿈틀대던 열정은 이미 차디찬 비에 씻겨 내린 지 오래.

지독한 절망과 패배감만이 그를 지배한다.

그럼에도 포기할 수 없는 집착과도 같은 사랑에 남자는 고뇌한다.

집주인이 잠들 때가 되었다.

비에 젖은, 지친 몸을 이끌고 방으로 향한 남자는 새로 달린 열쇠 구멍과 복도에 내놓인 낡은 캐리어를 볼 수 있었다.

집주인이 남긴 쪽지가 남자의 가슴에 박혔다.

'더는 못 기다려 주니 이거 보는 대로 짐 빼게.'

캐리어 안에는 옷가지 몇 벌과 칫솔 그리고 소중하게 다뤘던 악보뿐.

남자는 한숨 한 번 내쉬지 않고 주머니에 든 지폐 중 절반을 문틈으로 밀어 넣는다.

밀린 월세에는 턱없이 부족했으나 그 나름의 성의.

건물 처마에 기대어 빗줄기가 가늘어지길 기다린 그는 새벽녘이 다가올 즈음, 다시 거리로 향한다.

아무도 봐주지 않는 세상에서 홀로 걷는 도중에도 그의 머리와 가슴에는 음악만이 자리했다.

아침이 밝아오고 각자의 삶을 시작한 사람들의 눈에 남자는 그저 부랑자일 뿐.

그 안에 비장함은 알 방도가 없다.

광장에 이른 남자는 기타를 꺼냈다.

기타 케이스를 열어 두고 굶주린 배를 애써 무시한 채, 오디션을 위해 준비했던 자작곡을 연주한다.

열정일 수 없다.

사랑이라 할 수 없다.

단지 음악을 할 수밖에 없는 남자의 연주에 한두 사람이 모여든다.

행인들은 생을 불사른 연주라는 것도 모른 채 동전 몇 개를 던져 넣거나 각자의 삶을 위해 그를 스친다.

'멋있다.'

비장한 분위기를 자아내는 섬세한 타건.

관능.

차채은은 막심 에바로트의 연주를 표현하는 데 그보다 좋은 단어를 찾을 수 없었다.

몇 분간의 짧은 연주만으로 루트비히홀을 찾은 모든 이를 사랑하게 만든 남자.

그가 왜 지난 십수 년간 최고의 피아니스트였는지 알 수 있었다.

다음 곡 또 다음 곡에서도 막심 에바로트는 관객들의 마음에 지핀 불씨를 키워나갔다.

그가 연주를 마치자 황홀한 기분 도취된 이들이 연심을 가득 담아 박수와 환호를 보냈다.

"어떡해."

막심이 등장했을 때만 해도 그 민망한 차림에 얼굴을 붉혔던 정세윤 기자의 얼굴이 달아올랐다.

"진짜 너무 멋있지 않아?"

"네."

"크로스오버가 이렇게 멋진 장르인 줄 몰랐어. 엄청 진지하고 진중한 분위기인데 화려하고 또 너무 섬세하니까."

정세윤 기자의 호들갑도 충분히 이해할 수 있었다.

분명 모순적이었다.

그러나 그 속에서 피어나는 알 수 없는 아름다움.

그것을 접한 이상 자꾸만 귓가에 아른거려 벗어날 수 없게 되는 치명적 매력이 있었다.

"정말 말도 안 되는 피아니스트야."

한이슬의 말에 정세윤과 차채은이 고개를 끄덕였다.

그들뿐만 아니라 막심 에바로트가 작정하고 펼친 공연에 모든 이가 정신을 차리지 못했고.

다음 차례인 김소망사랑 역시 마찬가지였다.

"미쳤나 봐. 정말."

소망사랑이 자신의 매니저이자 샛별 엔터테인먼트 3팀 하준일 대리의 팔을 붙잡고 흔들었다.

"너무 멋있지. 그치. 그치."

"그러게."

"사인받고 싶어."

"당장 연주해야 하면서 무슨 소리야. 나중에 알아봐 줄 테니까 진정 좀 해."

"저런 연주를 듣고 어떻게 진정해. 아, 얼굴도 다시 보니 너무 잘생긴 거 같아."

"결혼하고 딸도 있어."

"그게 뭐. 피아니스트로 좋다는 말이잖아."

"그럼 다행이고."

"아, 기분 나빠졌어. 매니저란 사람이 뭐 하는 거야."

김소망사랑이 하준일을 탓하고 숨을 가득 들이마셨다.

충분히 부담을 느꼈지만 2라운드에 이른 그녀는 일찍이 가우왕과 막심 에바로트를 상대로 이길 수 있을 거라 생각지 않았다.

하준일과 그녀의 친구들은 김소망사랑도 훌륭한 피아니스트로 생각했다.

시작도 하기 전에 패할 것을 염두에 두는 건 좋지 않다고 말했지만 그녀는 달랐다.

누가 뭐라 해도 가우왕과 막심은 최고의 피아니스트.

사실을 부정해 봐야 아무 도움도 되지 않았다.

그저 지금 할 수 있는 일에 집중하자고 마음먹었다. 그리고 가능하다면 소속사 대표 히무라 쇼우와 소유주 배도빈에게 잘 보이고 싶었다.

'성공할 거야.'

이번 콩쿠르에서 비록 결승전에 오르지 못한다 해도 강한 인상을 남겨 단독 리사이틀을 가질 수 있다면 더 바랄 게 없었다.

그 솔직한 마음이 통했을까.

김소망사랑은 비록 막심 에바로트에게 홀린 관객의 마음을 돌리진 못했으나 여러 음악가에게 괜찮은 인상을 남길 수 있었다.

"저 애도 대단하다. 기죽은 티가 전혀 없네."

한이슬의 말에 차채은이 고개를 끄덕였다.

"자기 연주를 해낸 거 같아요. 막심 뒤라서 긴장할 법도 한데."

"강단이 있는 거지. 쟤는 체크해 두고 지켜봐야겠어."

차채은도 같은 생각이었다.

만 25살의 어린 피아니스트가 거장 중의 거장 뒤에 제 실력을 온전히 펼치는 경우는 흔치 않았다.

어쩌면 심동혁, 남궁예건, 최성신, 손가을, 최지훈 외에 한국에서 또다시 유망한 피아니스트가 나올지도 모른다고 여겼다.

그러나 그러한 생각도 잠시뿐.

"꺄아아아!"

"사랑해요, 가우왕!"

다음 연주자가 등장하자 다른 생각을 할 수 있을 리 없었다.

"헐."

"맙소사."

무대 위에 모습을 보인 남자는 속이 다 비치는 망사 셔츠와 캐주얼한 재킷을 입고 있었다.

턱을 들고 관객을 업신여기는 듯한 시선을 보내며 무대를 장악해 버리고 말았다.

"가우왕 은근 몸 좋다."

"그러게요."

정세윤의 말에 한이슬이 고개를 끄덕였다. 두 사람은 은근히 노출도가 높은 가우왕의 패션을 좋아하는 듯했으나 차채은은 질색했다.

'으. 징그러. 저 아저씨 저런 짓만 좀 안 했으면 좋겠는데.'

한이슬, 정세윤과 차채은의 반응처럼 시청자들의 반응도 갈렸다.

ㄴ제목에 후방주의 표시 좀.

ㄴ세상에 하나님.

ㄴ가족끼리 보는데 민망해 죽겠다 이것들아!

ㄴ아닠ㅋㅋㅋㅋ 피아노 경연이라곸ㅋㅋㅋㅋ 막심이랑 가우왕 대체 뭐 하는 거얔ㅋㅋㅋㅋ

ㄴ막심이랑 가우왕한테 진 사람들 자괴감 쩔 듯ㅋㅋㅋ 저렇게 놀면서 하는데 못 이기면 얼마나 짜증 날까 ㅠㅠ

ㄴ쟤들 원래 리사이틀 저러고 핵ㅋㅋㅋㅋ 의외겠지만 완전 진심인 거얔ㅋㅋㅋ

ㄴ가우왕 운동 좀 하나 보네. 3대 몇 치려나.

ㄴ빼빼 말랐는데 운동은 무슨 운동. 마르면 저 정도 근육은 다 드러남.

ㄴ가우왕 키가 183인데 몸무게도 80임. 저렇게 말라 보이는 건 다 근육이라서 그런 거임.

ㄴ오늘은 무슨 연주 들려줄까?

ㄴ라이벌이 나왔으니까 가장 자신 있는 걸로 하겠지. 막심도 자기 히트곡만 연주했잖아.

ㄴ그럼 세 개의 손을 위한 소나타 나오나?

ㄴㄴㄴ 그건 결승에서 해야지. 2라운드에 막심이 있다 해도 솔직히 킴과 다닐에 질 가우왕이 아니잖아.

ㄴ나도 같은 생각. 확실히 우승하려면 가우왕 소나타는 결승에서 연주하는 게 맞음.

"어떤 곡을 연주할까요?"

미카엘 블레하츠가 사카모토 료이치에게 물었다.

"흐음. 아무래도 페트루슈카가 아닐까 싶네만."

"역시 선생님도 그렇게 생각하시는군요."

"껄껄. 저 자존심 센 남자가 얼마나 우승하고 싶겠는가. 결승에서 도빈 군을 상대로 할 비장의 카드는 남겨두고 싶겠지."

"같은 생각입니다."

시청자와 관객, 기자들뿐만 아니라 사카모토나 미카엘과 같은 음악인들도 가우왕이 세 개의 손을 위한 소나타를 아껴둘 거라 예상했다.

발표 이후 1년이 지나도록 누구도 연주해내지 못했던 최고 난도 곡은 누가 뭐라 해도 가우왕의 가장 강력한 무기였다.

그러나.

가우왕이 피아노 앞에 앉고 아홉 개의 건반을 힘차게 내려친 순간 모두 그 우렁찬 포효에 기함하고 말았다.

'세 개의 손을 위한 소나타야.'

'이걸 벌써 연주한다고?'

'그럼 결승은?'

'설마 더 대단한 연주가 남아 있다는 거야?'

피아노 앞의 가우왕은 초원의 사자와 같았다.

맹렬한 타건으로 그려낸 백수의 왕.

그 위엄 넘치는 풍모.

관객들은 어느새 눈을 감고 그가 펼쳐낸 초원의 풍경에 사로잡히고 말았다.

'어떠냐.'

세상 모든 사람이 그를 최고의 피아니스트로 여겼으나.

가우왕은 그들이 자신을 얕보고 있다고 여겼다.

세 개의 손을 위한 소나타를 연주해낸 지도 벌써 1년. 그간 발전이 없었다고 생각하는 이들을 믿을 수 없었다.

무례하게도 말이다.

세 개의 손을 위한 소나타는 여전히 많은 체력을 소모하고, 꾸준히 반복하지 않으면 실수하기 쉬운 곡이었으나 가우왕이 그에 만족할 리 없었다.

'세 개로는 부족해? 네 개라도 치겠어!'

허튼소리가 아니었다.

가우왕은 결승에서 연주하려고 준비한 곡이 있었고 오늘은 세 개의 손을 위한 소나타로 그간 라이벌로 여겨지던 막심과의 차이를 명백히 할 생각이었다.

가우왕의 연주가 절정을 향해 달려 나가고 전 세계가 다시 한번 그 기적과도 같은 연주에 매료되었을 때.

막심 에바로트는 슬며시 웃고 있었다.

'못 말리는 친구로군.'

피아니스트의 연주는 기술적 능력만으로 판단할 수 있는 것이 아니었다.

느린 템포로 적은 수의 노트로도 충분히 멋진 연주를 펼칠 수 있었다.

빠르다고 해서, 노트 배열이 복잡하다 해서 뛰어난 곡이라 할 수도, 연주라 할 수도 없었다.

그러나 분명 가우왕은 그러한 악조건을 모두, 완벽히 소화하면서도 음악성을 잃지 않았다.

도리어 세상 그 어떤 연주자보다 깊이 있는 연주를 해냈다.

막심은 적어도 오늘 연주에 있어서만큼은 자신이 졌다고 판단했다.

가우왕이 연주를 마치자.

"브라―보!"

"브라―보!"

객석이 떠나갈 것처럼 요동쳤다.

미카엘 블레하츠가 혀를 내두르며 질색하고 말았다.

"정말 언제 들어도 경이롭습니다."

"껄껄껄. 정말 대단한 피아니스트일세. 나로서는 도저히 엄두가 안 나는군."

"선생님뿐만이 아니죠. 지메르만 씨조차 가우왕 이외에는 불가능하다고 했으니까요."

"결승을 앞두고 이런 연주를 한 게 더욱 믿을 수 없네. 대체 결승에선 어떤 연주를 들려줄지."

"이 이상의 연주라. 상상하기 어렵네요."

살아 있는 전설 사카모토와 바로 전 세대의 거장 블레하츠마저도 가우왕의 연주에 놀라고 있었다.

"가우왕!"

"가우왕!"

가우왕의 이름이 벌써 10분째 연호되면서 관객들은 흥분을 가라앉히지 못했고.

마지막 순서를 기다리고 있는 다닐 베레조프스키의 부담은 더욱 심해졌다.

'제길.'

그는 가우왕이 왜 하필 자신 앞에서 '세상에서 가장 어려운 곡'을 연주했는지 이해할 수 없었다.

이런 분위기라면 어떤 곡을 연주하든 가우왕이 지른 불의 잔열에 영향을 받을 터.

'왜. 왜 하필.'

다닐은 고개를 젓고 심호흡을 하는 등 평정심을 유지하려 해도 자꾸만 치미는 억울한 생각에 진정하지 못했다.

"가우왕!"

"가우왕!"

대기실까지 전해지는 저 열렬한 환호의 방향을 자신에게로 돌릴 자신이 없었다.

그는 도피하고 있었다.

'그래. 누가 있어도 어쩔 수 없는 일이야. 다들 이해할 거야.'

다닐은 모두 자신이 얼마나 운이 없는지, 불쌍한지 알아줄 거라 생각했다.

그러는 한편.

최지훈은 그 어느 때보다도 진지하게 무대를 지켜보고 있었다.

가우왕은 두 팔을 벌리고 고개를 든 채 관객들의 환호성을 만끽하고 있었다.

'더 날카로워졌어.'

너무나 복잡한 탓에 그 가우왕조차 다소 거칠었던 연주가 1년이 지난 지금, 너무나도 깔끔해져 있었다.

'지금도 계속 발전하는 거야.'

최지훈은 자신이 가우왕의 자극제 역할을 했다고는 생각지 못했다.

그저 어렸을 적부터 자신의 우상이었던 가우왕이 멈추지 않고 계속해서 걸어 나가고 있음에 기쁠 뿐이었다.

'정말 대단해.'

겨우 따라잡았다고 생각해도 한 걸음 더 나아가 있는 가우왕과 배도빈을 곁에 둔 남자는 다시금 의지를 태웠다.

'……하지만 저 정도라면.'

이상했다.

그렇게 멀게만 느껴졌던 사람인데, 분명 지금도 대단하다고 생각하는데 못 잡을 것 같진 않았다.

'나도 할 수 있어.'

그는 당장에라도 피아노 앞에 앉고 싶었다.

다음 참가자를 끌어내서라도 그러고 싶어, 안달 난 가슴을 애써 달래야만 했다.

♩

　그런 최지훈의 마음과 반대로.
　다닐 베레조프스키는 평소 그의 기량을 감안했을 때 다소 아쉬움이 남는 연주를 선보였다.
　아버지의 재능을 그대로 물려받았다는 세간의 평이 무색했다.
　"이로써 배도빈 콩쿠르 2라운드 A조 공연이 모두 마무리되었습니다. 멋진 연주를 들려주신 네 분께 감사드리며, 실시간 투표 결과 집계가 이뤄지는 사이, 해설위원 두 분의 말씀을 듣도록 하겠습니다."
　이자벨 멀핀이 해설위원석을 바라보았다.
　크리스틴 지메르만이 슬쩍 입을 열었다.
　"정말 멋진 시간이었습니다. 앞으로 오늘만 같다면 더 바랄 게 없겠어요."
　그녀는 첫 번째 연주를 맡았던 막심 에바로트에게 남겼던 메모를 보며 말을 이었다.
　"에바로트는 과장하는 것만이 전부가 아님을 잘 보여주었습니다. 정제된 타건은 청자의 가슴에 분명히 닿았죠. 무척 매력적이었습니다."

"확실히 그 이름에 부족함이 없었다."

푸르트벵글러 역시 지메르만의 의견에 동조했다.

"오늘은 전과 달리 피아노 소리가 더 잘 들리도록 편곡했는데, 이쪽이 좀 더 좋군. 전체적인 음량이 부족할 수 있는 문제를 탁월히 해결했어."

푸르트벵글러가 다음 연주자에게로 시선을 옮겼다.

"소망사랑."

푸르트벵글러가 말끝을 늘이자 소망사랑이 주먹을 쥐고 눈을 꼭 감았다.

"단단함이 좋다. 장식음 욕심을 부리는 것도 자신의 기량을 잘 가늠하여 과하지 않았다. 그러나 때론 과감해야 할 때도 있다는 걸 알아야 할 것이야."

푸르트벵글러가 고개를 돌렸다.

지메르만이 미소로 화답하며 평을 이어나갔다.

"한국에는 정말 재능 있는 연주자가 많은 것 같네요. 부담을 느낄 자리인데도 자기 실력을 유감없이 보여주는 기개가 좋았습니다. 사소한 아쉬움이 몇 있지만 분명 좋은 연주였어요."

두 거장의 평에 김소망사랑은 더없이 기뻐했다.

다른 누구도 아닌, 이 시대 최고의 지휘자와 피아니스트에게서 장래성을 인정받으니 그 어떤 말보다 용기를 얻을 수 있었다.

"다음은."

지메르만이 빙그레 웃었다.

자랑스러운 첫 번째 제자를 평할 차례였다.

"더욱 정진해 주길 바라여 그간 칭찬을 아꼈지만 오늘 연주를 들으니 더 이상 그럴 필요가 없다고 느꼈습니다. 1년 전과는 또 다른 모습을 보여주었네요."

"괴물 같은 곡을 연주하면서 특유의 타건이 다소 아쉬웠는데, 그 점마저 보강했지. 완벽하다."

두 거장의 극찬에 카메라가 가우왕의 얼굴을 잡았다.

그는 당연한 일이라는 듯 거만하게 앉아 있었다.

"다음은 다닐 베레조프스키."

푸르트벵글러가 참가자석에 앉아 있는 다닐을 노려보았다.

"실망이 크다."

그의 말에 다닐은 눈을 감고 혀를 깨물었다. 오늘 자신의 연주가 얼마나 꼴사나웠는지 자각하고 있던 탓이었으며, 동시에 또다시 아버지와 비교당할 것을 직감한 탓이었다.

아버지 밀스 베레조프스키는 푸르트벵글러와 동시대의 전설적인 피아니스트로 한때는 글렌 골드, 크리스틴 지메르만, 사카모토 료이치와 함께 어깨를 나란히 한 인물이었다.

그 탓에 다닐은 자신의 피나는 노력조차 아버지의 재능을 물려받은 것으로 취급당했고.

조금이라도 부족함을 보이면 물려받은 재능을 낭비하고 있다는 평을 받아야 했다.

오늘도 다르지 않으리라 생각했다.

'더 잘할 수 있는데.'

부담감 때문에 본 실력을 펼치지 못했다는 생각마저 함께 드니 다닐은 분하고 또 분했다.

"작년 빈 필하모닉과의 협연 때보다도 못하지 않았나. 대체 1년 사이에 무슨 일이 있었지?"

다닐 베레조프스키가 고개를 들었다.

푸르트뱅글러는 여전히 강인한 눈빛으로 그를 추궁하고 있었다.

"예?"

"어찌 작년보다 못하냐고 물었다."

"그때 연주를…… 기억하십니까?"

다닐이 되묻자 푸르트뱅글러가 진노했다.

"내가 치매라도 걸린 줄 아느냐! 그 날렵했던 타건은 어디 가고 머저리가 여기 와 있냔 말이다!"

다닐은 어안이 벙벙했다.

살아 있는 전설의 지휘자 푸르트뱅글러가 자신의 예전 연주를 기억하고 있다니.

더욱이 오늘의 연주와 비교하며 왜 제 실력을 내지 않았냐고 추궁하니, 자신을 알아주는 것만 같았다.

"왜 대답이 없어!"

"에바로트 씨와 왕 씨의 연주가 너무 대단해서…… 부담을 느꼈습니다."

"간이 그렇게 작아서야 어떻게 연주자로 활동할 셈이냐. 에바로트와 가우왕은 신경 쓰면서 콘서트홀을 찾은 관객들은 안 보였더냐."

머리를 얻어맞은 듯했다.

두 피아니스트의 기세에 눌려 관객을 생각지 못하고 말았다.

"……."

"쯧. 못난 놈."

차갑고 엄하기 그지없는 말이었으나 다닐 베레조프스키에게는 너무나 따뜻했다.

밀스 베레조프스키의 아들이 아닌.

피아니스트 다닐 베레조프스키로서 받은 첫 평이었기 때문.

"감사합니다."

그는 눈물을 훔치며 답했다.

해설위원들이 평을 마치고 이자벨 멀핀이 마이크를 쥐었다.

"두 분 해설위원의 말씀 잘 들었습니다. 두 분의 이야기는 추후 베를린 필하모닉 홈페이지에서 전문을 확인하실 수 있습니다."

이자벨 멀핀은 관객들이 더는 못 기다릴 것 같은 느낌을 받았다.

"그럼 오래 기다리셨습니다. 오늘 투표는 총 710만 1109분께서 참여해 주셨습니다. 결승전에 오를 피아니스트는 과연 누구일지. 투표 결과 공개해 주시기 바랍니다."

멀핀의 말과 동시에 전면 스크린에 각 피아니스트의 이름과 사진 그리고 그들이 받은 표 수와 비율이 명시되었고.

그 충격적인 결과에 루트비히홀과 디지털 콘서트홀 채팅창이 요동쳤다.

배도빈 국제 피아노 콩쿠르
2라운드 A조 경합 결과

1st 가우왕(79.1%, 5,616,977표)

2nd 막심 에바로트(19.8%, 1,406,020표)

3rd 김소망사랑(0.7%, 49,707표)

4th 다닐 베레조프스키(0.4%, 28,405표)

[황제, 마침내 평정하다!]

[가우왕, 큰 격차로 라이벌을 앞서다!]

[배도빈, 막심 에바로트를 제친 가우왕. 일인자로서의 입지를 확고히!]

[더욱 완벽해진 세 개의 손을 위한 소나타]

[가우왕, "당연한 결과."]

[막심 에바로트, "그는 끝없이 발전한다. 나 역시 안주하지 않을 것."]

[오늘도 모습을 보이지 않은 배도빈]

[리파스토, "배도빈이라면 분명 칼을 갈고 있을 것이다. 현재로서는
어떤 추측도 이르다."]

└진짜 가우왕 미쳤닼ㅋㅋㅋㅋ

└막심 상대로 79.1퍼센틐ㅋㅋㅋ

└이 정도면 진짜 정복이지.

└황제 타이틀 인정한다 진짜. 도라이급이네.

└당연한 결과랰ㅋㅋㅋ 심지어 맞는 말이라 뭐라고도 못 함ㅋㅋㅋ

└이게 가우왕이지. 평소엔 등신 같아도 실력으로는 아무도 못 깜.

└가우왕 인터뷰 진짜 멋있음.

└어디서 봄?

└[링크] 여기서.

Q. 배도빈 콩쿠르 결승에 진출했다. 소감이 어떤지.

A. 당연한 결과.

Q. 라이벌 막심 에바로트와 큰 격차를 보였다. 16년 만의 재
대결 결과에 만족하는지.

A. 의미를 두지 않는다. 사실이 확인되었을 뿐.

Q. 어떤 뜻인가.

A. 이미 오래 전부터 나는 독보적인 위치에 올라 있었다. 그 누구도 내 위치에 함께하고 있지 않다.

Q. 대단한 자신감이다. B조의 배도빈, 최지훈도 마찬가지인가?

A. 그렇다.

Q. 좀 더 하고 싶은 말이 있는 것 같다.

A. 1라운드에서 배도빈은 변치 않은 기량을 보였다. 그가 지휘봉을 잡지 않았더라면 하는 아쉬움은 어쩔 수 없다. 분명 나도 그도 서로를 의식해 더 높은 곳에 있었을지도 모른다.

Q. 최지훈에 대해서는? 우승 후보 중 유일하게 맞상대 해보지 않았다.

A. 지금까지 보여준 기량으로는 막심과 큰 차이 없어 보인다. 분명 장래가 기대되지만 현재로서는 그 정도 수준일 뿐.

Q. 배도빈 콩쿠르는 피아니스트 가우왕에게 어떤 의미를 가지는가.

A. 최고의 작곡가에게 나를 증명하는 일.

Q. 최고의 작곡가라 하면 역시 배도빈인가.

A. 그렇다. 그보다 피아노를 잘 이해하는 사람은 없다. 또 나보다 피아노를 잘 다루는 사람도 없다. 배도빈 콩쿠르는 그것을 증명하는 과정일 뿐이다.

ㄴ이거 웃긴 게 가우왕이 '그'라고 하는 거 실제로는 죄다 꼬맹이라
함ㅋㅋㅋㅋㅋ
　ㄴ최지훈은 순딩이라 하곡ㅋㅋㅋ 막심은 심지어 그놈임ㅋㅋㅋㅋㅋ
　ㄴ기자가 필사적으로 순화했음ㅋㅋ

　한편 가우왕의 인터뷰를 확인한 최지훈은 눈을 가늘게 뜨
고 기사를 반복해 읽었다.

　배도빈과 막심 그리고 본인을 인정하는 듯하면서도 한참 아
래로 여기니 자극받지 않을 수 없었다.

　'도빈이 곡을 가장 잘 연주하는 사람은 나야.'

　최지훈도 배도빈이 가우왕의 인터뷰를 확인하면 자신과 다
르지 않을 거라 생각했다.

　'그러고 보니 괜찮으려나.'

　배도빈이 며칠째 두문불출하고 연습에 매진하고 있었고 또
다시 무리하고 있는 듯해 걱정되었다.

　그러면서도 그가 거듭 발전했음을 두 귀와 눈으로 확인하였
으니 내일이 기다려지기도 했다.

　'같은 콩쿠르에 나선 게 얼마 만이지.'

　어릴 적으로 돌아간 듯해.

　또 과거처럼 일방적으로 바라만 보는 상황은 나올 것 같지

않다고 확신하는 탓에.

최지훈은 형제와 함께할 내일 콩쿠르가 무척이나 기대되었다.

대교향곡을 쓰다 보니 시간 가는 줄 모르고 날을 새버리고 말았다.

새벽녘에 들어 쪽잠을 잤음에도 피로가 풀리지 않아 집무실 소파에 누워 잠을 청했는데 얼마나 지났을까.

노크 소리와 함께 죠엘의 목소리가 어렴풋이 들렸다.

"들어와요."

눈을 감고 있는 채로 답했다.

죠엘이 들어오더니 놀란 기색으로 묻는다.

"여기서 주무셨어요?"

"아침에 왔어요."

몸을 일으키니 몸 이곳저곳이 비명을 지른다. 스트레칭을 해도 뻐근함이 가시질 않는다.

요 며칠 무리한 모양.

젊은 몸이 며칠 밤을 새웠다고 이러니 푸르트뱅글러에게 건강을 챙기라고 할 명분이 없다.

"많이 피곤해 보이세요."

"콩쿠르 전까지 시간 있으니 괜찮아요. 무슨 일이에요?"

"오케스트라 대전 일정이 나와 안내해 드리려고요."

"아."

그러고 보니 예선 준비를 해야 할 터.

어떤 식으로 진행될지 확인하고자 바로 앉으니 죠엘이 문서를 책상 위에 두었다.

"지금은 쉬시는 게 좋을 것 같습니다. 급한 일은 아니니 다음 기회에 설명해 드릴게요."

"그래요."

"콩쿠르 시작 전에 깨워드릴 테니 좀 더 주무세요. 커튼 칠까요?"

"그래주세요."

죠엘이 커튼을 치고 담요를 가져다주었다.

덕분에 조금은 편히 누웠다.

세심한 일 처리에 더해 이런 쪽으로도 신경 써주니 확실히 카밀라와 멀핀이 사람을 잘 뽑았다.

"산타는 어떻게 지내요?"

"건강하게 잘 지내요. 최근에는 상태도 많이 호전되어서 대화도 가끔 나누고요."

눈을 뜨고 일어났다.

"잘됐네요."

"정말로요."

죠엘이 행복하게 웃었다. 그러면서도 나를 다시 눕힌다.

많이 피곤해 보이긴 한 듯. 누워 있는 게 더 편하기도 하여 얌전히 등을 파묻었다.

"몰랐는데 타마키 씨가 많이 그리운 모양이에요. 타마키 씨 소나타를 계속 듣고 있어요."

둘이 각별했으니 그럴 만하다.

"그럼 푹 주무세요."

죠엘이 방을 나섰고 고요하고 어두운 방 안에서 한 번 더 잠을 청했다.

"보스. 보스."

"으음."

죠엘의 목소리에 깼다.

바로 방금 잠든 것 같은데 시계를 확인하니 네 시간이나 흘러 있어 내심 놀랐다.

"아무래도 몸 상태가 많이 안 좋으신 것 같아요. 의료진에 연락할까요?"

"아뇨. 콩쿠르 끝내고 푹 쉬면 괜찮을 거예요. 순서 추첨까지 얼마 안 남았으니까."

"그래도 혹시."

죠엘이 무슨 말을 할지 알고 있기에 고개를 저었다.

"수천 명이 찾아왔고 수백만 명이 기다리고 있어요. 잠깐 피곤할 뿐이니 걱정 마요."

"……알겠습니다."

"씻고 바로 갈게요."

안쪽 샤워실로 향해 졸음을 몰아낼 겸 샤워를 하고 머리를 말렸다.

대기실로 향하니 꽤 상태가 괜찮아져 오늘 연주할 곡을 흥얼거리며 신문을 살폈다.

예상대로 가우왕이 1위로 진출한 모양.

인터뷰 내용이 있기에 이번엔 또 어떤 헛소리를 했을지 확인하는데, 아주 재밌는 말을 했다.

아무래도 날 한 수 아래로 여기는 듯하다.

오늘 연주로 하늘 높은 줄 모르고 솟은 콧대를 한 번쯤 눌러줘야겠지.

"보스, 추첨 시작하겠습니다."

"네."

이 내가 어떤 사람인지 다시 한번 각인시킬 시간이다.

건반 위의 구도자

콘서트홀로 들어서기 전 최지훈이 서 있기에 다가갔다.

녀석이 기척을 느끼고 돌아서고는 금방 얼굴을 구겼다.

"괜찮아?"

"보자마자 무슨 소리야."

"너 지금……."

"최고야. 가우왕 코를 납작하게 해주기에 오늘보다 좋은 날도 없지."

"농담하지 말고."

"농담 안 하는 거 알잖아."

녀석이 두 손으로 내 얼굴을 붙잡고 이리저리 돌리며 살폈다.

뿌리칠 힘이 없어 가만있었다.

"봐. 평소라면 무슨 짓이냐고 했을 텐데."

"시끄러워."

슬쩍 고개를 돌리니 사카모토의 제자가 시선을 피했다.

"왜 이렇게 무리했어. 응?"

최지훈은 툭타미세바나 주변은 신경도 쓰지 않고 나를 자리에 앉혔다.

"그럴 일이 있었어."

"무슨 일인데."

손짓을 하니 녀석이 귀를 가까이 했다.

"완성했어."

자세를 바로 한 최지훈은 무슨 뜻인지 이해 못 하는 듯하다가 눈을 크게 떴다.

"정말?"

아무래도 이해한 모양.

고개를 끄덕이니 숨을 크게 들이마시며 흥분한 기색을 보인다.

"그럼 오늘 경합을 펼칠 피아니스트들을 모시도록 하겠습니다."

때마침 밖에서 멀핀의 목소리가 날아들었다.

무대로 향하려는 최지훈의 팔을 잡았다.

최선을 다하라고.

죽을힘을 다해 네 기량을 보이라고.

그래서 당당히 베를린 필하모닉의 피아니스트임을 뽐내라고

하고 싶었지만 녀석의 표정을 보니 그러지 않아도 될 것 같다.

지금까지 봤던 얼굴 중에 가장 태평해 보인다.

큰 무대에 오르기 전 부담감에 손을 떨거나 불안에 차 기도를 하던 어릴 적 모습과는 전혀 다르다.

"제법인데."

조언 대신 자랑스러운 마음을 담아 말하자 녀석이 빙그레 웃는다.

"베를린 필하모닉의 퍼스트 피아니스트니까."

"좋아."

자신감을 보이니 더 바랄 게 없다.

"아무한테도 안 져. 가우왕 씨에게도 네게도."

"어쭈."

"그러니까 걱정 말고 쉬어도 돼."

"웃기지 마."

녀석과 농담을 나누며 계단을 올랐다.

추첨 결과도 마음에 든다.

피곤한 탓에 먼저 하면 좋겠다 싶었는데 첫 번째 순서로 나서게 되었고 최지훈이 마지막.

녀석이 어떤 연주를 할지 편하게 감상할 수 있을 거라 생각하며 무대 앞으로 향하자 관객들이 여느 때와 같이 열렬히 환호해 주었다.

"마에스트로!"

"배도빈! 배도빈!"

"마왕님! 여기 좀 봐주세요!"

슬쩍 시선을 옮기니 푸르트벵글러와 지메르만이 기대 어린 시선을 보내고 있다.

가우왕도 예나와 함께 찾아와 팔짱을 끼고 있다.

어제 세 개의 손을 위한 소나타를 연주하며 막심을 큰 차이로 이겼다고 들었는데, 그 행복을 하루 만에 짓밟는다 생각하니 그가 조금 가여워진다.

또한 어머니 아버지와 도진이가 각자 일로 오지 못한 것과 윤희, 소소 등 일부 단원이 오늘 연주회 준비로 빠진 것도 애석한 일.

'오늘 연주를 놓치다니 불쌍하기도 하지.'

피아노 앞에 앉아 숨을 깊게 들이마셨다.

오늘 연주할 곡은 베를린 환상곡을 피아노 독주로 편곡한 것.

관객들이 내는 작은 소리마저 사라지고 공기가 차분히 가라앉길 기다리다.

건반에 손을 얹었다.

하강하는 아르페지오.

긴 시간을 넘어 다시 눈을 떴다.

혹독한 추위는 곧 녹아내리고 멀리 타국에서 고향을 그리워한다.

고향의 음악.

이름 모를 음악가가 남긴 곡을 들으며 향수병을 달래고 조금씩 타지에 정을 붙일 즈음.

참을 수 없는 갈증으로 다시 음악을 시작했다.

운명일까.

한 첼리스트에 의해 당도한 베를린의 악단은 내 이상과 같았다.

과감하고 엄격하면서도 풍부한 감수성의 지휘자와 각자 위치에서 활약하는 연주자.

무대를 두르고 있는 객석.

소리가 풍부히 울리는 콘서트홀.

그들과 함께했던 반년은 그곳이 내가 있어야 할 자리라는 걸 깨닫기에 충분한 시간이었다.

노래하자.

이 벅찬 마음을 가둘 길이 없다.

소리 높여 노래해 베를린 곳곳에 이 기쁨을 전하자.

내일은 또 어떤 음악을 함께할지 생각하면 피로는 어느새 모두 잊히고 가슴은 끓어오른다.

베를린이여, 나의 성채여.

내가 왔음을 알려라.

내가 돌아왔음을 크게 알려라.

건반 위를 노니는 손이 가볍기 그지없다.

'좋아.'

만족스럽다.

이만하면 베를린에 대한 내 마음이 모두 전달되었으리라.

가우왕도 깜짝 놀라고 있을 터.

그런 생각을 하며 1악장을 마무리하는데.

조금씩 시야가 좁아진다.

'설마.'

최근 무리한 탓인지 빈혈이 나듯 어지러움과 함께 어둠이 찾아왔다.

하필 지금.

1악장은 어떻게든 마쳤지만 순간 어지러움 때문에 손을 건반에서 떼고 말았다.

재개해야 하는데.

건반이 어디 있는지 알 수 없다.

'빌어먹을.'

주변은 고요하다.

착하고 순한 이들이 기침이라도 할 수 있는 짧은 간격마저 숨죽이고 연주를 기다린다.

내 상태를 알게 되면 직원들이 기를 쓰고 말릴 것이 뻔한 일.

이곳을 찾은 3,500명의 관객과 디지털 콘서트홀에 접속한 수백만 명의 시청자를 두고.

완벽하게 진행된 이 연주의 완성을 앞두고 그럴 순 없다.

어떤 음이라도 하나만.

그것만 확인할 수 있다면 앞이 보이지 않아도 연주할 수 있다.

수천, 수만 번을 반복한 만큼 시력 따위 장애가 될 수 없다.

그러나.

아니.

하지만.

제길.

시간을 너무 끈 탓인지 객석 쪽에서 동요하는 듯하다.

첫 음표는 F#.

요행을 바라며 건반을 누른 순간 D음이 울렸다.

아무도 이상함을 알지 못하게.

그대로 연주를 이어나간다.

원곡과는 전혀 다르게 시작해 버렸으나 이 정도 일은 해프닝일 뿐.

즉흥 연주는 가장 자신 있는 분야다.

쓸모없어진 눈을 감고.

오직 몸에 각인된 감각에 의지해 건반을 탐한다.

이 연주를 듣고 있을 수백만 백성에게 너희의 왕이 건재함을 알리기 위해 더욱 과감해진다.

더. 더.

더욱 크게 알리리라.

♪

가우왕은 배도빈의 연주를 듣는 순간 그가 한 단계 더 나아갔음을 알 수 있었다.

여전히 과격하나 음표 하나 하나가 단단히 응집되어 있었다. 필요에 따라 디테일이 더해졌다.

'어느 틈에.'

스승 지메르만과 본인 그리고 최지훈만의 영역에 또 한 사람이 들어선 것.

그것 없이도 완벽하다 생각했던 피아니스트가 자신에게 없던 무기까지 갖추니 예사로울 수 없었다.

'그간 방에 틀어박혀 뭘 하나 했더니.'

자신을 완벽하다고 생각하는 사람을 무례하다고 여겼던 가우왕은 자신 또한 배도빈에게 무례했음을 인정해야 했다.

완벽하다니.

고작 며칠 사이에 또 한 번 발전하지 않았는가.

모든 음악가가 완벽하기 위해 노력하나, 적어도 가우왕과 배도빈은 완벽이란 단어로 가능성을 배제당하길 거부했다.

완벽해지는 순간.

완벽한 곡을 만든 순간 그 뒤에 음악을 할 이유가 없어지기 때문.

그렇기에 두 사람은 모순적이게도 가장 완벽에 가까우면서도 자신의 한계, 끝을 인정하지 않았다.

'내가 십 년을 노력해서 얻은 걸 겨우 3일 만에 이뤘단 말이지.'

가우왕은 한쪽 입술을 들어 올리며 또 동시에 감탄하며 연주에 집중했다.

'믿을 수 없군.'

한편 사카모토 료이치 역시 또 한 번 진일보한 배도빈의 연주를 믿을 수 없었다.

'대체 어디까지 나아갈 셈인가, 도빈 군.'

크게 달라진 점은 없었지만 더욱 견고해진 타건은 배도빈의 가장 큰 장점이었던 선명한 심상을 강화했다.

마치 화질이 개선된 듯한 기분마저 들 정도로 그가 가진 깊은 음악성을 보다 직관적으로 느낄 수 있었다.

그것이 얼마나 어려운 일인지 누구보다도 잘 아는 사카모토였기에.

배도빈이 어떤 경지에 이르렀는지, 그 상태에서 또다시 한 걸음 내디디는 게 어떤 의미를 지니는지 너무도 잘 아는 사카모토였기에 감탄하지 않을 수 없었다.

'정말 대단하네요.'

해설을 맡은 크리스틴 지메르만조차 청력에 모든 신경을 집중했다.

지금껏 갖추지 못했던 것을 선보이는 연주에 그녀는 더 이상 배도빈에게서 부족함을 발견할 수 없었다.

그야말로 괄목.

'어쩌면 왕이만큼.'

그녀는 자신을 넘어선 제자를 떠올릴 수밖에 없었다.

피아니스트가 이를 수 있는 가장 먼 곳에 홀로 이르렀다는 생각이 틀렸을지도 모른다는 예감이었고.

그것은 이어지는 연주로 명백해지고 말았다.

배도빈의 연주는 조금씩 힘을 더해갔다.

베를린의 전경을 훑듯 섬세했던 심상이 조금씩 확장되었다.

광활한 대지와 눈부신 태양이 선명했다. 그야말로 베를린의 아름다움을 표현하고자, 배도빈은 88개의 건반을 폭넓게 활용했다.

그러면서도 끝을 모르고 빨라졌다.

단 한 번의 미스 터치도 없이 가장 완벽한 순간에 울리는 소리.

최지훈이 빙그레 웃었다.

정말 많은 사람이 뛰어난 기량을 보였지만 최지훈은 배도빈보다 빠르고 정확하게 연주하는 사람을 알지 못했다.

'영화야.'

바이올린 같은 현악기와 달리 피아노는 연속적일 수 없었다.

한 번 건반을 누르면 소리는 한정적이고 다른 음으로 이어 질 수 없었다.

여러 장의 그림을 빠르게 넘기면 마치 움직이는 것처럼 보이 는 착시와 같았다.

여러 음을 연속적으로 연주하여 이어지는 것처럼 들릴 뿐 이었다.

배도빈은 그것을 너무나 잘 활용했다.

너무나 선명한 그림을 빠르고 느리게 들려주며 확고한 주제 를 전달하는 연주.

그것이 배도빈이 추구하는 이상적인 음악이었다.

최지훈은 언제나 자신의 목표였던 배도빈의 연주에 다시금 감탄하며 눈을 감았다.

너무나 완벽한 연주 때문에.

최지훈도 그 누구도 그 뒤에 무슨 일이 벌어질지 예상치 못했다.

1악장이 끝나고.

평소보다 조금 더 시간을 끈 뒤에 시작된 연주는 베를린 환 상곡이 아니었다.

'뭐야?'

차채은은 배도빈의 연주에 당황했다. 너무나 자연스러웠으 나 연주되는 곡은 더 이상 베를린 환상곡이 아니었다.

건반이 격렬히 몸부림쳤다.

지금까지 듣지 못한 음악이었다.

서정적인 1악장과 달리 배도빈 본연의 모습으로 돌아간 즉흥 연주에 차채은은 연유를 알 수 없는 불길함을 느꼈다.

ㄴ캬 이게 배도빈이짘ㅋㅋㅋ

ㄴ베를린 환상곡이 아닌데?

ㄴ눈 감고 있잖아?

ㄴ심취해서 즉흥으로 연주하는 듯.

배도빈의 연주에 빠진 시청자들의 채팅도 곧 잦아들었다.

너무나 완벽한 연주였기에 베를린 환상곡이 달라졌음에도 이내 배도빈이 펼치는 즉석 연주에 빠져들고 말았다.

'못 말리는 녀석이라니까.'

푸르트벵글러도 가우왕도 최지훈마저도 배도빈의 행동을 의아히 여겼지만 이내 그 환상적 즉흥곡에 빠지고 말았다.

30분.

길고 긴 연주 끝에.

"브라-보!"

"브라-보!"

연주를 마친 마왕을 향해 만백성이 일어나 경의를 표했다.

"빌어먹을 꼬맹이."

우승을 확신하던 가우왕은 결승전에서 배도빈과 세 번째, 진정한 승부를 가릴 것을 기대하며 박수를 보냈고.

'역시 도빈이야.'

최지훈 또한 20분이 넘는 시간을 즉흥 연주로 채운, 그리고도 완벽한 모습을 보인 형제를 위해 손뼉을 쳤다.

우레와 같은 환호와 박수 소리가 루트비히홀을 가득 채우길 10분.

배도빈은 건반에서 손을 떼고 천천히 일어났다.

"꺄아아아아!"

"마에스트로!"

"배도빈! 배도빈! 배도빈!"

그를 향한 연호가 더욱 커졌고.

콰당.

"……."

그가 의자에 걸려 넘어지자 거짓말처럼 고요해졌다.

ㄴ뭐야?

ㄴ지쳤나?

ㄴ아무리 지쳐도 눈앞에 있는 의자에 걸려 넘어지나?

ㄴ그러게. 엄청나긴 했어도…….

모두 당황하고 있었다.

조금 전만 하더라도 위용을 과시했던 그들의 왕이 넘어졌음에. 또 손을 뻗어 앞을 가늠하고 있는 모습에 놀라지 않을 수 없었다.

배도빈이 손을 휘저은 끝에 의자를 부여잡고 일어난 순간.

"보스!"

두 사람이 그에게 달려들었다.

이자벨 멀핀이 진행자석을 박찼고 죠엘 웨인은 무대 뒤에서 다급히 올라섰다.

그 갑작스러운 사태에 객석과 채팅방이 심히 동요했다.

"도빈아!"

그의 상태를 몰랐던 푸르트벵글러와 사카모토, 베를린 필 하모닉 단원들이 무대로 모여들었다.

"뭐야! 왜 이래! 어?"

푸르트벵글러가 배도빈을 끌어안고 소리쳤다.

"도빈아! 이 녀석아!"

가우왕과 최지훈은 아무 행동도 하지 못하고 굳은 채 그 상황을 지켜보고 있었다.

"도빈 군! 도빈 군!"

푸르트벵글러와 사카모토에게 안긴 배도빈이 그들을 밀어내며 나지막이 말했다.

"진정 좀 해요."

"진정하게 생겼어!"

배도빈을 소중히 끌어안고 있던 푸르트벵글러가 호통을 쳤다.

"뭣들 하고 있어! 구급차 부르지 않고!"

"밖에 대기하고 있습니다. 혹시 몰라서…….'"

죠엘 웨인의 말에 푸르트벵글러와 주변 사람들이 눈매를 좁혔다. 이미 예상된 일이었다는 말에 귀를 의심하지 않을 수 없었다.

"……우선 병원부터 가세."

당황한 단원들을 제치고 사카모토가 배도빈을 일으켰다.

"잠깐만요."

배도빈이 마이크를 달라고 작게 말하자 이자벨 멀핀이 그에게 마이크를 건넸다.

   ㄴ대체 무슨 일이야;;;

   ㄴ도빈이 왜 저래 ㅠㅠㅠ

   ㄴ아니 이게 무슨

   ㄴ쇼 아냐? 갑자기 눈이 안 보이는 게 말이 됨?

   ㄴ일단 병원부터 가 제발ㅠㅠ

   ㄴ뭐 말하려는 거 같은데?

배도빈 콩쿠르를 시청하던 수백만 시청자는 웅성거리는 소리를 향해 선 배도빈을 보며 혼란스러워했다.

배도빈은 최대한 정면을 향하려 했으나 웅성이는 소리들이 제각각이라 그 방향이 상당히 치우쳐 있었고.

멀핀이 방향을 다시 잡아주자 그 광경을 지켜보던 사람들로서는 충격일 수밖에 없었다.

차채은이 파르르 떨리는 두 손으로 입을 가린 채 현실을 부정했다.

'왜? 대체 왜?'

끝없이 의문을 던질 뿐, 충격으로 인해 반응할 수 없었다.

그러나 정작 배도빈의 목소리는 차분했다.

"별일 아닙니다."

무덤덤히.

평소 그대로의 말투였다.

"오늘 참가한 피아니스트 중 한 명이 완벽한 연주를 했고 다음 순서가 남았을 뿐입니다."

"도빈아!"

그의 동료들은 믿을 수 없었다.

자세한 상황을 알지 못했으나 시력을 잃은 사람이 느긋하게 관객을 상대로 할 말이 아니었다.

관객도 마찬가지였다.

그들의 희망에게 크나큰 시련이 닥쳤는데 그의 말대로 별일 아니게 취급할 순 없었다.

"그러나 아쉽게 신경 쓰지 않을 수 없겠죠. 저는 이 콩쿠르에서 물러나겠습니다."

배도빈이 고개를 숙였다.

동정이든 단순한 관심이든.

어떤 식으로든 투표에 영향이 갈 수밖에 없는 상황이었다.

더 이상 공정할 수 없는 이 상황을 지속하는 건 그의 자존심이 허락지 않는 일이었다.

"기대에 부응하지 못해 죄송합니다."

그가 자세를 바로할 때까지 정적이 흘렀다.

배도빈이 마이크를 내리고 말했다.

"지훈아."

그때까지 충격으로 굳어 있던 최지훈이 겨우 정신을 차렸다.

그는 반사적으로 무대 위로 올라섰고 배도빈에게 다가갔다. 떨리는 손으로 형제를 붙잡자 배도빈 역시 최지훈을 끌어잡으며 당부했다.

"따라오지 마. 너가 누군지, 어떤 음악을 하는지 들려줘. 듣고 있을 테니."

단호한 어투.

한국말이라 이해하는 사람은 많지 않았지만 그가 그의 형제에게 어떤 말을 했다는 것은 충분히 인지되었다.

"너……."

"멀펀. 안내해 줘요."

"네."

"도빈아!"

배도빈은 최지훈의 말을 듣지 않았다. 그저 비서의 부축을 받아 밖으로 향할 뿐이었다.

'도빈아.'

최지훈이 뒤늦게 그를 쫓았고 그의 발소리를 확인한 배도빈이 소리쳤다.

"오지 말라 했잖아!"

그를 부축하고 있던 이들은 배도빈의 말을 이해하지 못했고 최지훈이 나서고 나서야 그에게 한 말이었음을 알 수 있었다.

"무슨 말이야! 네가 이런데 어떻게 가만있어! 왜 이래? 어? 갑자기 왜 눈이!"

"정신 차려!"

배도빈의 외침에 최지훈이 걸음을 멈췄다.

"별일 아니야. 쉬면 나아."

"갑자기 앞이 안 보이는데 어떻게 걱정을 안 해!"

"안 해도 돼."

최지훈은 이 순간마저도 황당한 말을 내뱉는 배도빈을 가만 둘 수 없었다.

그러나 그가 남긴 말 때문에 더는 움직일 수 없었다.

"네 말대로 누구에게도 지지 마. 그런 뒤에 천천히 얘기해."

"배도빈!"

"관객부터 생각해."

배도빈이 다시 걷기 시작했고 최지훈은 더 이상 그에게 다가갈 수 없었다.

어금니를 꽉 깨물고 필사적으로 자신을 억눌렀다.

그가 돌아선 순간.

객석에 있던 가우왕이 콘서트홀을 벗어나 복도로 나왔고 최지훈과 스쳐 지나갔다.

"배도빈!"

가우왕이 달려들자 배도빈이 고개를 저었다.

"소리치지 마요. 고막 떨어지겠네."

"지금 농담할 때야? 어? 대체 뭐가 문젠데!"

"시끄럽다고!"

가우왕과 단원들이 배도빈이 부축해 구급차로 인도했고, 각자의 차량으로 그를 쫓았다.

남겨진 최지훈은 눈을 감고 손목과 손가락을 스트레칭하며 놀란 가슴을 진정시켰다.

'안 되겠어.'

그러나 괜찮을 리 없었다.

아무리 침착하려 해도 너무나 걱정되어, 자꾸 나쁜 생각이 들어 가만있을 수 없었다.

배도빈을 쫓으려 일어선 순간 차가운 목소리가 그의 목덜미를 잡았다.

"어디 가."

엘리자베타는 평생의 벽이었던 남자와 승부를 가리기 위해 오늘만을 기다렸다.

최지훈도 그녀도 더 이상 콩쿠르에 출전하지 않을 시기였고 설사 그러고 싶다 해도 이제는 출전 자격 연령에 제한되었다.

정말 마지막인데.

오늘을 놓칠 순 없었다.

"도빈이가 아픈 거 같아요. 병원에 가야 해서 중요한 일 아니면 나중에 얘기해요."

엘리자베타가 복도를 빠져나가려는 최지훈을 막아섰다.

최지훈은 당황하여 그녀를 보았다가 옆으로 피했지만 엘리자베타는 거듭 그를 막아섰다.

"급해요. 무슨 일인지 모르겠지만 다음에 해요."

최지훈이 그녀를 뿌리치고 몇 걸음 내디뎠다. 점차 빨라지던 그를 엘리자베타가 다시 불러세웠다.

"오늘 아니면 우리 승부 못 내."

"……네?"

엘리자베타는 마른침을 삼키고 최지훈을 뚫어지게 보았다.

평생을 앞서 있던 남자.

마지막이라 생각했던 콩쿠르에서 멋대로 떠난 그를 넘어서 겠단 일념으로 칼을 갈았다.

그런데 정작 그는 아무 생각 없어 보였다.

자신은 조금도 신경 쓰지 않는 것 같아, 그녀의 자존심은 무참히 짓밟히고 말았다.

그녀가 눈물을 참아내는 건.

분한 모습을 보이지 않는 것만이 아주 작은 자존심을 지킬 유일한 방법이기 때문이었다.

"……아무것도 아냐."

엘리자베타가 돌아섰다.

눈물을 삼키고 대기실로 돌아가려는 순간, 놀라서 뛰쳐나온 차채은이 최지훈을 불렀다.

"오빠!"

"채은아."

"무슨 일이야? 도빈 오빠 왜 그러는데?"

"모르겠어."

엘리자베타는 뒤돌아 두 사람을 바라보았다.

배도빈과의 관계에서도.

차채은과의 관계에서도 비집고 들어갈 틈이 조금도 보이지 않았다.

심지어 라이벌로도 의식되지 않는 듯했기에 참았던 눈물이 쏟아지고 말았다.

그녀가 서둘러 대기실로 향하자 차채은이 그제야 그녀를 확인하곤 물었다.

"툭타미세바 아니야?"

"맞아."

꺼림직한 느낌에 거듭 물었다.

"둘이 무슨 일 있었어?"

"아니. 뭔가 하고 싶은 말이 있던 거 같긴 한데……. 아, 샤리테로 간대."

최지훈이 핸드폰을 열어 멀핀이 보낸 메시지를 확인했다. 조금도 망설이지 않고 발을 옮기려 했으나 차채은이 그를 막아섰다.

"오빠 차례 남았잖아."

"잠깐이면 괜찮아."

차채은이 고개를 저었다.

"도빈 오빠 그 지경에서도 오빠 신경 써서 남으라 했잖아. 모르겠어?"

"……."

"겨우 완성했잖아. 재작년에 손 망가지면서까지 완성하려 했던 거잖아. 오빠도, 오빠 팬들도 기다리고 있는 거 아니까 꼭 연주하라 한 거잖아."

차채은이 최지훈의 손을 잡았다.

"자기 때문에 공연 망치면 도빈 오빠 성격에 어떻겠어. 미안
해서라도 오빠 안 볼지도 몰라."

"하지만."

"괜찮을 거야. 도빈 오빠 그렇게 약하지 않아."

신뢰를 담은 단호한 말에 최지훈이 차채은의 손을 꼭 쥐며
부탁했다.

"도빈이 잘 부탁해. 끝나자마자 갈게."

"응."

차채은이 고개를 굳게 끄덕였다.

죠엘 웨인으로부터 소식을 전해 들은 유진희 배영준 부부
는 지난 비행기 추락 사건의 악몽을 떠올릴 수밖에 없었다.

부부가 다급히 병실을 찾았다.

"도빈아!"

숨이 목 끝까지 차오른 탓에 목소리가 제대로 나오지 않았
으나 병실에 있던 모두 그 절박함을 느낄 수 있었다.

배도빈이 누운 채 고개를 돌렸다.

"어머니. 아버지."

유진희가 아들에게 달려들어 얼굴을 쓰다듬었다. 눈에 붕대를 감고 있는 아들의 모습은 그녀를 무너뜨리기에 충분했다.

"아아. 아아아아."

"괜찮아요. 좀 쉬면 돼요."

배영준이 배도빈의 비서 죠엘 웨인에게 물었다.

"어떻게 된 일이에요? 도빈이가 왜."

"그게……."

배도빈은 망설이는 그녀에게 대신 설명해 줄 것을 청했다.

죠엘 웨인은 배도빈이 비행기 추락 사고 이후 후유증을 앓게 되었고 몸이 피로해지면 빈혈이 나는 것처럼 시력에 문제가 생기게 되었음을 전했다.

그 뒤 배도빈의 전속의 중 한 명이 병실을 찾아 그의 상태가 원인을 찾을 수 없고, 다행히 반복 관찰한 결과 몸이 활력을 찾으면 자연스레 시력도 회복됨을 설명했다.

"다만 언제 회복될지는 좀 더 지켜봐야 합니다. 우선 안정하며 내일까지는 상황을 지켜보도록 하죠. 걱정되시더라도 편히 있을 수 있게 해주세요."

의사가 병실을 나서자 단원들이 콧물과 눈물을 함께 쏟고 있던 프란츠를 데리고 나섰다.

"몸이 이 지경인데 대체 무슨 짓을 한 거야!"

그러나 가우왕은 얌전히 밖으로 나서지 않았다.

"나중에 말해요. 피곤해요."

"……빌어먹을."

가우왕이 어쩔 수 없이 밖으로 나섰고 사카모토 료이치가 배도빈의 손을 포개어 쥐곤 말했다.

"벌써 이러면 어쩌나. 부디 몸조리 잘하게나."

"그럴게요."

배도빈과 사카모토는 다시는 서로를 잃고 싶지 않았으나, 반드시 그 시간이 오리라는 것을 알고 있었기에 애틋할 수밖에 없었다.

"내일 또 오겠네."

"네."

사카모토가 일어서서 배영준 유진희 부부도 위로했다.

"씩씩하니 분명 괜찮아질 겁니다."

부부가 고개를 숙여 인사했고 병실에는 마침내 가족만이 남았다.

유진희는 아들의 손을 쥐고 머리를 쓸어넘겼다.

"울지 마세요."

"얘는. 엄마가 울긴 왜 우니?"

눈물이 방울 져 떨어지는 소리, 코를 훌쩍이는 소리와 같은 작은 소리로도 알 수 있었다.

어머니가 얼마나 슬퍼하는지.

"걱정하실 것 같아서 말 안 했어요. 의사도 관리만 잘하면 괜찮을 거라 했고."

"이 녀석아, 지금 이게 관리를 잘한 거야?"

배영준이 처음으로 아들을 탓했다.

세상에서 가장 사랑하는 아들이, 너무나 자랑스러운 아들이 이렇게 몸을 함부로 다루는데 가슴이 타들어 가고 못 박히는 것만 같았다.

"건강해야 음악도 계속할 거 아니냐. 아무리 좋은 곡을 쓰고 멋진 연주를 하면 뭐 하니. 응?"

아버지의 걱정 가득한 말에 배도빈은 고개를 끄덕이는 수밖에 없었다.

"그럴게요."

부모가 얼마나 슬퍼하고 속상해하는지 익히 알고 있었기에 다른 말은 굳이 꺼내지 않았다.

"좀 잘게요."

"그래. 엄마랑 아빠 근처에 있을 테니 무슨 일 있으면 바로 연락하고."

유진희가 호출 버튼을 꼭 쥐어주었다.

"아, 나가시기 전에 방송 좀 틀어주세요. 콩쿠르."

배영준은 그런 거 신경 쓰지 말고 푹 자라고 하고 싶었으나 아들이 음악을 얼마나 사랑하는지, 이번 콩쿠르를 얼마나 중히 여기는지 알았기에 속상한 마음을 숨기고 방송을 틀어주었다.

♪

배도빈은 천천히 몸을 눕힌 채 TV로 전해지는 이자벨 멀핀의 목소리에 귀를 기울였다.

"오래 기다리셨습니다. 배도빈 악단주께서 남기신 말을 전달해 드리고 경연을 이어나가겠습니다."

이자벨 멀핀은 침을 삼켰다.

"악단주의 전언입니다. 오늘 일로 놀라신 분 그리고 참가자께 사과드립니다. 저에 관한 이야기는 조만간 다른 장소를 빌려 전달해 드리도록 하겠습니다. 다만 오늘의 소동으로 다음 차례의 참가자에게 영향이 가는 일이 우려됩니다. 오늘을 위해 필사적으로 노력한 피아니스트의 연주를 충분히 즐겨주셨으면 합니다."

이자벨 멀핀이 말을 멈추었다.

ㄴ그 지경에 뭘 신경 쓰는 거야;;
ㄴ진짜 앞 안 보이는 거야?
ㄴㅁㅊ 진짠가 보네.

└아니 다른 참가자 신경 써주는 게 대견하긴 한데…….

└너무 어려서부터 높은 자리에 가니 애가 의젓해도 너무해졌네.

└어떻게 신경을 안 쓰냐고오 ㅠㅠ

└진짜 WH그룹에서 제왕학 교육이라도 받았나. 뭐 이리 침착해;;

└그러게 너무 침착한데. 전부터 증상이 있었나?

└도빈이 살려내라 ㅠㅠ

배도빈의 바람과 달리 채팅창과 콘서트홀 모두 진정할 수 없었다.

이 시대 최고의 음악가이자 그들의 희망에게 닥친 크나큰 시련에 동요하지 않는 사람은 없었다.

멀핀 또한 그들의 마음을 충분히 이해했기에 조금 더 시간을 두고 행사를 진행했다.

"그럼 다음 순서인 나나리 수완포티프라 씨를 모시도록 하겠습니다. 큰 박수 부탁드립니다."

태국 출신의 유망한 피아니스트 나나리 수완포티프라가 무대 위에 올랐다.

어수선한 분위기 속에서 그녀는 최선을 다했고 덕분에 콘서트홀 분위기는 다소 진정되는 듯했다.

그러나 여전히 많은 사람의 머릿속에서 배도빈이 피아노 의자에 걸려 넘어지는 장면이 반복되었고.

특하나 최지훈의 경우에는 더욱 그러했다.

형제에게 닥친 시련을 믿을 수 없었다. 조금씩 그것이 사실이라는 걸 인식하였으나 걱정마저 덜 수는 없었다.

'설마 앞으로 계속……'

최지훈이 고개를 세차게 저었다.

'아니야. 괜찮을 거야. 분명 괜찮을 거야.'

배도빈은 별일 아니라고 했다.

단 한 번도 거짓을 말한 적 없으니 분명 이번에도 꼭 그럴 거라 믿었다.

논리 따위 필요 없었다.

그렇게 믿지 않으면 당장에라도 무너질 것만 같았기에 애써 긍정적인 단어를 반복해 떠올렸다.

그렇게 조금 진정하자 배도빈의 연주가 떠올랐다.

'……2악장 시작이 달라졌을 때부터구나.'

1악장 이후 2악장이 시작되기까지 간격이 평소보다 길었음을 떠올릴 수 있었다.

'즉흥이었던 거야. 그런 연주를. 20분씩이나.'

최지훈은 고개를 저었다.

대체 어떻게 해야 그런 일이 가능한지 알 수 없었다.

단순 즉흥 연주는 프로 피아니스트라면 어렵지 않게 가능하지만 그렇게 완벽한 구조를 이룬 곡을 20분간 최고 수준으로 유지할 순 없었다.

오래 전부터 준비한 연주라 해야 겨우 납득할 연주를 하물며 앞이 보이지 않는 상태에서 펼치다니.

최지훈은 본인은 물론 스승 지메르만도 가우왕도 할 수 없는 일이라 판단했다.

기적과도 같은 음감.

견고한 이미지.

민첩한 판단력.

피아노를 완벽하게 이해하고 있지 않고서는 불가능했다.

생각이 거기까지 이르자 최지훈은 배도빈이 어떤 마음으로 오늘의 경합에 임했는지 비로소 알 수 있었다.

말뿐만이 아니었다.

정말 단 한 번의 연주를 위해서 모든 것을 쏟아내지 않고서는 그런 연주가 가능할 리 없었다.

이 얼마나 미련한가.

그러나 음악가 최지훈은 도저히 그를 탓할 수 없었다.

그렇게 될 줄 알면서도 끝내 그럴 수밖에 없었던 그 순수함. 고귀함.

객석을 지키고 있던 아리엘 얀스 역시 최지훈과 같은 생각이었다.

'과연.'

아리엘 얀스는 작곡가의 입장에서 조금 전 배도빈의 즉흥곡에 경악했고 경의를 표했다.

무엇보다 한 인간으로서 자신의 신념을 관철하는 태도에 숙연해질 수밖에 없었다.

베토벤 기념 콩쿠르에서 그는 단 한 번의 무대의 소중함을 전달했다.

말은 쉽지만 실제로 그렇게 할 수 있는 사람이, 항상 간절할 수 있는 사람이 얼마나 있을까.

아리엘은 진심으로 배도빈이 무사하길 바랐다.

"아, 미치겠네."

아리엘이 옆에서 어쩔 줄 모르는 진달래의 손을 잡았다.

"괜찮을 거야."

"……응."

"반드시. 괜찮을 거야."

"아주머니, 아저씨."

병원을 찾은 차채은이 배영준, 유진희 부부를 발견하곤 다가갔다.

실의에 잠겨 슬퍼하던 두 사람은 울먹이는 차채은을 발견하

곧 그녀의 눈물을 닦아주었다.

"오빠는요?"

"푹 쉬어야 한대."

유진희의 목이 많이 잠겨 있었다.

차채은은 도대체 왜 배도빈에게 그런 일이 생겼는지, 치료는
할 수 있는지, 언제부터 그랬는지 묻고 싶은 게 너무나 많았다.

그러나 너무나 슬퍼하는 유진희에게 차마 그럴 수 없었다.

배영준이 입을 열었다.

"잠깐 얼굴 보는 건 괜찮을 거야."

아들과 차채은이 얼마나 가까운 사이인지 알기에 그는 배도빈
의 병실을 알려주었다.

차채은이 조심스레 문을 두드리자 배도빈이 대답했다.

"네."

조심스레 문을 열자 눈에 붕대를 감고 누워 있는 배도빈이
차채은의 시야에 들어왔다.

믿기지 않았다.

항상 당당하고 단호하면서도 뒤에서는 상냥했던 배도빈이
당장에라도 부러질 것처럼 보였기에 애써 참았던 눈물이 다시
금 뚝뚝 떨어졌다.

"오빠."

눈물 섞인 부름에 배도빈이 숨을 내쉬곤 입을 열었다.

"마침 잘 됐다. 곧 툭타미셰바 차례야. 볼륨 좀 높여줘."

"오빠아."

차채은이 배도빈에게 다가가 그를 꽉 안았다. 배도빈은 그녀의 머리를 쓸어내렸다.

"괜찮아."

"끄흡으읍."

"괜찮아."

"흐으으으으읍."

언제나 큰 나무처럼 그늘이 되어주었던 사람.

그가 앞을 볼 수 없음에 차채은은 이불에 얼굴을 파묻고 일어날 줄 몰랐다.

"안 죽어. 볼륨 좀 키워봐."

차채은이 벌떡 고개를 들었다.

"왜 그렇게 태평한데! 진짜 안 보이는 거야? 나을 순 있어? 나한테는 강한 척 안 해도 되잖아!"

"괜찮다니까."

배도빈이 손을 들어 차채은의 얼굴을 더듬었다. 조심스레 눈물을 닦으며 담담한 어투로 달랬다.

"후유증이야."

"……그때?"

"어. 피곤해지면 가끔 이래. 푹 쉬면 또 괜찮아지고."

"정말?"

배도빈이 고개를 끄덕였다.

전혀 괜찮지 않았다.

그러나 영영 앞을 못 보게 되는 건 아니라는 말에 그나마 다행이라 여기며 눈물을 닦아냈다.

배도빈의 부탁대로 볼륨을 키우자 배도빈이 중얼거렸다.

"방금 연주한 사람도 제법이더라."

"수완포티프라?"

"응. 정직해. 꾸미려고 노력하지 않고 곡이 가진 매력에 집중하는 게 듣기 편하더라."

"……쉬어야 한다며. 지훈 오빠 연주 들을 거면 깨워줄게."

"아니. 툭타미셰바 연주도 들어야 해."

다소 주목받지 못하나 배도빈은 그녀가 상당히 성장했다고 여겼고 또 과소평가 받고 있다고 생각했다.

"지훈이한테 가려서 그렇지 1라운드 때 보니 많이 발전해 있었어. 어지간히 이기고 싶었나 봐."

"분명 잘하지만."

"앞으로 몇 년 뒤엔 더 성장해 있겠지. 그런 부류야."

나이를 먹을수록, 수준이 오를수록 성장의 폭이 주는 게 일반적이었다.

그러나 몇몇 사람은 그러한 현상과 전혀 다른 모습을 보이기도 했다.

배도빈 스스로가 그러했고 최지훈, 가우왕이 그러했다.

끝을 모르는 욕심, 갈망.

완벽해지기 위해 안주하지 못하는 이들이 끝까지 가는 법이었고 배도빈은 엘리자베타 툭타미셰바에게서 그러한 느낌을 받았다.

실력의 고하를 떠나 그런 사람의 음악은 언제나 새로운 영감을 전달해 주었다.

-세 번째 순서입니다. 엘리자베타 툭타미셰바 씨를 무대 위로 모시겠습니다.

TV를 통해 이자벨 멀핀의 목소리가 전달되었다.

배도빈은 그녀를 맞이하는 소리에 사람의 목소리가 없음을 의아히 여겼다.

"반응이 이상한데."

"오빠가 그러고 떠났는데 누가 신나서 소리를 쳐."

"……."

"지훈 오빠도 걱정 많이 하고 있어."

"연주에 영향은 안 갈 거야."

배도빈은 최지훈이 제 실력을 온전히 펼치리라 굳게 믿었다.

그러기 위한 무대였다.

이내 박수 소리가 잦아들고 엘리자베타 툭타미셰바가 연주를 시작했다.

그녀가 선택한 곡은 모리스 라벨이 편곡한 라 발스(La Valse).

왈츠란 뜻의 불어로 붙여진 제목과 어울리지 않는 장대함과 드라마틱한 전개의 난곡이었다.

숱한 피아니스트가 도전하지만 완벽하게 연주해내지는 못하는 아찔한 곡.

그것을 과감히 선택했다는 점에서 엘리자베타의 마음가짐을 알 수 있었다.

'보여줄 거야.'

엘리자베타 툭타미셰바는 그 어느 때보다도 집중했다.

사고였다.

배도빈의 일은 그녀 역시 안타깝게 여겼고 세상 모든 사람이 그를 걱정하는 것도 이해할 수 있었다.

아니, 그들의 귀에 자신의 연주가 들리지 않아도 좋았다.

단지 최지훈이 알아주면 되었다.

당신 뒤에 줄곧 서 있었다고.

지금까지 그래왔고 앞으로는 달라질 거라고 경고하고 싶었다.

태평하게 조금도 관심을 가지지 않는, 위기의식이라고는 전혀 없는 그에게 증명하고 싶었다.

낮은 음계를 통해.

사교회장에 처음 발을 내디딘 소녀의 불안감이 표현되었다.

데뷔탕트.

가슴이 터질 듯이 뛴다.

아름다운 샹들리에.

눈부신 드레스를 차려입은 아름다운 숙녀와 멋진 신사들.

세상에서 가장 아름다운 사람과 물건만 모아둔 것만 같은 분위기에 소녀는 압도된다.

불안과 선망의 공존.

흰 드레스를 괜히 한 번 살피고 당황한 기색을 보이지 않으려 애써 태연한 척한다.

고풍스럽고 아름다운 실내악이 잔뜩 긴장한 소녀의 귀를 간지럽힌다.

누군가 말을 걸어주진 않을까, 어떻게 대답해야 좋을까 하는 걱정으로 가슴이 뛴다.

그런 도중 누군가 손을 내민다.

약속된 춤.

오늘을 위해 노력한 실력을 한껏 내뿜을 때가 되었다.

교사가 가르쳐 준 대로 여린 손을 얹고 사뿐히 사교회장 가운데로 향한다.

음악이 다시금 울리고.

발을 옮긴다.

오늘만큼은 세상에서 가장 아름다운 춤을 춰야 할 때.

긴장한 탓에 시야에 비치는 것을 제대로 눈에 담지 못하고 오직 파트너의 발을 밟지 않는 데 신경을 집중한다.

'괜찮아.'

춤을 추며 조금씩 긴장이 풀리고.

파트너의 표정과 주변 사물이 눈에 들어오면서 조금씩 더 과감해진다.

가장 아름다운 형태로.

거짓 미소로 굳은 얼굴이 조금씩 펴지며 신사숙녀들이 그녀에게 관심을 갖기 시작한다.

엘리자베타의 연주에 사람들의 마음이 녹아내리듯.

자신의 진면목을 보이기 시작한 그녀처럼 만개하는 라 발스.

연주가 끝난 순간.

관객들은 자리에서 일어나 그들이 받은 감동을 그대로 돌려주었다.

"와……."

차채은은 입을 살짝 벌린 채 감탄할 뿐이었다.

엘리자베타의 연주는 꽤 많이 들었지만 오늘 같은 느낌은 처음이었다.

'세 개의 손을 위한 소나타'를 연주해내기 위해 1년간 두문

불출했던 탓에 최근 기량이 어느 정도인지 감을 잡기 어려운 탓도 있었지만 그것을 감안하더라도 괄목상대.

러시아의 재녀가 마침내 그 재능을 만개한 듯했다.

"사카모토가 보는 눈이 있어."

배도빈이 숨을 짧게 내쉬며 만족스럽게 말했다.

"대단하잖아."

차채은이 공조했다.

"인터뷰 때 자기는 우승할 자격이 있다고 하길래 그냥 하는 말인가 싶었는데. 진짜 어디서도 우승할 만해."

배도빈도 같은 생각이었다.

엘리자베타 툭타미셰바는 착실히 성장하고 있었고 단지 배도빈과 최지훈의 눈에 들어오지 못했을 뿐이었다.

사카모토 료이치, 글렌 골드, 그레고리 소콜라브, 크리스틴 지메르만, 밀스 베레조프스키와 같은 전설들이 기라성처럼 포진해 있었고.

미카엘 블레하츠, 막심 에바로트, 가우왕과 같은 천재 중의 천재들을 상대로 음악을 했던 배도빈과 최지훈으로서는 엘리자베타의 성장에 신경 쓸 이유도 겨를도 없었다.

그러나 그녀는 오늘의 연주로 자신이 그들과 같은 무대에 설 자격이 있음을 명백히 했고.

그것은 최지훈에게 큰 자극이 되었다.

'멋져.'

그는 크게 놀랐다.

배도빈을 제외하고 또래는커녕 10살 위로도 상대가 없었던 최지훈은 항상 위만 바라보았다.

지메르만과 가우왕, 배도빈만 보며 달리다 보니 어느 순간 주변에 아무도 없음을 깨닫게 되었다.

아주 어렸을 때 경쟁했던 이들은 아득히 멀어져 보이지 않았고 최지훈도 크게 신경 쓰지 않았다.

자신이 있어야 할 곳은 위대한 음악가들이 노래하는 이곳이었고 과정은 과정일 뿐.

주변에 사람이 없어도 크게 신경 쓰지 않았다.

그런데 오늘.

자신 뒤에, 아주 가까운 곳에 누군가 있었음을 깨닫고 만 것이다.

'정말 많이 노력했구나.'

실은.

그는 배도빈 콩쿠르 참가자 중 엘리자베타 툭타미셰바의 실력을 가장 잘 알고 있었다.

그렇기에 그녀가 펼친 라 발스를 듣고 놀랄 수밖에 없었다.

크리크 국제 피아노 콩쿠르에서는 자신보다 먼저 국제 콩쿠르 무대에서 활동하던 사람이었고.

제16회 쇼팽 콩쿠르에서는 강력한 경쟁자였으며.

차이코프스키 콩쿠르에서는 이미 한참 전에 극복한 엘리자베타가 수년 뒤, 세계적 피아니스트의 면모를 보임에.

최지훈은 이 무대가 자신과 가우왕만의 무대가 아님을 분명히 인지할 수 있었다.

잠시 후.

그의 대기실로 스태프가 찾아왔다.

"미스터 최, 시간 되었습니다."

"네. 감사합니다."

최지훈은 숨을 깊게 들이마시고 내쉰 뒤 대기실을 나섰다. 짐을 챙기기 위해 돌아온 엘리자베타 툭타미셰바를 마주했다.

최지훈을 항상 노려보던 엘리자베타는 애써 그와 눈을 마주치려 하지 않았다.

돌아봐 주길 바랐지만 그에게 자신이 아무 의미 없는 사람이란 걸 깨달은 탓.

그 순간부터 그를 향한 경쟁의식이, 그녀 자신조차 인지하지 못한 연심이 모두 그를 부담스럽게 할 뿐이란 것을 알았고.

더는 그에게 다가서지 않으려 했다.

최지훈은 지금까지와는 다른 느낌으로 차가워진 엘리자베타와 지나치다가 망설이던 말을 꺼냈다.

"툭타미셰바 씨."

이제 상관하지 않으려 했지만.

그에게 이름을 불린 순간 엘리자베타의 가슴은 터질 듯이 뛰었다.

"……뭐야."

두 사람이 돌아서서 서로를 바라보았다.

"지지 않을 거예요."

최지훈이 평소와 같이 빙그레 웃었다.

자신을 향한 그 미소와 경쟁자로 인지하는 듯한 말에 꼭꼭 잠갔던 마음이 허무히 풀어지고 말았다.

"그러든지."

엘리자베타는 급히 고개를 돌렸고.

최지훈은 평소와 같이 쌀쌀맞은 그녀를 보다가 이내 발을 돌렸다.

'모두 필사적으로 매달린 무대야.'

단발성의 이벤트 콩쿠르였으나.

모든 참가자가 최선을 다했고 최지훈 본인 역시 그러했다.

망설일 이유는 조금도 없었다.

"쇼팽 콩쿠르와 차이코프스키 콩쿠르에서 우승한 피아니스트죠. 모시겠습니다. 지훈 최."

이자벨 멀핀의 소개와 함께 관객들이 박수를 보냈다.

최지훈이 무대에 오르자 그 소리에 활기가 더해졌다.

바른 자세로 허리 숙여 인사한 그는 허리를 곧게 펴고 그를 위해 준비된 나비 앞에 앉았다.

"하아."

그의 심호흡 소리마저 들을 수 있을 정도로 루트비히홀은 적막했다.

'할 수 있어요.'

학생을 지켜보는 스승의 눈은 신뢰로 가득했다.

이 어수선한 환경에서도 흔들리지 않는 강렬한 빛을 보여주리라 믿어 의심치 않았다.

밤하늘 그 어떤 별보다 찬란히 빛나는 그의 진정성이 이제 이곳에 있는, 땅에 사는 모든 이에게 닿을 때였다.

건반이 노래한다.

배도빈 교향곡 1번, 가장 큰 희망(Die meiste Hoffnung).

배도빈의 첫 번째 교향곡을 최지훈이 직접 편곡한, 오늘을 위해 준비한 거대한 칼이었다.

'허어.'

연주가 시작된 순간.

사카모토 료이치는 17년 전, 배도빈이 보여주었던 악보를 떠올릴 수 있었다.

네 현악기의 대위적 배치와 세 박자의 스케르초. 마지막에서는 새로운 주제를 제시하면서도 1악장을 환기시키는 론도 형식.

마치 빈 고전파의 명장이 만든 듯, 고전적 구조의 교향곡은 사카모토가 보았던 어떤 현대곡보다도 완전했다.

그 장대하고 견고한 성을 피아노로 연주할 생각을 하다니.

사카모토 료이치는 그것이 가능할지 의심하면서 점차 최지훈의 연주에 빠져들었다.

건반이 요동쳤다.

흉악한 무리가 날뛴다.

평화롭던 터전은 모두 불타고 사랑하는 가족이 죽어가고 얼어붙은 손발은 썩어들어간다.

절망.

원수를 향한 분노는 차디찬 바람에 의해 조금씩 무뎌진다.

'어둠의 군주께서 명하셨다.'

'예언의 아이를 찾아라!'

'방해하는 자는 모조리 죽여라.'

관객들은 조금씩 알 수 없는 불안을 느낀다.

완벽히 조율된 타건 속에서 피어나는 심상에 동화되어, 불타는 마을 한복판에 떨어진 듯하다.

그러는 한편.

그의 연주를 의심하는 사람도 있었다.

'과욕이다.'

막심 에바로트는 최지훈이 욕심을 앞세워 무리한다고 판단했다.

'가장 큰 희망'은 오케스트라가 연주해야만 그 웅장함과 비장함을 표현할 수 있는 곡.

단 한 대의 피아노로 표현하기에는 부족하기 짝이 없었다.

최선은 주 멜로디에 힘을 주며 반주를 최대한 깔아내는 정도지만 그마저도 가장 큰 희망의 장점을 끌어낼 순 없었다.

최고의 피아니스트만의 생각은 아니었다.

'무모해.'

배도빈과 비견되는 천재 아리엘 얀스 역시 같은 생각이었다.

'가장 큰 희망은 스케일과 구조의 음악. 어설프게 연주했다간.'

적당히 타협을 보며 연주하면 곡이 가진 장점을 조금도 표현할 수 없었다.

그렇다고 무리하자니 백여 개의 악기가 내는 완벽한 앙상블을 표현할 길이 없었다.

피아니스트는 아니었으나 아리엘 얀스는 그것이 가능한 피아니스트가 있다고는 생각지 않았다.

살아 있는 전설도 마찬가지.

1악장이 진행됨에 따라 푸르트벵글러는 앞으로 펼쳐질 광활한 대서사시를 최지훈이 어떻게 표현해낼지 우려했다.

'대체 어쩌려는 거지.'

그는 최지훈이 여러 문제를 생각지 못할 만큼 아둔하지 않다고 여기면서도.

불가능한 일을 대체 어찌 해결할지 좀처럼 짐작하지 못했다.

그러나.

정작 최지훈은 연주에 집중하여 조금도 망설이지 않았다.

손끝에 확신이 가득 차 있었다.

'듣고 있지?'

다만 그의 형제를 찾을 뿐이었다.

'괜찮은 거지?'

지금 그를 구속하는 것은 형제를 향한 걱정뿐.

'내가 지키고 있을게.'

그는 형제가 마음 놓고 편히 쉴 수 있도록 최고의 연주를 들려줄 생각이었다.

자신 때문에 18개월을 기다려 주었던, 묵묵히 자리를 지켜내 주었던 형제가 안심하도록.

그가 그랬듯이.

그 누구도 감히 이 자리를 탐할 수 없을 만큼 압도적인 모습을 보이리라.

1악장 뒤.

연주가 곧장 이어졌다.

예언의 아이를 찾기 위해 제국의 병사들이 더욱 날뛴다.

최지훈의 손이 빨라졌다.

빨라지고 더욱 빨라졌다.

처음에는 그 놀라운 속주에 감탄하던 이들이 끝을 모르고 빨라지는 연주에 눈과 입, 귀를 벌리고 말았다.

하나 하나의 실들이 모이고 얽혀 천을 이루고 그것이 또 옷을 이루듯.

최지훈이 손이 빠르게 움직일수록 건반이 내는 소리들이 모였다.

'……말도 안 돼.'

막심 에바로트는 팔걸이를 꽉 쥐었다.

피아노는 음이 이어지지 않는다.

그래서 현악기가 그려내는 수채화가 아니라 점묘화가 될 수밖에 없었다.

그러나.

그렇다면 이것은 대체 어떻게 설명해야 한단 말인가.

'이거였어.'

가우왕이 어금니를 꽉 물었다.

최지훈을 한 번 망가뜨렸던 칼이었다. 너무나 빠르게 들리지만 사실 속도 자체는 가우왕이나 배도빈에게 미치지 못했다.

단지 필요할 때 건반을 여러 번 두드리는, 손가락에 부담이 갈 수밖에 없는 양날의 칼.

열 개의 손가락이 모두 각각의 악기가 되어 제 연주를 펼치고 있었다.

가우왕이 손가락 배분으로 마치 세 개의 손이 연주하는 듯한 착각을 불러일으킨 것과는 또 다른 개념이었다.

의욕이 앞서 스스로를 망가뜨렸던 연주법을 상식을 벗어난 통제력을 발휘해 부담을 최소화하며 발전시킨 것이었다.

크리스틴 지메르만도 가우왕도 배도빈도 하지 못하는.

최지훈만의 무기.

그는 실타래를 뽑아 가장 아름다운 옷을 재단해 나갔다.

연주는 더욱 활기를 찾기 시작했고.

두려움이 가득한 세상에 마침내 희망이 싹텄다.

그 어떤 폭력과 좌절 속에서도 빛을 잃지 않는, 매서운 바람 앞에서 더욱 뜨거워지는 희망.

불굴의 정신.

결코 멸하지 않는 강인한 마음이 건반을 타고 현을 통해 울려 루트비히홀을 채워나갔다.

'아아.'

전파를 타고 세계에 울리고 있었다.

병실에 누워 있는 마왕에게도 확실히 전달되어.

그는 작게 웃으며 주먹을 불끈 쥐었다.

연주가 끝나고.

"브라보-!"

"브라보-!"

지금껏 듣지 못한, 경이로운 연주를 들려준 새 시대의 비르투오소에 의해.

세계 만인이 전율했다.

그 해일과도 같은 환호에 파묻힌 최지훈은 가쁜 숨을 내쉬며 그 어느 때보다도 가슴과 영혼이 충족됨을 느꼈다.

병실에서 배도빈과 함께 있던 차채은은 입을 막았다.

그가 오늘의 연주를 위해 무리했고 그 때문에 피아니스트로서의 삶을 잃을 수도 있었던 기억이 떠오르며 울컥했다.

1년 이상의 공백을 둬야만 했고 이후에도 감각을 되찾기 위해 땀 흘렸던 시간까지. 그 모든 것을 마침내 보상받은 듯했다.

"언론에선 거장이란 말을 쉽게 쓰는데."

배도빈이 입을 열었다.

"자기 영역을 갖추는 게 쉬운 일은 아니야. 평생을 쏟아도 일구지 못하는 경우도 있어."

차채은은 눈물을 닦으며 그의 말에 귀 기울였다.

"하물며 자기 영역을 확장하는 사람은 더더욱 없지. 거장이란 그런 사람을 가리키는 말이야."

배도빈이 미소를 머금고는 고개를 저었다.

푸르트벵글러, 사카모토 료이치, 아르투로 토스카니니, 브루노 발터 모두 각자의 확고한 세계관을 널리 확장시킨 인물이었다.

크리스틴 지메르만, 가우왕, 막심 에바로트도 그러했으며.

니아 발그레이, 찰스 브라움.

한스 짐과 아리엘 얀스도 마찬가지.

그들은 광활한 소리의 세계에서 자신만의 영역을 확보해 지금도 평생에 걸쳐 각자의 영역을 넓혀나가고 있었다.

그렇게 음악은 여러 방향에서 진보하였고 그렇게 조금씩 원을 그려나가, 면적을 확장시켰다.

배도빈이 음악의 발전을 한 사람이 이룰 수 없다고 말하는 이유.

이 시대의 음악은 무수히 많은 음악가가 기나긴 시간에 걸쳐 이뤄낸 산물이었고.

인류가 발전해 왔다는 증거였다.

오늘은 그 위대한 위업에 최지훈이 손을 얹은 날이었다.

그를 어려서부터 지켜보았던 배도빈에게 있어 그 자신의 새로운 발전보다도 기쁜 일이었다.

"실타래처럼 얽히는 연주라니. 듣고도 믿을 수 없어. 두 음 사이에 건반을 더 눌러 얽히게 하는데 그게 자연스럽게 들리도록 얼마나 노력했을까."

함께했으면서도 감히 예단하지 않았다.

"지훈인 천재야."

말을 마친 배도빈은 만족스러운 미소를 짓고 있었다.

"오빠……."

차채은이 슬며시 손을 뻗어 배도빈의 손등을 포개었다.

이 시대 가장 위대한 음악가.

그는 시력을 잃은 상황에서도.

자신의 기량을 온전히 보이지 못하는 상황에서도 한 음악가의 발돋움을 기뻐하고 있었다.

최지훈과의 각별한 사이 이전에.

음악을 진정 사랑하기에 가능한 일.

차채은은 배도빈의 속내의 일부를 확인할 수 있었다.

"그만 쉬어. 피곤하겠."

그때.

배도빈이 침대 위로 쓰러졌다.

"오빠!"

그 모습에 깜짝 놀란 차채은이 소리 지르자 배도빈이 벌떡 일어나 인상을 썼다.

"깜짝이야."

"……괜찮아?"

"뭐가."

"방금……."

차채은은 방금 죽는 줄 알았다고 말하려다가 '죽음'을 언급하고 싶지 않아 말끝을 흐렸다.

"자려고. 너도 가 봐. 지훈이 오면 내일 보자고 해. 이젠 진짜 졸려서 못 있겠어."

차채은이 놀란 가슴을 부여잡고 있는 대로 인상을 쓰곤 이불을 올려주었다.

그러고는 배도빈이 정말 괜찮은지 확인하다가 이내 병실을 나섰다.

[위대한 음악가에게 대체 무슨 일이?]

[배도빈 시력 상실!]

[베를린 필하모닉 입장 소명 거부]

[배도빈은 정말 시력을 잃었나?]

[시력 상실의 원인은?]

[독일 최고 수준 의료팀 배도빈 치료에 집중]

[앙겔라 총리, "우리의 희망에게 닥친 시련. 부디 이겨내길 바란다."]

배도빈 콩쿠르 2라운드 B조 경합은 배도빈이 투표 대상에서 제외된 채 진행되었다.

조 1위는 총 78.4%에 해당하는 표를 획득한 최지훈이었으며 조 2위는 총 19.5%를 기록한 엘리자베타 툭타미셰바였다.

놀라운 성장을 보인 엘리자베타와 피아노의 새로운 가능성을 제시한 최지훈의 관련한 일도 관심 받았으나 클래식 음악 팬들에게 있어 배도빈의 안위보다 중요한 일은 없었다.

ㄴ제발 ㅠㅠ

ㄴ도빈이한테 무슨 일 생기면 진짜 가만 안 있을 거야 ㅠㅠ

ㄴ이유라도 알고 싶네. 멀쩡하던 애가 갑자기.

ㄴ이러면 안 되지. 진짜 이건 아님. 도빈이가 뭘 잘못했다고 이래 ㅠㅠ

ㄴ정말 눈 안 보이게 된 거야?

ㄴ하 시발 진짜 개같네.

ㄴ도빈이 나을 때까지 숨 참을 거야. 나 완전 진지함.

ㄴ이제 고작 21살인데 대체 왜 ㅠ

ㄴ그러니까. 음악 좀 한 사람은 오늘 연주 들었으면 배도빈이 얼마나 대단한지 알걸.

ㄴ무슨 영화 보는 느낌이었어 ㅠ

ㄴ배도빈이 진짜 대단한 게 이미 음악 관련 기록은 거의 다 갈아치운 애가 이제 겨우 만 20살이라는 거임. 더군다나 오늘 연주로 아직도 발전하고 있다는 걸 증명했잖아. 그런 애한테 실명이 말이 되냐고오

ㄴ주변 사람들도 충격이 큰 듯.

ㄴ오늘 베를린 필하모닉 실내악팀 공연 봤어? 중간 대기 시간에 소식 들었는지 다들 표정 말이 아니던데.

ㄴ안 그래도 찰스가 멤버들 멘탈 관리하는 거 눈에 보이더라.

ㄴ그래서 오늘 공연 평 그리 안 좋았음…….

ㄴ나윤희는 연주 끝나고 실신했다고 기사 났어.

ㄴ연주 중에 진짜 넋이 나갔더라. 억지로 자리 지켰겠지.

ㄴ지훈이 연주 마치자마자 결과 발표도 안 보고 뛰쳐나간 것도 진짜 하…….

팬들은 그들이 받은 충격만큼이나 배도빈의 건강을 우려했다.

배도빈에 관련한 기사가 하루도 지나지 않아서 100만 건 이상 올라왔으며, 그가 하루빨리 낫길 바라는 팬들의 글은 헤아릴 수 없었다.

그런 상황에서 어수선한 하루가 지났다.

어제 배도빈이 곤히 잠들어 있어 어쩔 수 없이 발을 돌린 최지훈은 날이 밝자마자 병실을 찾았다.

"도빈아."

밤새 잠을 뒤척였던 탓에 그의 목소리가 피로하게 울렸다.

"그렇게 부르면 내가 마음 놓고 쉬겠냐."

붕대를 감고 수액을 맞고 있으면서도 도리어 자신을 걱정하는 형제를 접한 순간 최지훈의 가슴은 무너지고 말았다.

조용히 다가가 그를 붙잡았다.

"이 지경에 누굴 걱정하는 거야."

눈물 섞인 목소리에 배도빈은 숨을 내쉬었다.

두 사람은 한참을 그러고 있다가 겨우 떨어졌다.

"좋던데."

"……뭐가?"

"어제. 작곡도 공부하더니 편곡도 제법이었어."

평소라면 너무나 기뻐했겠지만 조금도 좋지 않았다.

꼬박 하루를 걸쳐 자신이 얼마나 노력했는지 말하고 싶었고 어떤 기분이었는지 듣고 싶었다.

배도빈이 들려준 새로운 세상에 대해 끊임없이 수다 떨고 싶었다.

그러나 그 모든 것이 그의 건강보다 중요하진 않았다.

"눈…… 어떻게 된 거야?"

차채은에게 대강 이야기는 들었지만 직접 듣고 싶었다. 괜찮다는 말을 듣고 싶었다.

"전에 이 주변을 세게 부딪힌 적이 있어."

배도빈이 관자놀이와 눈 사이를 가리켰다.

"그때?"

최지훈이 비행기 추락 사고를 떠올리며 물었고 배도빈은 고개를 끄덕였다.

"그때 2주 정도 앞이 안 보였는데 점점 괜찮아지더라고. 돌아온 이후에도 피곤해지면 가끔 이랬어."

배도빈은 충분히 쉬면 또 괜찮아질 거라는 말을 덧붙였다.

최지훈은 형제가 그런 고통을 겪고 있었다는 것도 모른 채 지냈음을 믿을 수 없었다.

"왜. 왜 말 안 했어."

알고 있었다.

"이렇게 질질 짤 거 아냐."

"당연하잖아!"

걱정하는 게 당연하다.

걱정 끼치지 않으려 했다.

서로를 너무나 아꼈기에 했던 일이고 의미 없는 말싸움이었다.

"이런 일 아무것도 아니야. 죽는 거도 아니고 음악도 계속할 수 있어. 영영 못 보는 것도 아니고."

"너 진짜."

최지훈이 배도빈을 툭 하고 쳤다.

너무나 단단해서 도리어 안타까운 마음에 그를 탓하지 않을 수 없었다.

배도빈이 손을 들었다.

최지훈이 자신의 손을 가져다주자 그것을 붙잡고 말했다.

"가우왕도 깜짝 놀랐을 거야."

"응."

"나도 놀랐거든."

"응."

"결승에는 한술 더 뜨겠지. 같이 놀고 싶었는데 좀 아쉽긴
하네."

함께하기에 끝없이 달릴 수 있었던 세 사람은 서로를 인정
하기에 서로의 장점을 받아들여 더욱 나아갈 수 있었다.

배도빈이 가우왕의 연주에 영감을 받았듯.

최지훈은 배도빈에게, 가우왕은 최지훈에게 또 반대로 지금
껏 달려올 수 있었다.

굳이 말하지 않아도 어렴풋이 느끼고 있었기에.

배도빈의 아쉽다는 말에 최지훈은 결국 또 한 번 눈물을 흘
리고 말았다.

배도빈도 최지훈의 등에 손을 얹고 아쉬움을 달랠 뿐이었다.

"그럼 푹 쉬어."

히무라가 다녀간 이후로 숨을 돌릴 수 있었다.

제법 쉬었는데도 몸 상태가 안 좋은 걸 보니 아무래도 당분
간은 면회도 거절해야지 싶다.

걱정되는 건 조만간 오케스트라 대전 예선에 참가해야 하고 그 지휘를 맡아야 한다는 점이다.

아직 수정을 못 했는데.

회복이 더딘 게 마음에 걸린다.

죠엘 웨인에게 들은 바로 연주자 외 지휘자는 예선부터 변동할 수 없는 것이 규칙이란다.

케르바 슈타인이 버티고 있고.

푸르트뱅글러가 나서 준다면야 우승은 확실하지만, 최고의 무대에서 대교향곡을 지휘하고 싶기에 직접 나서야만 한다.

'우선은 준비라도 해야겠지.'

남은 시간은 석 달.

그 안에는 시력이 회복되겠지만 악보 수정과 단원들의 연습 기간을 따지면 빡빡하다.

다른 곡 같으면 우수한 연주진이 금방 준비하겠지만 대교향곡은 지금껏 그 누구에게도 보이지 않았고 또한 복잡하다.

세밀한 조정을 위해서라도 일찍 준비하고 싶은데, 완성한 악보를 교정할 사람이 필요하다.

푸르트뱅글러보다 적격은 없지만 내가 이 지경이 되었으니 케르바 슈타인, 헨리 빈프스키, 니아 발그레이와 함께 당분간 바쁠 터.

음악원 설립과 밴드, 악장 역할까지 맡은 찰스 브라움도 마찬가지다.

'페터는 이르고.'

페터는 멋진 곡을 만드는 일은 가능하지만 아직 이것저것 공부해야 할 것이 너무나 많아, 제대로 할 수 있을지 의문이다.

역시 그녀밖에 남지 않는다.

'그러고 보니.'

윤희가 찾아오지 않았다.

여러 일에서 침착했던 그녀라면 크게 걱정할 필요 없겠지만, 당연히 찾아올 사람이 그러지 않으니 조금 의아하다.

'무슨 일 생긴 건 아니겠지.'

아마 악단 내부에서 생긴 이런저런 일로 정신이 없을 터.

전화를 걸어볼 생각으로 입을 열었다.

"나윤희에게 전화 걸어."

안내 음성과 함께 발신음이 들리기 시작한다. 세 번이 채 울리기 전에 나윤희가 다급히 전화를 받았다.

-도, 도빈아.

지친 목소리다.

"뭐 하고 있었어요?"

-아…… 그, 그냥. 괜찮아?

"괜찮아요. 다들 야단을 떨어서 겨우 쉬고 있어요."

-나, 나도 갈래.

"목소리 들으니 피곤해 보이는데 일단 쉬어요. 피곤해서 자기 전에 전화해 본 거예요."

-……응.

나윤희가 힘없이 대답한다.

"부탁하고 싶은 게 있는데."

-응!

"내일 잠깐 보러 와줄래요?"

-응. 갈게. 필요한 건 없고?

목소리에 금방 생기가 돈다.

알 수 없는 사람.

그녀에게 단원들이 어떤지 묻고 듣다 보니 시간 가는 줄 몰랐던 듯, 잠이 밀려든다.

하품을 하니 그녀가 급히 말을 끊었다.

-어, 얼른 자.

"그래야겠어요. 내일 봐요."

내일은 눈이 나았으면 좋겠는데.

그런 생각을 하며 잠을 청했다.

참을 수 없었다

"정말 괜찮아?"

"응. 아픈 것도 아닌걸."

나윤희가 겉옷은 입으며 웃었다.

왕소소는 그런 나윤희를 걱정스레 바라보았다.

배도빈 콩쿠르가 진행되고 있을 때 웃고 떠드는 밴드는 어린이를 위한 실내악 공연을 하고 있었다.

평소와 같이 즐겁고 자유로운 분위기 속에서 30분간의 1부를 마친 뒤.

집중력이 부족한 아이들을 위해 잠시 휴식 시간을 가지던 중 배도빈의 병원으로 이송되었단 소식이 전해지고 말았다.

찰스 브라움, 다니엘 홀랜드, 스칼라, 왕소소, 나카무라 료코, 프란츠 페터 모두 귀를 의심했다.

큰 충격으로 아무런 반응도 하지 못했고 그나마 찰스 브라움과 다니엘 홀랜드만이 얼마 뒤 정신을 차렸다.

'2부 준비하자.'

'가야겠어.'

'멍청한 소리 하지 마. 애들은 어쩌고.'

'내겐 배도빈이 더 중요해!'

찰스 브라움이 대기실을 박차고 나서려는 스칼라를 막아섰다.

소중한 친구를 잃었던 기억이 겹친 탓에 이성을 유지할 수 없었던 스칼라는 그런 찰스를 이해할 수 없었다.

'여기 있는 사람 모두 마찬가지야.'

'그럼 왜 가만있어! 쓰러졌대잖아!'

'관객들은.'

'……'

'관객은 어쩌자고.'

찰스 브라움의 말에 스칼라가 아무런 반박도 못 하고 실의에 빠졌다.

다니엘 홀랜드가 스칼라의 어깨에 손을 얹으며 위로했다.

나윤희가 비틀거리며 일어섰다.

'……중단하면 더 힘들어할 거야.'

그녀의 말에 스칼라도 어쩔 수 없이 흥분을 억눌렀다.

그렇게 간신히 2부 연주를 위해 무대로 올랐지만 평소와 같을 수 없었다. 특유의 쾌활함과 자유분방함을 잃어, 결성 이후 최악의 분위기 속에서 간신히 연주회를 마쳤다.

연주를 제대로 해내지 못했다는 자책과 배도빈에 대한 걱정으로 엉망이 된 그들에게 더 충격적인 소식이 전해졌다.

배도빈이 실명했단 기사를 접하고 사무국을 통해 그것이 사실임을 확인한 탓이었다.

'이게 뭐야? 병원 갔다며! 왜 이딴 기사가 올라와?'

'사실입니다. 현재 병원에서 검사 중이시고요.'

'……뭐라고?'

'……앞을 못 보시는 것 같습니다.'

찰스 브라움은 자신의 귀를 의심했다.

'헛소리 마!'

믿을 수 없었다.

'누가, 어떻게 됐다고? 어!'

찰스는 소식을 전한 직원을 붙들고 앞뒤로 흔들며 대답을 촉구했다. 아주 질 나쁜 거짓말이라고 밝히길 바라며 소리쳤다.

'언니!'

그때.

나카무라 료코가 비명을 지르듯 나윤희를 불렀다.

곁에 있던 왕소소가 깜짝 놀라 그녀를 부축하려 했으나 힘을 잃은 그녀를 지탱할 순 없었다.

배도빈이 앞을 볼 수 없었던 비행기 추락 사고 직후 통화했던 기억이 떠오르며.

그에게 이상이 생겼음에 혼절하고 말았다.

너무나 큰 충격으로 상당 시간 정신을 차리지 못했던 그녀는 하루를 입원해 있었고, 그런 나윤희가 배도빈과 통화를 한 뒤에 일어서자 소소로서는 걱정될 수밖에 없었다.

그러나 의사도 퇴원해도 좋다고 하였기에 그저 당분간 요양하길 바랄 뿐이었다.

"무리하면 안 돼."

"응."

나윤희가 웃으며 대답했다.

얼마 뒤.

퇴원한 나윤희는 약속한 시간에 맞춰 배도빈을 찾았다. 조심스럽게 노크를 하니 들어오란 대답이 돌아왔다.

숨을 깊이 들이마시고 내쉰 뒤 문을 열었지만 배도빈의 상태를 본 순간 목 아래가 조여왔다.

"기다렸어요."

"미, 미안. 늦었지."

심하게 잠긴 탓에 그녀의 목소리가 평소보다도 훨씬 떨렸다.

"괜찮으니 걱정 말아요."

"……."

그럴 수 있을 리 없었다.

나윤희는 조심스레 그에게 다가가 앉았다.

"피, 필요한 거 없어?"

"네."

잠시 대화가 끊겼고 나윤희는 손가락을 꼼지락거리며 조심스레 입을 열었다.

"그때…… 후유증이라고 들었어."

"네. 좀 쉬면 나아져요. 그보다 서랍 안에 악보가 있을 거예요."

"악보?"

나윤희가 침대 옆 서랍을 열었다.

배도빈이 죠엘 웨인에게 부탁해 가져다 두었던 그랜드 심포니의 총보가 두텁게 담겨 있었다.

"이건……."

"완성했어요. 10년 만에."

나윤희가 악보를 꺼냈다.

묵직한 만큼 방대한 분량이었다.

배도빈이 10년에 걸쳐 만들었다는 말에 절로 고개가 끄덕여졌다.

너무나 다양한 악기가 표기되어 있었고 나윤희는 들어보지도 못한 악기마저 있을 정도였다.

너무나 복잡하고 정교했기에 악장 취임 이후 줄곧 배도빈을 통해 공부를 해왔던 나윤희로서도 어떻게 연주될지 감이 잡히지 않았다.

"이, 이런 악보는 처음이야."

"들으면 더 대단할 거예요."

배도빈의 말에 조금은 안도할 수 있었다.

시력을 잃었음에 실의에 빠져 있으면 어쩌나 싶었거늘.

평소와 같이 당당하고 자신감 있어 보여 그나마 안심했다.

"살펴봐요."

"응."

나윤희는 여유를 가지고 악보를 읽기 시작했고 페이지를 넘길수록 감탄을 반복할 수밖에 없었다.

'세상에.'

그녀는 이렇게 정교한 악보를 본 적 없었다.

거의 모든 프레이즈에 지시문이 상세히 적혀 있었고 각 부는 이보다 완벽한 구조를 이룰 수 없었다.

더군다나 그랜드 심포니라는 제목답게 총 여섯 장으로 구성되어 있었다.

각 장이 각각 다른 주제를 이루다 마지막 장에 이르러 하나의 멜로디로 이어졌다.

활동을 시작한 이후 잠시도 쉬지 못할 만큼 바쁜 와중에 틈

틈이 공을 들여 이런 걸 만들어내다니.

나윤희는 배도빈이 항상 피곤할 수밖에 없었던, 무리할 수밖에 없었던 이유를 조금은 이해할 수 있을 것 같았다.

"멋있어……."

"그렇죠?"

배도빈이 만족스럽게 웃었다.

"오케스트라 예선이랑 결승에 쓸 예정이에요."

"아."

"그리고 UN 평화의 날에도."

"응."

나윤희는 배도빈이 자신하는 이 곡이 울리는 날을 어렴풋이 떠올리며, 이런 곡을 함께 연주할 수 있다고 생각하니 더없이 기뻤다.

"그런데 일정이 좀 빡빡해요."

제2회 오케스트라 대전 예선 날짜를 헤아린 나윤희가 아 하고 탄식했다.

"괜찮을 거야. 푹 쉬면 금방 나을 거야. 꼭."

"그래야죠. 하지만 단원들도 준비해야 해요. 봐서 알겠지만 쉽지 않을 거예요."

확실히 바이올린 파트만 봐도 과연 단원들이 잘 따라올 수 있을지 의문이 들 정도로 높은 기량을 요구했다.

현재까지 가장 연주하기 어려운 바이올린 협주곡으로 평가받는 '불새'의 초연을 훌륭히 성공시켰던 나윤희조차도 상당한 시간이 필요할 것 같았다.

악기에 따라 난도의 차이가 있기도 하고 세계 최고 수준의 연주자만으로 구성된 베를린 필하모닉이라지만 쉬울 리 없었다.

단원들을 신뢰하니만큼 조금도 타협하지 않고 만든 곡이지만, 배도빈도 이 곡을 단기간에 소화할 수 있으리라곤 생각지 않았다.

"최소 두 달은 필요할 거예요. 어쩌면 그보다 오래 걸릴지도 모르고요."

"두 달……."

"그래서 최대한 서둘러야 해요. 부탁할 일이 이건데."

악보를 보고 있던 나윤희가 고개를 들었다.

"그거 교정을 맡아줬으면 해요."

"내, 내가?"

배도빈은 교정자를 따로 두지 않았다. 음악에 관해서는 결벽증과 같은 완벽주의 때문에 1차 교정을 제외하고는 모두 직접, 반복해 교정해 왔었다.

그것을 잘 아는 나윤희였기에 당황하고 말았다.

"정확히 말하면 도와달라는 건데. 앞이 안 보이니까 적을 수 없잖아요."

나윤희가 입술을 깨물었다.

"그래서 퇴원하면 연습하면서 교정할 생각이에요. 연주하는 걸 들어보면 수정해야 하는 곳을 찾을 수 있으니까. 그때 옆에서 제가 지시한 것들 적어 달란 말이었어요."

연습 시간이 부족한 것도 해결할 수 있으니 배도빈으로서는 최선의 방법이었다.

그러나 나윤희는 그를 이해할 수 없었다.

"시력 회복해야 퇴원하는 거 아니야?"

"언제까지 이러고 있을 순 없잖아요. 퇴원해도 쉴 순 있으니까."

나윤희는 아무 말도 하지 않았다.

"걱정 마요. 어차피."

"아, 안 돼."

"네?"

"무슨. 무슨 소릴 하는 거야. 나을 때까지 쉬어야지."

"그랜드 심포니는 쉬운 곡이 아니에요. 봐서 알잖아요."

"뭐, 뭐가 그랜드 심포니야. 낫고 하면 되잖아. 조금 늦어도 괜찮잖아."

"오케스트라 대전……."

"다른 걸로 참가해도 되잖아. 왜 꼭 이걸로 해야 해. 아, 안 돼."

"사카모토의 빈이랑 아리엘의 LA도 있으니 최대한."

"마, 말 같지도 않은 말 하지 마. 유, 유유치해. 예선부터 1등 계속하고 싶단 말이잖아."

"당연하죠. 항상."

"항상 아니잖아. 가, 가우왕 씨한테도 졌잖아."

나윤희의 지적에 배도빈이 얼굴을 꿈틀거렸다.

그의 자존심에 생긴 유일한 상처를 건든 것이었다.

"안 졌어요. 2라운드 연주 들었어요? 결승에서 만났으면 제가 이겼다고요."

"못 나가잖아. 아, 아파서 못 나간 거, 거잖아. 그러면서 또 뭐, 뭘 한다는 거야."

"그러니까 쉬면서 한다고요."

"안 돼. 나 못 해."

나윤희가 딱 잘라 말했다.

나윤희의 단호함과 그녀가 파헤친 상처에 배도빈은 단단히 화가 나버렸다.

"……됐어요. 다른 사람한테 부탁하면 되니까."

"안 돼. 내, 내가 말릴 거야. 도와주지 말라고."

"왜 이래요? 걱정 말라고요. 쉬다 보면 낫는다니까?"

"안 돼. 안 돼."

"의사도 말했어요. 무리하지만 않으면 회복될 거라고. 해야 할 일이 있는데 무작정 안 된다고만 하면 어쩌자고요."

"안 돼. 하, 하지 마. 쉬어."

배도빈이 인상을 쓰다 숨을 길게 내쉬며 흥분을 가라앉혔다. 그러고는 나윤희를 타일렀다.

"충분히 쉴 거예요. 모레 퇴원하면 기자회견 가지고 집에서 쉬면서 연습 때만 나설 테니 걱정 말아요."

"안 돼. 기, 기자회견도 하지 마. 퇴원도 하지 마."

간신히 진정했던 배도빈의 눈썹이 다시 한번 꿈틀댔다.

"……좋아요. 퇴원도 안 하고 기자회견도 안 할게요. 연습이랑 교정만 도와줘요."

"안 돼. 안 돼."

"……."

"……."

"……죠엘 좀 불러줘요."

"아, 안 돼. 나한테 말해. 내, 내가 다 해줄게."

"하기 싫다면서요. 다른 사람 부르려는 거까지 막으면 어쩌자는 거예요. 나 진짜 화내는 거 보고 싶어요?"

"그, 그래도 안 돼. 쉬어야 해."

나윤희의 고집에 기가 찬 배도빈이 허 하고 한탄하고 말았다.

♪

"어머."

유진희 배영준 부부는 내일 퇴원한다던 아들이 얌전히 병원에 누워 있는 걸 보고 안도했다.

어떤 일이 있어도 괜찮다, 걱정 말라며 속을 뒤집어 놓았던 아들이 뚱한 표정으로 누워 있는 게 그렇게 좋을 수 없었다.

"웬일이니? 얌전히 쉬고 있고."

"……."

배도빈은 대답하지 않고 가만있다가 중얼거렸다.

"연습해야 하는데 방해하잖아요."

부부가 서로 눈을 마주했다가 빙그레 웃었다.

"누군지 몰라도 고맙네."

"그래. 연습은 무슨 연습이야. 몸부터 챙겨야지."

부모마저 나윤희 편을 들고 나서니 배도빈은 답답해 미칠 지경이었다.

그래서 병문안을 온 푸르트벵글러와 사카모토에게 상황을 호소하여 상황을 타개코자 했다.

"아프다더니 머리까지 돌았구나."

"뭐라고요?"

"어느 미친놈이 그 지경이 되고도 연습 생각부터 해! 윤희 말 틀린 거 하나 없다!"

"……."

"껄껄. 도빈 군, 이번에는 자네가 졌네. 그렇게 왜 매번 주변 말은 안 듣고 괜찮다고만 했는가."

"……."

그러나 두 사람마저 배도빈의 마음을 헤아려주지 않았다.

배도빈에게 남은 방법은 그와 마찬가지로 음악에 미쳐 있는 가우왕과 최지훈에게 도움을 청하는 것뿐이었다.

"그러니까 도와줘요."

배도빈이 가우왕에게 단원들을 설득해 달라고, 최지훈에게 악보 교정을 부탁했다.

악단 내 은근히 친분을 넓히고 있는 가우왕이라면 충분히 가능하리라 믿었고.

최지훈 역시 작곡을 공부하며 최근 교향곡을 편곡할 정도로 실력을 쌓았으니 괜찮은 방법이라 생각했다.

"염병하고 있네."

"싫어."

그러나 두 사람마저 배도빈을 상대하지 않으니 배도빈은 뚱하게 누운 채 음악을 듣는 것 이외에는 균형 잡힌 식단과 규칙적인 생활을 유지할 수밖에 없었다.

♪

[새 시대의 피아니스트]

지난 4일 개막한 배도빈 국제 피아노 콩쿠르가 어느덧 2라운드를 마치고 결승만을 남기고 있다.

단발성 이벤트라고는 하지만 배도빈 콩쿠르에 대한 관심은 최고 동시 시청자 1,700만 명이란 대기록으로 짐작할 수 있다.

클래식 FM과 그라모폰을 포함한 모든 언론도 연일 배도빈 콩쿠르에 관한 기사를 내고 있으며 인터넷 커뮤니티 사이트와 포럼, SNS에서는 클래식 음악 팬들의 열띤 토론이 이어지고 있다.

배도빈 콩쿠르가 이렇게까지 관심받을 수 있는 이유는 여럿이지만 다섯 참가자의 역할이 지대했음을 반박하기는 어렵다.

베를린 필하모닉 악단주이자 예술감독, 작곡가, 피아니스트, 바이올리니스트 배도빈.

가장 많은 공연 수익을 올린 피아니스트 가우왕과 그와 견줄 수 있을 만큼 강한 티켓 파워를 보유한 막심 에바로트.

무관의 여제 엘리자베타 툭타미셰바.

그리고 쇼팽 콩쿠르와 차이코프스키 콩쿠르에서 모두 우승하고 복귀 이후 최고조의 모습을 보이는 최지훈이 바로 그들이다.

가장 먼저 두각을 드러낸 피아니스트는 모두의 예상과 같이 가우왕이었다.

최근 결혼 발표를 하며 화제를 모은 가우왕은 2라운드에서 과감히 배도빈 피아노 소나타 가우왕(세 개의 손을 위한 소나타)을 한층 더 발전시킨 연주로 자신의 입지를 확고히 하였다.

라이든샤프트 시대에 접어들며 작곡가 배도빈의 곡을 통해 황위에 오른 그는 단단하고 정교하면서도 치명적인 자신만의 세계를 더욱 확장하는 데 성공하였다.

그가 얼마나 대단한 피아니스트인지 작곡가 배도빈은 다음과 같이 표현했다.

'비트겐슈타인이 말년에 오른손을 되찾은 듯하다.'

파울 비트겐슈타인은 오스트리아 출신으로 전쟁으로 오른손을 잃어 평생을 왼손만으로 연주했던 전설적인 피아니스트다.

그가 연주했던 곡은 양손 모두 가진 사람조차 소화하기 어려울 정도로 난도가 높았다.

한 손만으로 온전한 연주를 하면서 동시에 다른 한 손으로 반주를 더한 가우왕이니 그런 그가 말년에 오른손을 되찾은 것 같다는 배도빈의 표현에 고개가 끄덕여진다.

나윤희가 차채은의 기사를 읽어주던 중 배도빈이 혼잣말을 했다.

"결국엔 그걸로 썼네."

"응?"

"기사용으로 필요하다 해서 말해준 거예요. 비트겐슈타인."

"아. 원래는 뭐라 했는데?"

"미친놈이라고 했죠."

"크읍."

나윤희가 입을 다물어 터져 나오는 웃음을 간신히 참아냈다.

"그것보다 잘 어울리는 말은 없어요. 지금 생각해도 이해할 수 없으니까."

"가우왕 씨는…… 좋아하실 것 같지만 인터뷰에 올릴 말은 아닌 거 같아."

배도빈이 입을 샐쭉거리곤 기사를 계속 읽어줄 것을 청했다.

한편 막심 에바로트는 그의 대표 연주곡 크로아티안 랩소디를 연주하며 여전한 기량을 선보였다.

빠르고 화려한 타건의 테크니션이기도 하나 그의 강점은 애수로운 분위기 속에서 울리는 빗소리 같은 울림일 것이다.

그가 펼치는 관능적인 연주는 피아니스트의 표현력이 어디까지 이를 수 있는지 알려준다. 그런 그가 결승에서 어떤 모습으로 라이벌 가우왕을 상대할지 기대를 모으고 있다.

그러나 그에게 또 다른 강력한 경쟁자가 생긴 것도 사실이다.

피아니스트 최지훈은 배도빈 콩쿠르 2라운드를 통해 가우왕, 막심 에바로트와는 또 다른 세계를 구축했음을 과시했다.

10대 때 이미 쇼팽 국제 피아노 콩쿠르와 차이코프스키 국제 피아노 콩쿠르를 제패한 이 천재 피아니스트는 건반과 건반 사이의 틈을 잇는 일에 도전했고 그로 인해 큰 부상을 얻었으며 끝끝내 자신만의 연주법을 고안해냈다.

그는 완전무결의 거장 크리스틴 지메르만을 사사하여 견고하게 완성한 주법으로 그를 위해 제작된 스타인웨이 피아노와 함께 배도빈 교향곡 1번 '가장 큰 희망'을 완벽히 재구성하였다.

최지훈의 가장 큰 희망을 주목해야 하는 이유는 빈 고전파의 향수를 물씬 풍기는 론도 형식을 섣불리 해석하지 않고 고전 양식을 유지하면서 적절한 장식음을 더해 세련미를 추가한 데 있다.

몇몇 연주자가 형식을 파괴하는 데 집중하여 구조미를 경시하는 경향을 보이는 것과는 대조되는 방식으로, 곡이 지닌 고유의 미학을 어떻게 재해석해야 하는지 답안을 내놓았다고 판단한다.

절망적인 분위기 속에서 불굴의 의지를 표현한 '가장 큰 희망'을 훌륭히 소화한 그는 다소 여린 기존의 이미지조차 벗어냈으면 결승에서 어떤 모습을 보여줄지 기대해 보게 된다.

배도빈이 고개를 갸우뚱했다.

"좀 길지 않아요?"

"응. 다른 사람보다 분량이 많은 거 같아."

많은 사람을 다루는 칼럼이었기에 적당한 분량을 유지해야 할 터인데 유독 최지훈에 관한 말이 길었다.

"지훈이 요즘 정말 잘하니까 신경 써준 거겠지."

"하긴. 그러네요."

나윤희의 말에 배도빈이 어깨를 으쓱였다.

마지막으로 투혼을 보여준 배도빈에 대해 언급하고자 한다.

이미 17년간 활동하며 191개 상을 휩쓸었고 21세기 가장 많은 음반을 판매한 음악가 배도빈은 피아니스트로서도 명성을 떨쳤는데, 의외로 그가 피아니스트로 활동했던 시기는 상당히 짧다.

3~4년 정도의 짧은(그조차 유년 시절에 한정하여) 활동만으로도 그가 사카모토 료이치, 미카엘 블레하츠, 크리스틴 지메르만 등과 같이 인식되는 이유는 그 강렬함 때문.

베토벤 피아노 소나타 8번(비창), 14번(월광), 17번(템페스트)과 사카모토 료이치와 공동 작업한 'Honor' 등 배도빈의 피아노는 발표 때마다 큰 호응을 얻었고.

이번 대회에서도 자신의 장기를 유감없이, 더욱 발전한 형태로 선보였다.

베를린 필하모닉 복귀와 함께 발표한 자신의 피아노 협주곡 '베를린 환상곡'을 편곡해 연주한 그는 피아노가 왜 작은 오케스트라로 불리는지 그 이유를 명확히 하였다.

특유의 빠른 손은 오케스트라가 연주해야 할 부분을 완벽히 소화해냈으며 동시에 주 멜로디는 더욱 견고하게 울렸다.

풍부한 종적 스케일과 박자 감각은 여전하여 마치 영화를 보는 듯

강렬하고 연속적인 심상을 전달하고 전보다 날카롭게 벼려진 칼날과 같은 타건은 영화와 같은 서사를 16K 화질로 전달해 주었다.

"비유가 이상한데."

"흐. 난 좋은데. 듣기만 해도 막 보는 거 같거든. 채은이 글 잘 쓴다."

배도빈은 차채은의 표현이 썩 마음에 들지 않았지만 나윤희가 칭찬하니 고개를 끄덕였다.

그러나 그의 가장 큰 장점은 끊임없이 변화하고 발전함에 있다.

피아니스트로서 활동을 거의 하지 않은 그가 한 번의 콩쿠르를 위해 자신을 갈고닦아 새로운 가능성을 제시했다는 점에서 그가 희망 또는 신으로 불림이 무리가 아님을 알 수 있다.

배도빈이 만족스럽게 고개를 끄덕이자 그 모습을 본 나윤희가 미소 지었다.

음악을 할 때는 열 살 가까이 차이 나는 동생인데도 알 수 없는 무게감을 느끼고 또 존경했지만 가끔 보이는 이런 모습은 귀엽게 느껴졌다.

다만 2라운드 B조 경합 당일 우리를 충격으로 몰아넣었던 그의 실명 사실 때문에 그의 연주가 덜 주목받은 것은 안타까운 일이 아닐 수 없다.

그날의 연주에 대해 크리스틴 지메르만은 '저를 넘어선 피아니스트가 둘 있습니다. 한 사람은 가우왕이고 다른 한 사람은 배도빈이죠'라고 말하며 극찬했으며.

가우왕은 '그런 식의 연주는 상상해 본 적 없다. 그는 그 어떤 이보다 피아노를 가장 잘 이해하고 있고 나는 항상 그에게 영감을 받는다'라고 밝혔다.

"가우왕이 그런 말을 했다고요?"

"그렇게 적혀 있어."

"못 믿겠는데."

"가우왕 씨 겉으로는 쌀쌀맞아도 다정하시니까."

실제로는 '그런데 몸 관리 안 하고 무리해대서 사퇴한 게 말이나 되냐고. 빌어먹을 꼬맹이. 걱정시키는 덴 아주 도가 텄어'라고 덧붙였으나 두 사람으로서는 차채은이 잘라낸 뒷말을 알수 있을 리 없었다.

"계속 읽을게."

"부탁해요."

비록 배도빈이 건강 문제로 사퇴하여 결승에서 그의 연주를 들을 수 없는 것은 분명 안타까우나, 결승에 오른 네 피아니스트가 또 어떤 연주를 들려줄지 기대하며.

끝으로 마왕이니 희망이니 신이니 해도 음악 외적으로 자기 관리는 조금도 신경 쓰지 않는 일은 자신을 사랑하는 가족과 동료 그리고 팬들을 무시하는 처사임을 전하며 배도빈이 하루 빨리 건강을 되찾길 기원한다.

"……"

"……"

"이게."

한참을 가만있던 배도빈이 입을 열었다.

"지금 이게 기사로 등재되었던 말이죠? 리드지 특집 기사로."

"으, 응."

"독일에서 제일 잘 팔리는 잡지의."

"……요, 요즘엔 유럽 전부. 채, 채은이 덕분에 한국에서도 구, 구독하는 사람이 있나 봐."

배도빈이 입술을 씰룩였다.

결국 세상 오만 사람이 다 본다는 뜻이었다.

"후우."

배도빈은 숨을 길게 내쉬며 안정을 찾으려 노력했다.

혹시나 그가 흥분해서 몸 상태가 나빠지진 않을까 걱정했던 나윤희는 그의 어른스러운 대처에 안도했다.

그녀는 배도빈의 손에 귤을 까 쥐어줬고 배도빈은 심호흡을 하며 그것을 받아먹다가.

"차채은한테 전화해."

-알겠습니다. 차채은 님께 전화하겠습니다.

결국 차채은에게 전화를 걸었다.

한편 배도빈의 열렬한 팬인 찰스 왕세자는 그를 걱정하는 한편 먼젓번 만남에서 그가 했던 말이 마음에 걸렸다.

영국의 민족주의가 변질되고 경화됨을 경계하는 그로서는 왕실과 관련된 인물이 배타적 언행을 자행함이 걱정될 수밖에 없었다.

"왕세자 저하, 시간이 늦었습니다. 침소에 드시지요."

"그래야지. 참, 내일 만찬회에 브라움 가도 초대되어 있는가."

"그렇습니다."

"가능하면 찰스 브라움과 에나왕도 함께 보고 싶은데. 물론 배우자도 함께."

찰스 왕세자의 말에 그의 수행원이 잠시 머뭇거렸다.

에나왕의 배우자라 하면 가우왕이었고 왕족이 포함된 만찬회에서 그가 참가함이 어떤 의미를 지니는지 알고 있기 때문이었다.

"저하, 그 사람은."

"방계라곤 하나 예나 역시 자격이 있네. 그 아이의 배우자라면 말할 것도 없지."

"하나."

"아무 말 말고 초대하게. 부족함이 없이 대우해야 할 것이야."

"······그리하겠습니다."

수행원을 내보내고 혼자 남은 찰스 왕세자는 위대한 피아니스트 가우왕과의 만남을 기대하며.

한편으로는 이번 기회에 영국이 번영하기 위해서는 과거의 망령을 떨쳐내고 화합과 협력에 힘써야 한다는 뜻을 명확히 하고자 마음먹었다.

얼마 뒤.

늦은 시간에 울린 초인종 소리에 왕 부부가 잠에서 깼다.

"으으으음."

예나왕이 다리를 뻗어 가우왕을 밀어냈고 침대에서 떨어진 가우왕이 하품을 늘어지게 하며 현관으로 향했다.

외시경을 통해 밖을 살핀 그가 짜증스럽게 물었다.

"뉘슈."

"크흠. 찰스 왕세자께서 서한을 보내셨습니다."

밖에서 불편해하는 기침 소리와 의아한 말이 들려옴에 가우왕이 문을 열었다.

"뭐라고요?"

"찰스 왕세자께서 당신과 예나왕을 내일 만찬에 초대하셨습니다."

찰스 왕세자의 수행원이 몹시 불쾌한 표정으로 동봉된 카드를 건네고 돌아갔다.

가우왕은 인상을 쓰며 그것을 살폈고 곧 침실로 향했다.

"뭐였어?"

예나왕이 잠에 취한 목소리로 물었다.

"찰스란 이름 쓰는 사람들은 다 맛이 간 거 같아."

"흐."

예나왕이 짧게 웃은 뒤 일어났다.

"뭔데."

"내일 같이 밥 먹자는데?"

가우왕이 건네받은 카드를 예나에게 보여주었다.

"어…… 이건 내일 거절할게."

"왜. 친척 아니야?"

"친척이라 해봤자 멀어. 나이 차이도 많아서 어릴 때 몇 번 본 적밖에 없고."

"장인, 장모님도 오시는 거 아니야?"

"맞아."

가우왕이 예나를 살피다가 물으니 예나가 숨을 푹 내쉬곤 고개를 끄덕였다.

그녀느 그런 자리에서 만나봤자 불편할 뿐이고 거절하는 게 좋다고 판단했으나 가우왕의 생각은 달랐다.

"못 뵌 지 꽤 됐잖아. 이번 기회에 인사드리면 되겠네."

"안 그래도 괜찮아. 불편하기만 할걸."

"왕세자가 초대한 거잖아. 짜증 나도 자꾸 보면 괜찮아지니까 가자."

"자기 이상한 데서 사교적이다? 친구도 없으면서."

"내가 친구가 없긴 왜 없어."

가우왕이 다니엘 홀랜드와 피셔 디스카우, 마누엘 노이어, 진 마르코, 배도빈 등을 언급하며 친구가 있음을 주장했으나 예나는 위로의 뜻으로 그의 가슴에 손을 얹었다.

아침이 밝아 오고 왕 부부는 가우왕이 평소 다니는 살롱으로 향했다.

내부는 VIP를 맞이하여 철저히 준비되어 있었다.

가우왕이 녹음한 앨범이 흘러나왔고 그가 좋아하는 허브향이 은은한 풍겼다.

옷을 갈아입고 스파를 즐긴 두 사람은 관리사의 안내를 받아 나란히 누웠다.

곧 몸을 녹이는 듯한 손길이 그들을 마사지했다.

그 안락함에 다시 한번 잠이 밀려들 즈음 가우왕이 입을 열었다.

"예법 같은 것도 있다고 들었는데."

장인 장모와 만나니만큼 오늘 초대받은 저녁 식사 자리가 신경 쓰였다.

"있지."

예나가 시큰둥하게 답했다.

"말해봐."

"괜찮아. 알려준다고 바로 되는 것도 아니고 자긴 평소대로가 멋있으니까."

"그건 그렇지."

"그나저나 도빈이는? 괜찮대?"

"지 말로는 그렇다는데 모르지."

가우왕이 불편한 듯 끄응 하고 앓은 소리를 냈다. 항상 괜찮다고만 하니 도리어 마음이 더 쓰였다.

"빨리 나으면 좋겠네."

가우왕 역시 같은 마음이었다.

반쪽짜리 피아니스트였던 자신을 완전하게 만들어 주었던 배도빈.

세계가 우러러보는 입장이 된 지금도 가우왕을 충족시켜

주는 건 그뿐이었다.

음악적 관계만이 아니라.

가족과 예나를 제외하고 그에게 인간적 유대감을 심어준 것 또한 배도빈과 베를린 필하모닉뿐이었다.

그 마음이 간절할 수밖에 없었다.

"나을 거야. 반드시."

가우왕이 그래야만 한다는 듯 말했다.

늦은 오전, 스파로 피로를 풀고 피부 관리와 마사지를 함께 받은 두 사람은 점심을 간단히 먹으며 신혼을 즐겼다.

양쪽 부모에게 드릴 선물을 살피기도 했고 신혼집을 살피기 위해 부동산 중개인과 만나 몇몇 집을 살피기도 했다.

그러면서 찰스 왕세자가 여는 저녁 만찬 시간이 다가왔다.

예나왕이 머리를 차분히 뒤로 넘기고 평범한 연미복을 입은 남편을 살피고는 고개를 끄덕였다.

"웅. 멋있네."

"당연하지."

두 사람은 행복하게 웃으며 약속된 장소로 향했다.

베를린 시내의 연회장에 도착하자 곧장 가족을 만날 수 있었다.

"아버지, 어머니."

"안녕하십니까."

두 사람이 인사했으나 브라움 부부는 딸 부부를 보자마자 무시해 버렸다.

뒤도 돌아보지 않고 입장한 부모를 바라보며 씁쓸한 표정을 짓는 그들을 찰스 브라움이 위로했다.

"예상했던 일이잖아. 상처받지 마."

무뚝뚝한 위로에 가우왕이 어깨를 으쓱였다.

"그런 말도 할 줄 아네?"

"네게 한 말 아니다."

부모의 태도로 속이 상했던 예나왕은 티격태격하면서도 대화를 이어가는 오빠와 남편을 보며 그나마 마음을 다스릴 수 있었다.

그러나 그녀의 예상보다 만찬회는 더욱 잔인했다.

부부가 함께 들어선 순간 멸시의 눈초리가 쏟아졌다.

몇 번 얼굴을 봤던 사람들이, 웃으며 지냈던 그들이 너무나 변해 있었다.

"저 천박한 피아니스트는 대체 어떻게 온 거죠?"

"왕세자께서 초대하셨겠지요."

"대체 무슨 생각이신지."

"브라움 가도 틀린 거지. 장남은 나라를 배신하고 장녀는……."

스치듯 들려오는 그릇된 혐오에 예나왕이 주먹을 꽉 쥐었다.

그것을 눈치챈 가우왕이 아내의 어깨를 감아 안으며 웃어

보였다.

"왕세자가 연 만찬이라더니 제법 괜찮네."

남편의 의연한 태도에 예나왕도 어렵사리 미소 지었다.

그들 옆을 지키고 있던 찰스 브라움 역시 불쾌해하며 샴페인을 마실 뿐이었다.

그렇게 어느 정도 시간이 흐르고 연회장에 찰스 왕세자가 모습을 드러냈다.

모두가 박수로 그를 맞이했다.

사람들은 가장 유력한 가문인 레밍턴 부부와 그 장남 뒤에 누가 찰스 왕세자와 대화를 나눌 것인지 눈치 보기 시작했고 곧 그들의 예상은 보기 좋게 빗나가고 말았다.

"오오, 찰스."

찰스 왕세자가 찰스 브라움과 왕 부부를 향해 다가갔다.

"저하."

찰스 브라움이 고개를 숙였다.

찰스 왕세자는 너무나 반가워하며 그를 일으켰다.

"얼마 만인지 모르겠군."

"건강하신 듯해 다행입니다."

찰스 왕세자가 고개를 돌려 왕 부부에게도 말을 걸었다.

"예나도 오랜만에 보니 반갑구나."

"저하."

설마하니 왕세자가 가장 먼저 찾아올 거라고는 생각지 못했던 예나왕은 당황한 와중에 고개를 숙였다.

찰스 왕세자가 시선을 옮겼다.

"급히 초대했는데 응해주어 고맙소. 평소 흠모하고 있던 피아니스트가 와주니 무척 기쁘구려."

가우왕이 아내를 따라 고개를 살짝 숙이곤 입을 열었다.

"초대해 주셔서 감사합니다. 답례로 제 연주회에도 초대해 드리죠."

레밍턴 부부와 초대받은 이 모두 경악했다.

가우왕 나름대로 정중히 대했으나 했으나 감히 딴따라가 왕세자를 초대한다는 걸 그들로선 받아들일 수 없었다.

"껄껄. 그거 기쁜 일이지."

찰스 왕세자가 즐겁게 웃으며 가우왕과 악수했다.

그조차 연회장에 모인 이들에겐 충격이었다.

찰스 브라움과 예나왕마저 당황하는 사이, 왕세자는 왕 부부를 번갈아 보며 말을 이어나갔다.

"늦었지만 두 사람의 결혼을 축하하네. 참으로 잘 어울리는군."

왕세자가 두 사람과 손을 포개어 가볍게 흔들고는 돌아섰다.

왕 부부는 서로를 보며 어리둥절했고 찰스 브라움이 나섰다.

"어머니 아버지 모시고 올 테니 자리 잡고 있어."

"오빠."

"언제까지 이러고 있을 순 없잖아. 받아들이셔야지."

부모와의 어긋난 관계를 다시 이어주려는 오빠의 마음이 미안하면서도 고마웠다.

그녀가 고개를 끄덕이자 찰스 브라움이 브라움 부부를 찾았고 가우왕은 한쪽에 자리를 잡았다.

"괜찮은 구석도 있어."

"그럼. 우리 오빠만 한 사람이 어디 있다고."

"안녕하십니까."

대화를 나누는 부부에게 레밍턴 가문의 장남 리졸 레밍턴과 몇몇 사람이 다가왔다.

"안녕하세요."

일면식이 있었지만 그들이 보냈던 멸시의 눈초리를 기억하는 탓에 예나왕은 경계하며 인사를 받았다.

가우왕도 슬쩍 인사를 하자 리졸 레밍턴이 웃으며 말했다.

"명성은 익히 들었습니다. 아주 근사한 옷을 입고 연주를 하신다고."

"뭐, 그렇죠."

"한데 오늘은 정상적인 옷을 입고 있으시네요. 좋은 구경을 할 수 있었을 텐데 아쉽습니다."

리졸 레밍턴과 그와 함께한 이들이 소리 죽여 웃었다.

명백한 모독이었다.

가우왕이 눈매를 좁혔고 예나왕이 그들을 노려보며 말했다.

"뭐라 하셨죠?"

"아아, 기분 나쁘셨다면 사과하겠습니다. 농담이었을 뿐이니 너그러이 받아들여 주시길."

예나왕이 분한 마음에 주먹을 꽉 쥐는데 가우왕이 크게 웃었다.

"하하! 그거 재밌는 농담이네요."

예나왕이 그런 남편을 믿을 수 없다는 듯 바라보았다.

리졸 레밍턴과 그의 측근들도 의외라는 반응을 보였다.

"이거 생각보다 말이 통하는 분이셨군요."

"안 통할 거 없죠."

가우왕이 태도에 리졸 레밍턴이 고개를 끄덕였다.

"피아노를 그렇게 잘 연주하신다고."

가우왕이 어깨를 으쓱이며 긍정했다.

"얼마나 힘드셨습니까."

리졸 레밍턴이 정말 안타깝다는 듯 고개를 저었다.

그러고는 그의 말을 이해할 수 없어 의아해하는 예나왕과 가우왕에게 설명을 덧붙였다.

"동양에서는 어렸을 때부터 그렇게 아이를 혹사한다 들었습니다. 최근 유명한 음악가를 많이 배출하는 것도 다 그 때문이라 하니 그 학대가 얼마나 가혹했을지 짐작됩니다."

명백한 인종차별이었다.

예나왕이 레밍턴에게 다가서려 하자 가우왕이 그녀를 붙잡고 대신 나섰다.

"오해가 있군요. 어려움이 없진 않았지만 좋아서 스스로 감내한 일입니다."

모욕을 주기 위한 발언에도 가우왕이 태연히 대처하자 왕세자와의 첫 대화에서 밀린 리졸 레밍턴의 기분은 한 번 더 망가졌다.

"하하. 이런 분이니 음악을 사랑하시는 왕세자께서도 친애하시겠지요. 어떻습니까. 왕세자 저하를 위해서라도 한 곡 연주하심이."

"적당히 하세요. 레밍턴 경."

프로 피아니스트에게 예정에 없던 연주를 청하다니, 그것도 왕세자를 위한다는 명목을 들어 비아냥거리는 말투에 예나왕이 더는 참지 못했다.

남편의 자존심이 얼마나 강한지 알기에 더욱 화가 났다.

그때 가우왕이 한 번 더 웃었다.

"좋죠."

"가가."

예나왕은 이 자리 때문에, 문제를 만들지 않기 위해 그들의 차별을 받아들이는 남편을 믿을 수 없었다.

그러지 말아야 했다.

바보같이 그럴 필요 없었다.

그러나 화가 난 그녀는 가우왕의 얼굴을 본 순간 그가 얼마나 자신을 억누르고 있는지 알 수 있었다.

가우왕이 씩 하고 웃었다.

"괜찮아. 분위기도 살릴 겸 좋잖아."

이 모든 것이 브라움 부부, 부모에게 잘 보이기 위함이라는 것을 예나가 모를 리 없었다.

세계 그 어떤 곳에서도 이러한 대접을 받아본 적 없는 남편이 수모받으면서도 웃고 있었다.

그녀가 잡기도 전에 가우왕이 일어나 샴페인을 들었다.

이목이 쏠렸다.

"오늘 절 초대해 주신 왕세자 저하를 위해 한 곡 연주하고자 하는데 어떻습니까."

"오오."

사정을 모르는 찰스 왕세자가 기꺼이 가우왕의 제안을 받아들였고 찰스 브라움은 눈썹을 찡그리며 주변 분위기를 살폈다.

가우왕을 위해 밴드 옆에 피아노가 준비되었고 그는 처음 만난 실내악 팀에게 물었다.

"좀 하나?"

실내악 팀은 위대한 비르투오소를 처음 만나 얼떨떨한 와중에 고개를 끄덕였다.

가우왕이 씩 하고 웃곤 한 번 더 물었다.

"브람스 G단조 4중주."

"네, 네!"

"천천히 가자고."

가우왕이 피아노 앞에 앉아 실내악 팀과 시선을 교환하고 연주를 시작했다.

실내악 팀의 수준은 베를린 필하모닉에 한참 부족했으나, 일생에 단 한 번 있을까 말까 한 황제 가우왕과의 협연에 최선을 다했다.

찰스 왕세자도 흡족하게 그들의 연주를 감상했다.

그러나 기껏 연주를 청했던 리졸 레밍턴과 그 무리는 듣는 척 마는 척하며 각자 할 일을 했다.

마치 하인이라도 부리는 듯한 태도에 예나왕이 입술을 깨물었다.

그 순간.

찰스 브라움이 무대 위로 올라섰다.

"나와."

그가 가우왕의 팔을 붙잡고 일으키려 하자 가우왕이 고개를 들었다.

"무슨 짓이야?"

회장이 술렁였다.

"이딴 취급이나 받으려고 왔어? 일어나."

찰스 브라움의 말에 가우왕이 그의 손을 뿌리쳤다.

찰스 왕세자가 그의 수행원을 불러 사정을 알아보도록 지시하는 와중에, 찰스 브라움의 목소리가 더욱 커졌다.

"일어나!"

"거참 시끄럽네. 뭐가 문제야. 다들 재밌게 놀고들 있구만. 나도 좀 놀자고."

"그래요. 이게 무슨 무례입니까, 브라움 경."

리졸 레밍턴이 음흉한 미소를 지으며 나섰다.

"본인이 왕세자 저하를 위해 나서고 싶다 밝혔는데 그 연주를 망치는 의도가 무엇입니까."

"리졸⋯⋯."

찰스 브라움이 그를 노려보았다.

"이거 참으로 애석하군요. 정말이지 애석합니다. 왕실 오케스트라 제안을 거절하면서까지 독일로 가 동양인 아래서 활동할 때만 해도 설마 했는데. 브라움 경, 정말 경우가 없으시군요."

"뭐야?"

"더군다나 장녀는 저렇게 꼴사나운 사람과 만나니 브라움 공께서 슬픔을 토로하시는 것도 충분히 이해됩니다. 안 그렇습니까?"

리졸 레밍턴이 크로프트 브라움을 보며 한쪽 입꼬리를

올렸다.

크로프트 브라움 부부가 모욕당한 나머지 입술을 파르르 떨었다.

그러나 자존심 싸움을 하고 있던 두 가문 사이에, 오늘 왕세자까지 왕 부부에게 먼저 인사를 건넨 상황이었다.

리졸 레밍턴은 이 정도로 끝낼 생각이 없었다.

그가 받은 모욕 이상을 주기 위해 다시 한번 입을 열려고 하던 차.

찰스 왕세자가 손뼉을 쳤다.

모두의 시선이 그에게 향했고 찰스 왕세자가 입을 열었다.

"이게 무슨 무례요."

레밍턴과 그 일행이 씩 하고 웃었다. 그러나 왕세자는 그들의 기대와 전혀 다른 반응을 보였다.

"레밍턴 경, 가우왕과 브라움 가에 사과하시오."

"……저하?"

되물었음에도 찰스 왕세자의 표정이 변하지 않자 리졸 레밍턴이 하 하고 탄식했다.

그를 입맛을 다시더니 숨을 푹 내쉬곤 고개를 들었다.

"저의 언사가 조금 과했던 것 같군요. 유감입니다."

그러나 이빨 빠진 왕세자의 말이 그를 제어할 수 있는 범위는 거기까지였다.

그가 다시 미소 지었다.

"어떻습니까. 브라움 경도 거기 가우왕 씨와 함께해 분위기를 풀어보심이."

찰스 브라움마저 모욕하는 말이었다.

그 순간.

가우왕이 의자를 박차고 나서 리졸 레밍턴의 면상에 발을 쑤셔 박았다.

"나이스."

리졸 레밍턴의 얼굴이 기괴하게 찌그러졌다.

그가 힘없이 고꾸라지는 모습을 본 예나왕은 자신도 모르게 주먹을 쥐었다.

"아으어커거그극."

리졸 레밍턴은 만찬회장 바닥에 쓰러져 고통을 호소했고 그 충격적인 사건에 모두 얼어붙어 있을 때.

가우왕이 그를 내려다보며 이죽거렸다.

"또 떠벌려 봐."

리졸 레밍턴이 반응하지 않자 그의 머리카락을 낚아채 눈을 마주했다.

코뼈가 부러진 고통과 누군가 자신에게 폭력을 행사했다는 충격에 놀란 그는 두려워하고 있었다.

"한 번 더 그 주둥아리 놀렸다간 혀를 뽑아버릴 거야. 알아 들어?"

"끄으으억."

"알아 듣냐고!"

가우왕이 리졸 레밍턴의 멱살을 쥐고 흔들었다.

무력하게 조롱당하는 치욕보다 고통이 앞선 탓에 레밍턴은 더욱 몸을 움츠릴 뿐이었다.

가우왕은 반항조차 하지 못하는 그의 멱살을 풀어 내던지곤 마지막으로 경고했다.

"내 가족 건들면 그땐 이 정도로 안 끝나."

그렇게나 무시 받고 모욕당했음에도 브라움 가문을, 부모를 가족으로 여기는 남편의 마음에 예나왕은 입을 앙다물었다.

"너……."

찰스 브라움도 놀라 굳어 있다가 황급히 가우왕을 말렸다.

"무슨 짓이야!"

"무슨 짓이긴. 얘가 하는 말 못 들었어?"

"그걸 말하는 게 아니잖아!"

폭력 사건이었다.

대중을 상대하는 피아니스트의 이미지에 어떤 영향을 미칠

지 감히 예단할 수 없는 일이었다. 더욱이 그전에 전과가 남을 수도 있었다.

"참아서 평생 후회하는 것보단 나을걸."

하지만.

그 정도도 생각 못 할 남자가 아니었다.

도리어 이룬 것이 너무나 많아서, 지킬 것이 산더미 같아서 더욱 신중하게 행동할 수밖에 없었다.

그 모든 걸 상정하고도 참을 수 없었던 것이다.

가우왕의 단호함에 찰스 브라움이 도리어 당황했다.

"경비! 경비!"

그때 레밍턴 부부가 소리쳤다.

보안을 담당하는 이들이 달려들어 가우왕과 리졸 레밍턴을 떨어뜨려 놓았다.

"리졸! 리졸!"

레밍턴 부부가 그제야 장남에게 달려갔고 가우왕은 예나왕에게로 향했다.

"이렇게 됐네."

예나왕은 연회를 망쳐 미안한 마음에 멋쩍어하는 남편을 노려보다가 웃었다.

"브루스 리보다 멋졌어."

아내의 말에 가우왕이 피식 하고 웃었다.

곧 경찰과 의료진이 들이닥쳤다.

리졸 레밍턴이 병원으로 이송되는 도중 경관이 장내 인물들에게 사건을 청취했고 가우왕에게 다가와 정중히 말했다.

"동행해 주셔야 하겠습니다."

"가죠."

예나왕이 두려움에 가우왕을 붙잡았다.

"괜찮아. 별일 없을 거야."

"……응."

가우왕과 경찰들이 나서는 모습을 보며 미소 짓고 있던 예나의 얼굴에 눈물이 흘러내렸다.

'너무 쉽게 풀리잖나.'

한편.

영국 내 모든 스마트 기기에 JH의 통합 콘텐츠 플랫폼을 의무 설치하는 법령을 통과시키고자 유력 가문과 의원들을 상대하고 있던 최우철은 그 광경을 지켜보고 있다가 위스키를 들이켰다.

동양인이 대표로 있는 회사에 그런 특권을 줄 수 없다며 반대하고 나선 이들을 회유하기 위해 그들의 여행 경비까지 대주고 있던 최우철로서는 레밍턴 가문과 그 무리에게 고마울 지경이었다.

♪

[피아니스트의 황제, 쿵푸 킥을 날리다]

[가우왕 폭력 가해. 상대는 레밍턴가 장남]

[찰스 왕세자 주최 만찬회에서는 어떤 일이 있었나]

그날 밤.

가우왕에 대한 소식이 전 유럽에 대대적으로 보도되었다.

현재 최고의 위치에 있는 인기 피아니스트의 폭력 행위에 클래식 음악 팬들은 경악할 수밖에 없었다.

ㄴ정말 실망이다. 평소 거지 같은 행동 다 자부심 때문인 줄 알았는데 진짜 개망나니였네.

ㄴ자기가 갱스터야? 사람 얼굴을 어떻게 발로 차냐?

ㄴ피아노 좀 치고 인기 좀 있다고 남 업신여기는 거지.

ㄴ가우왕 어떡해? 계속 활동할 수 있는 거야?

ㄴ구속해라.

ㄴ자산이 수천만 달러일 테고 개인 변호인단 말고도 뒤에 배도빈이 버티고 있는데 그렇게 될 리가.

ㄴ나 쟤 평소에도 별로 안 좋게 보였음. 재능이 있으면 뭐 해. 남 무시하는 게 뻔히 보이는데.

ㄴ하는 거 없이 방구석에 처박혀서 니트질만 하는 새끼들 또 기어 나왔네.

└건수 잡혔으니 악플 달아야지? 불쌍한 자기 인생이나 돌봐라.

└가우왕이 평소에 언행이 거칠긴 해도 도리를 모르는 사람은 아님. 기부를 얼마나 많이 하는데. 또 홍콩에서는 어땠고.

└가우왕이 유별 난 건 음악에 한해서임. 그것조차 자기 연주 완벽하게 하려고 그러는 거지 다른 일로 구설수에 오른 적 한 번도 없었음.

└방계라곤 하지만 영국 왕실 사람인 예나랑 결혼했는데 찰스 왕세자가 주최한 파티에서 폭행을 했다? 뭔 일이 있을 것 같지 않냐?

└후속 기사 빨리 올라와라.

└이런 일은 일단 지켜보는 게 좋음. 한쪽 입장에서만 다뤄지잖아. 가우왕이니까 기레기 새끼들이 조회 수 뽑아 먹으려고 자극적으로 쓰는 거고.

일부 악플러와 거짓 정보를 그대로 믿는 이들이 가우왕을 물어뜯고 나섰으나 여론은 신중했다.

아리엘 사건을 통해 한층 더 성숙해진 클래식 음악 팬들은 가우왕 폭행 사건에 관한 후속 기사를 기다렸으며 곧 그들이 바라는 소식을 접할 수 있었다.

가장 먼저 나선 사람은 그의 앙숙이자 처남 찰스 브라움이었다.

그는 만찬회장에서 있었던 일을 가감없이 언급했고 가우왕을 옹호하는 발언은 삼갔다.

└맞을 짓 했네.

└아무리 그래도 폭력이 정당화 될 수 있냐?

└근데 결국 찰스도 가우왕이랑 인척이잖아. 저 말을 믿을 수 있나?

└참다 참다 폭발한 거 같은데 이해는 가지만 그래도 폭력은……

└뭐 하는 놈인지 몰라도 시비 걸려고 작정한 거 같은데?

└그래서 가우왕 어떻게 됨?

└이게 독일 안에서 영국인을 팬 거라 결과 나오려면 시간 좀 걸릴 거임.

└일단 형사 문제는 피할 수 없음. 남은 건 민사인데, 레밍턴 가문에서 세계 클래식 음악 협회랑 베를린 필하모닉에 진정도 넣었다고 하네?

└뭐라고?

└폭행범에 대한 강력한 징계를 바란다고.

└지랄하네 미친놈이.

└베를린 필하모닉은 무슨 입장이래?

└솔직히 징계해야지. 몇 번 못 나오게 한다든가.

└말 같잖은 소리 하네. 짐승이냐? 짖게?

사건이 점점 더 확대되자 베를린 필하모닉으로서도 더 이상 이 일을 악단주 배도빈에게 숨길 수 없었다.

되도록 안정할 수 있도록 조용히 처리하고 차후에 보고하려 했던 이자벨 멀핀은 그가 입원한 병실을 찾아 조심스레 가우왕에 관한 일을 전했다.

"무시해요."

배도빈이 드물게 역정을 냈다.

"뭘 그런 걸 고민해요. 어디서 굴러먹던 놈인지 모르겠지만 감히 누구한테 이래라저래라야?"

"도빈아 진정해."

곁에 있던 나윤희가 배도빈의 손을 잡았다.

흥분한 나머지 혈압이 올라 시신경에 안 좋은 영향을 끼칠까 봐 노심초사했다.

이자벨 멀핀 역시 그의 건강이 걱정되었으나 한편으로는 그를 더욱 신뢰할 수 있었다.

갈린 여론 속에서 흔들릴 수 있건만 어린 대표가 바른 판단을 단호히 내릴 수 있음에 절로 고개가 끄덕여졌다.

"알겠습니다. 그럼 그렇게 입장 표명하겠습니다."

"잠깐만요."

배도빈이 잠시 고민하더니 다시 입을 열었다.

"징계하지 않겠다는 걸론 부족해요."

"그러면……."

"다음 달 루트비히홀에서 가우왕 단독 리사이틀이 있을 거라 해주세요. 또 왕 수석이 부감독으로 취임했다는 말도 덧붙이시고요."

"네?"

배도빈의 말에 멀핀이 반문했다.

그러나 곧 그의 뜻을 이해하곤 웃고 말았다.

징계를 내리라는 요청을 거절하는 것뿐만 아니라 그의 대우를 더욱 높인다는 뜻이었다.

"멋진 생각이십니다."

"부탁해요."

멀핀이 병실을 나섰고 배도빈은 곧장 히무라에게 전화를 걸었다.

전화를 받은 히무라는 배도빈의 건강부터 물었다.

-나았어?

"아뇨. 생각보다 회복이 좀 더디네요."

-후우. 정말 큰일이다. 정말 낫는 것만 생각해. 주변 사람도 힘들지만 너를 위해서라도.

"그럴게요."

배도빈이 세계 클래식 음악 협회 이야기를 꺼내려 하던 차, 히무라가 선수를 쳤다.

-그러니 가우왕 일이라면 걱정 마. 이미 거절하라는 쪽으로 의견 맞춰 놨으니까.

"역시 히무라."

-샛별 엔터테인먼트가 괜히 홍보해 주겠어?

배도빈은 오케스트라 대전 중 히무라 쇼우가 권했던 내용을 떠올리며 고개를 끄덕였다.

　-그리고 그쪽 사람들도 처음부터 레밍턴인지 하는 놈들 안 좋게 생각하더라고. 딴따라니 뭐니 하면서 무시하는 발언을 해와서.

　"좋네요. 그럼 퇴원하면 봐요."

　-그래. 건강하자.

　배도빈이 전화를 끊자 나윤희가 걱정스레 입을 뗐다.

　"가우왕 씨 괜찮을까."

　"괜찮아요. 강한 사람이니까."

　"응. 아, 그럼 콩쿠르는."

　"……엉망이네요."

　가장 강력한 우승 후보 네 사람 중 두 사람이 이탈했으니 콩쿠르의 취지가 시작에 비해 퇴색될 수밖에 없었다.

　신분이 확실한 만큼 보석이 어렵지 않겠지만 지금의 여론으로 콩쿠르를 이어나가긴 어려울 듯싶었다.

　더욱이 악화 여론이 생긴 이상 투표에도 영향이 갈 수밖에 없었다.

　"지켜봐야죠."

　배도빈이 혀를 찼다.

　가우왕을 지키려는 이들이 발빠르게 움직이는 동안 반나절이 흘렀다.

조사를 마친 가우왕의 보석이 결정되었고 동시에 유럽 전역에서 레밍턴 가문에 대한 보도가 집중되기 시작했다.

[특보. 리졸 레밍턴, 대규모 방산비리를 저지른 버만 가문과 협력 관계]
[아일랜드 접경지 군사분쟁을 유도했던 버만 가문과 레밍턴 가문의 관계는?]
[아일랜드 공격과 연관된 리졸 레밍턴의 국가, 인종 차별적 발언]
[리졸 레밍턴의 발언에 영국 왕실 관계없음을 소명]

각 언론사의 대대적인 보도에 레밍턴 가문은 크게 당황했다.

영국의 국가 배신자로 낙인찍힌 버만 가문과 연관되니, 즉각 반응하여 반박하고자 했다.

그러나 어찌 된 일인지 그들의 목소리를 대변해 주는 언론사는 영국 내에서도 극소수일 뿐이었고.

전쟁 분위기를 조성했던 사람이 동양인에 대한 모욕, 차별 발언을 한 것이 각인되니 사태는 걷잡을 수 없어졌다.

ㄴ퍼킹 레이시스트.

ㄴ이야~ 영 제국주의 망령이 부활하나? 이거 국가적 선민사상에 찌든 새끼 아냐?

ㄴ버만 일은 파도 파도 또 나오네.

ㄴ이런 새끼들이 신사의 나라 억ㅋㅋㅋㅋㅋ

ㄴ영국이고 프랑스고 유럽 놈들은 전쟁 이긴 거 다행으로 알아야 해. 쟤들이랑 나치, 일제랑 다른 거 하나도 없음.

ㄴ영국 왕실 화들짝 놀란 거 봐락ㅋㅋㅋ

ㄴ총리까지 직접 나서서 개인적 발언이고 행동일 뿐 아무 상관 없는 일이라고 선 긋네.

ㄴ오 베를린 필하모닉 입장문 떴다.

ㄴ뭐래?

ㄴ[링크] [가우왕 수석, 베를린 필하모닉 부감독으로 취임]

ㄴ어얼ㅋㅋㅋㅋㅋㅋ 배도빈 개멋있넼ㅋㅋㅋㅋ

ㄴ진짜 개쿨ㅋㅋㅋㅋ 징계 먹이라고 했더니 부감독으로 진급시켜 버림ㅋㅋㅋㅋㅋ

ㄴ해고 소식 올라온 지 1달도 안 되어서 부감독 캬~

반전된 분위기 속에서.

가우왕은 보석되어 풀려나자마자 경찰서 앞에 진을 치고 있는 기자들에게 둘러싸이고 말았다.

"가우왕 씨! 부감독 취임 기분이 어떠십니까!"

"다음 달부터 매달 단독 콘서트를 한다고 하던데 사실입니까!"

쏟아지는 질문을 이해할 수 없었던 가우왕은 눈을 깜빡이며 되물었다.

"뭔 소리야?"

"배도빈 악단주께서 가우왕 씨를 부감독에 앉히겠다 밝히셨습니다. 처음 들으시나요!"

기자의 질문에 가우왕이 버럭 소리를 질렀다.

"퍼스트는!"

그 기백에 놀란 기자들이 되레 주춤했다.

"내 퍼스트 피아니스트 자리는!"

· 111악장 ·
그래도 나아가리라

가우왕은 기자들을 뿌리치고 곧장 배도빈을 찾았다.

병실 앞에서 잔뜩 끓어오른 흥분을 한 번 가라앉히고 문을 두드리자 나윤희가 대답했다.

"네."

가우왕은 대체 왜 모든 일을 기자들에게 먼저 들어야 하냐고 따지려 했으나 병실에 들어선 순간 그럴 수 없었다.

항상 열정적으로 활동했던 배도빈이 침대에 기댄 채 있으니 그의 마음이 찢어지는 것만 같았다.

"가우왕 씨."

나윤희가 깎던 과일을 내려놓고 반갑게 맞이했다.

가우왕도 그녀와 눈인사를 한 뒤 퉁명스레 물었다.

"좀 어때."

"답답해요."

"답답한 게 낫지. 시력은 언제 돌아온대?"

"아직인가 봐요."

명확히 답하지 못함에 가우왕이 혀를 차고 의자에 앉았다. 나윤희가 권한 사과를 받아먹으며 물었다.

"넌 계속 여기 있었던 거야?"

"아, 아뇨. 퇴근하고만."

"흠."

가우왕이 한 번 더 사과를 받아먹자 배도빈도 그의 안부를 물었다.

"어떻게 됐어요."

"벌금이나 나오겠지."

배도빈이 눈썹을 꿈틀댔다.

"그러니까 왜 사람을 때려요?"

"넌 맨날 엉덩이 걷어차고 다니잖아."

"가우왕이랑 찰스 엉덩이밖에 안 찼어요."

그에게 엉덩이를 걷어차인 사람은 그보다 훨씬 많았지만 진실을 알지 못하는 가우왕으로서는 반박할 수 없었다.

"어쨌든."

배도빈이 한숨을 내쉬었다.

"나중에 자리 만들어서 상황 설명해요. 놀란 사람 많으니까."

가우왕이 딴청을 부렸다.

그가 대답하지 않자 배도빈이 한 번 더 숨을 내쉬고 어르듯 말했다.

"겸직하면 되잖아요. 겸직하면. 당신 면 세워주려고 한 일인 거 뻔히 알면서 왜 삐져 있어요?"

"아, 그래?"

가우왕이 반색하자 나윤희가 작게 웃었다.

배도빈도 어이가 없어 허탈하게 웃었고 세 사람은 그때의 일을 자세하게 나누었다.

"……."

가우왕의 말을 들으며 배도빈은 조금도 바뀌지 않은 증오와 무지에 탄식했다.

그의 단골집인 슈퍼 슈바인에서 진달래와 나윤희를 위협했던 독일인.

베를린 대학에서 자신을 향해 눈을 찢는 행동을 보인 대학생.

오케스트라 대전에서 동양인이 드보르자크를 이해할 수 없을 거라 했던 밀로스 발렌슈타인.

그리고 영국인들까지.

찰스 브라움이 차별받는 유학생들을 위해 대학을 설립하는 것이 결코 과한 행동이 아님을 절실히 느낄 수 있었다.

세계 최고의 음악가조차 그런 일을 당하는데 하물며 평범한 사람들은 대체 어떤 일을 겪고 있을지 알 수 없었다.

'변하지 않았어.'

각자의 삶에서 최선을 다해 필사적으로 나아가는 이들을 위해 노래했던 악성은 안타까울 뿐이었다.

세대, 계층, 성별, 국가, 인종.

서로를 향한 혐오로 점철되어 있었다.

레밍턴과 그 무리만의 문제가 아니었다.

악플을 다는 사람들 역시 마찬가지.

배도빈은 지겹도록 이어져 온 차별과 증오의 굴레가 끊어지길 바랐다.

그러나 그것이 결국 이상일 뿐일지도 몰랐다.

희망과 사랑을 외치는 자신의 음악이 어떻게 하면 더 많은 이를 위로할 수 있을까에 대한 고민이 계속되었다.

배도빈이 고뇌하자 나윤희가 안타까운 마음으로 입을 열었다.

"다들…… 화가 나 있는 거 같아요. 조금만 여유로울 수 있어도 그러지 않을 텐데."

삶이 각박하기에 그렇게 된 것이라면 그들을 조금이라도 위로하고 포용함으로써.

마음 한구석에 작은 여유를 남길 수 있지 않을까.

배도빈은 그랜드 심포니에 대한 의지를 다지며 입을 열었다.

"지친 사람을 위해 우리가 있는 거잖아요. 더 열심히 해야겠죠."

배도빈의 말에 가우왕과 나윤희가 고개를 끄덕이다가 퍼뜩 정신을 차렸다.

"어물쩍 퇴원하려고 밑밥 깔지 마."

"가우왕 씨 말씀이 맞아. 일단 나아야 해."

"……."

배도빈이 입을 내밀곤 등을 기댔다.

여론이 레밍턴 가문의 비리와 리졸 레밍턴의 차별 발언에 대한 반발로 가우왕을 지지하고 나서며.

배도빈의 실명과 가우왕의 폭력 사건으로 어수선해진 분위기도 어느 정도 진정되었다.

가우왕 본인 역시 배도빈 콩쿠르에 대한 의지가 확고하여 그의 법적 문제와는 별개로 참가자 자격을 유지하기로 결정.

기자회견을 통해 심려를 끼친 데 사과했으며 자신의 행동에 대한 모든 법적 책임을 다하겠다는 뜻을 밝혔다.

ㄴ이게 맞지.

ㄴ이런 일 있으면 꼭 음악으로 보답하겠다, 더 열심히 하겠다 어쩌니

하는데 솔직히 난 가우왕처럼 자기 잘못한 건 법적으로 책임지겠다 하는 게 마음에 들더라.

└ㅇㅇ 실망한 팬들에게 하는 말이라는 건 알겠는데 잘못은 법으로 책임져야지.

└솔직히 까놓고 말해서 거지 같은 놈하고 싸웠을 뿐임. 가우왕이 누구랑 싸운 거랑 그 사람 연주 좋아하는 건 다른 일이지. 폭행에 대한 죗값만 치르면.

└어차피 벌금 조금 나올 뿐임. 초범이고 게다가 지금 그놈 발언 때문에 여론도 화나 있는데.

└여론 때문에 판결이 갈리겠냐. 부상도 생각보다 경미하고 우발적이고 하니 적당한 선에서 마무리될 듯.

└가우왕 계속 참전하네. 배도빈 콩쿠르 망할 줄 알았는데.

└그러니까. 솔직히 배도빈이랑 가우왕 없으면 뭔 재미로 봐.

└도빈이 아직 퇴원 기사 없던데 괜찮으려나.

└막심이랑 최랑 툭타미셰바도 있잖아. 솔직히 난 최가 너무 놀라워. 진짜 가우왕한테도 안 밀릴 포스임.

└배도빈 VS 가우왕으로 예상된 구도에서 가우왕 VS 최지훈으로 넘어오긴 했지. 배도빈이 사퇴한 탓이기도 하지만.

└아 빨리 결승 시작했으면 좋겠다.

팬들의 바람 이상으로 결승 진출자들은 자신의 기량을 펼치기만을 기다리고 있었다.

가우왕에게 문제가 없음이 알려지자 라이벌 막심 에바로트는 전의를 다시 불태웠고.

그를 목표로 했던 최지훈은 말할 것도 없었다.

결승을 위해 자신을 그 어떤 때보다 날카롭게 벼려내고 있었다.

"그래서 결승에는 뭐 연주할 건데?"

차채은의 질문에 최지훈이 빙그레 웃었다.

"쇼팽."

최지훈이 어려서부터 가장 친하게 대했던 음악가였다.

쇼팽에 있어서는 최성신과 함께 젊은 피아니스트 중 가장 독보적인 위치에 있는 만큼, 반드시 우승하겠다는 마음이 반영된 선택이었다.

"으음. 가우왕 씨는 역시 스트라빈스키겠지?"

"모르겠어. 세 개의 손을 위한 소나타보다 더 대단한 연주를 준비했을 텐데, 그 이상은 상상이 안 돼."

"혹시 손을 네 개처럼 쓴다든지?"

"그런 게 가능해?"

"모르니까 묻지."

"음…… 글쎄. 도빈이나 가우왕 씨나 나나 기술적으로는 더 이상 나아가긴 어렵지 않을까 싶어."

"그럼?"

"결국에 남는 건 음악성이니까. 가우왕 씨도 얼마나 감동을 주느냐에 집중할 거 같아."

차채은이 고개를 끄덕이며 최지훈의 의견을 메모했다.

"툭타미세바는 어떨 거 같아? 제일 부족해 보이는 것도 사실이잖아."

"아냐. 큰 차이 없어. 이번에 정말 놀랐거든."

"그 정도야?"

"응. 인식이 그런 건 아무래도 사람마다 지식에 차이가 있기 때문인 거 같아. 자기 이야기를 조금 더 쉽게 표현하는 방법을 찾으면 정말 대단한 피아니스트가 될 거야."

"피아니스트 최지훈, 엘리자베타 툭타미세바를 라이벌로……."

"라이벌이라는 말 한 적 없는데."

"이쪽이 재밌잖아."

"……."

"이렇게 스토리가 들어가야 재밌다고. 그리고 솔직히 맞잖아. 오빠랑 툭타미세바가 같이 참가한 콩쿠르가 몇 개였지? 10개가 넘잖아. 라이벌이네."

최지훈이 지그시 바라보자 차채은이 어쩔 수 없이 방금 남긴 메모에 줄을 그었다.

"알았어. 최지훈, 엘리자베타 툭타미세바의 가능성은 열려 있다고 전해. 이 정도면 괜찮지?"

"쓰면 안 된다고도 한 적 없는데."

"야!"

날이 갈수록 놀리는 방법이 다양해지는 탓에 또다시 속고만 차채은이 소리를 빽 하고 질렀다.

한편.

베를린으로 음악 여행을 왔던 찰스 왕세자 및 의원, 유력 인사들은 호의적일 수 없는 분위기를 피해 하나둘씩 귀국하고 나섰다.

브라움 부부도 예외는 아니었다.

배웅 나온 찰스 브라움이 아버지 크로프트 브라움에게 말했다.

"잠시만요. 예나도 나온다 했어요."

"뭐 하러."

쌀쌀맞은 태도에 찰스가 한숨을 내쉬었다.

"그만 좀 하세요. 대체 언제까지 이러실 거예요? 예나 다 큰 성인이고 이미 결혼까지 했어요. 평생 안 보고 사실 거예요?"

"끄응."

크로프트 브라움은 앓는 소리를 낼 뿐 별다른 말을 하지 않았다.

찰스 브라움은 그런 아버지가 너무나 답답했으나 오랜 시간

뿌리 깊게 박힌 사상을 바꿀 수 없었기에 속상한 마음을 달랠 뿐이었다.

그때 예나왕이 그들을 찾았다.

"아버지, 어머니."

크로프트 브라움은 딸을 보자마자 고개를 돌렸고 에리얼 브라움은 침을 삼키며 딸을 대했다.

"……어디서 지내고 있니."

"호텔에서 있어요. 곧 돌아가야 하기도 하고 아직 집을 정하지 못해서."

어머니가 고개를 끄덕였다.

"넌 자랑스러운 브라움 가문의 일원이야. 네 힘으로 앉은 자리니 결코 포기하지 않았으면 하구나."

에리얼 브라움은 딸이 결혼하더라도 교수직을 포기하지 않길 바랐다.

말 그대로 그 누구의 힘도 빌리지 않고 홀로 얻어낸 자리였으니.

"네. 그럴 거예요."

모녀 사이에 서로에 대한 서운함과 사랑과 어색함, 애틋함이 얽히며 대화가 돌고 있었다.

그때 크로프트 브라움이 헛기침을 했다.

"런던으로는 언제 올 셈이냐."

"다음 주요."

"벌써 2주나 있어 놓고 그렇게 오래 자리를 비우느냐."

"괜찮아요. 연구 들어가기 전이고."

가족은 결혼 이야기를 의도적으로 피하고 있었다.

보다 못한 찰스 브라움이 나서려 할 때 크로프트 브라움이 지나가듯이 중얼거렸다.

"올 때 그놈이나 데려와라."

예나가 놀라 눈을 깜빡였다.

"아버지."

찰스의 부름에 크로프트가 성을 냈다.

"식사하자고 부르지 않았느냐. 식사 예절만 봐도 어떻게 교육받았는지 아니 내 직접 확인하려는 것이야."

아버지의 말에 예나의 눈에 눈물이 차올랐다.

아직 모든 걸 받아들일 순 없으나 굳게 닫혔던 마음의 문이 조금이나마 열린 이상 시간이 필요할 뿐.

"꼭 데려갈게요."

"크흠. 갑시다."

크로프트가 아내와 함께 짐을 챙겨 걷기 시작했고 예나는 부모의 뒷모습을 보며 눈물을 훔쳤다.

찰스는 인생에서 가장 행복한 순간에 마음고생을 심하게 한 동생을 위로했다.

"그렇게 반대하시더니 무슨 바람이 불었어요?"

게이트를 지나며 에리얼 브라움이 남편에게 물었다.

크로프트 브라움은 온갖 모욕을 당하면서도 웃음으로 참아내던 가우왕을 떠올렸다.

"무슨 소리. 인정한다는 말은 하지 않았소."

단지 가우왕이 어떤 사람인지 좀 더 확인해 볼 필요가 있다고 생각했다.

'내 가족 건들면 그땐 이 정도로 안 끝나.'

분명 그 방법은 과격하고 야만스러웠으나 가문이 모욕을 당했을 때 망설이지 않고 나서는 용기가 제법이라 생각할 뿐이었다.

가우왕의 도발로 시작된 배도빈 국제 피아노 콩쿠르의 마지막 날이 밝았다.

해프닝으로 끝난 베를린 필하모닉의 가우왕 해고와 배도빈의 첫 패배와 실진, 최지훈의 약진, 가우왕의 폭력 사건까지 다사다난했던 배도빈 콩쿠르는 전 세계 3억 명이 넘는 시청자를 기록하며, 오케스트라 대전 이후 가장 많은 사람이 시청하는 음악 이벤트로 자리 잡고 있었다.

결승전만을 남긴 시점에서 배도빈 콩쿠르가 마지막임을 아쉬워하는 것도 무리는 아니었다.

　시청자들은 결승전이 시작되기만을 기다리며, 다음에도 배도빈 콩쿠르가 이어지길 바란다는 채팅을 남기고 있었다.

　└오늘이 마지막이라니 ㅠㅠ

　└솔직히 계속해야 함. 여러 피아니스트 연주 한 번에 들을 수 있는 기회가 진짜 없어.

　└다른 콩쿠르도 있잖아.

　└그거랑은 또 다르지. 배도빈 콩쿠르는 진짜 프로 중의 프로만 모여서 하는 거잖아.

　└배도빈이 사퇴한 것 때문이라도 한 번 더 해야 함. 배도빈이랑 가우왕 1 대 1로 아직 결판 안 났잖아.

　└2라운드 때 소름이었지.

　└맞아. 솔직히 배도빈 빠진 이상 가우왕을 이겨라 아님? 막심도 큰 차이로 졌고 최가 잘한다곤 하지만 가우왕을 이길지는 좀……

　└가우왕이 진짜 대단하긴 해. 저 구성원 사이에서도 우승하는 게 당연해 보이니까.

　└지메르만이 인정했잖아. 가우왕이랑 배도빈은 자신을 넘어섰다고.

　└빨리 좀 시작해라. 현기증 난다.

　└지금 루트비히홀에 있는 사람들 너무 부럽다 ㅠㅠ

시청자들이 아쉬움과 기대를 더하고 있을 때, 운 좋게 결승 티켓을 구한 한 학생들이 들뜬 마음으로 루트비히홀로 입장했다.

"사람 엄청 많다."

"으아아아. 진짜야. 진짜라고. 내가 배도빈 콩쿠르 결승전을 직접 듣는다구."

"우리 어디야?"

"H10부터 세 칸. 저기로 가는 거 같은데?"

"너흰 안 좋아? 나만 이렇게 좋은 거야?"

"좋아. 그런데 너처럼 호들갑 떨고 싶지 않을 뿐이야."

"씨잉."

"당연히 좋지. 배도빈이 안 나오는 게 좀 아쉽긴 해도 이게 어디야. 아, 저쪽인가 봐."

"팸플릿 받아가자."

"미리 챙겼지롱!"

"감사. 어? 진짜야?"

"뭐가?"

"엘리자베타 툭타미셰바. 세 개의 손을 위한 소나타라고 되어 있는데?"

"아아. 다들 그걸로 난리더라. 진짜 연주할 수 있는지, 아니면 그냥 무리하는 건지."

"자신 있으니까 결정했겠지."

"가우왕 말곤 아무도 공식 무대에서 연주한 적 없잖아. 막심도 최지훈도."

"그래서 무리한 거라고 하더라. 어차피 어지간해서는 어필 안 될 테니까."

학생들의 반응대로 여론의 관심이 가우왕, 막심 에바로트, 최지훈에게 집중되어 있을 때 엘리자베타 툭타미셰바의 도전은 도박이었다.

그녀의 소식을 접한 최지훈조차 깜짝 놀라고 말았다.

"세 개의 손을 위한 소나타?"

엘리자베타가 장족의 발전을 이룬 것을 확인한 그로서도 현재까지 가우왕만이 연주했던 세 개의 손을 위한 소나타를 선보이겠다는 소식에 의문부터 들었다.

곁에 있던 차채은이 물었다.

"근데."

최지훈이 고개를 돌렸다.

"세 개의 손을 위한 소나타가 어려운 건 알겠는데 정말 오빠나 도빈 오빠도 못 할 정도로 어려워?"

차채은의 질문에 최지훈이 대답하려다가 대기실에 준비된 연습용 피아노 앞에 앉았다.

그리고 세 개의 손을 위한 소나타를 연주하기 시작했다.

차채은이 의문을 가졌던 대로 너무나 완벽했다.

그러나 이내 실수가 나왔고 최지훈은 그와 동시에 건반에서 손을 뗐다.

"뭐야. 할 수 있잖아."

차채은이 의아해하며 말했다.

미스 터치가 없는 것이 최고지만 많은 피아니스트가 모든 연주에서 완벽한 모습을 보일 순 없었다.

녹음이 아니라 실연에서는 미스 터치조차 공연의 일부로 취급받고 있었기에 큰 문제가 되진 않다고 판단했다.

그러나 최지훈의 표정은 좋지 않았다.

"그렇게 쉬운 문제는 아니야."

최지훈이 자신이 틀렸던 부분을 다시금 연주해 들려주었다.

이번에는 완벽했다.

"가우왕 씨가 연주해내고 나도 꽤 오래 연습했지만 세 개의 손을 위한 소나타가 어려운 이유가 난도 때문만은 아니야."

"그럼?"

"한 번이라도 틀리면 손이 꼬여서 진행이 안 돼."

"아."

차채은은 그제야 많은 피아니스트가 세 개의 손을 위한 소나타를 감히 무대 위에서 연주하지 못한 이유를 알 수 있었다.

두 사람이 연주할 분량을 감당하게 되면서 그러지 않아도 복잡한 노트를 소화해야 하는 연주자에게 단 한 번의 실수도 허용되지 않았던 것이다.

"실수해도 그 뒤에 계속 이어나갈 수 있는 거랑 연주를 중단해야 하는 건 차이가 커. 항상 완벽하게 연주해야 하니까."

지금까지의 모든 피아노곡 중에서 가장 높은 난도의 소나타를 실수 없이 완벽하게 연주해야 한다는 압박감과 항상 최고의 컨디션을 유지해야 하는 부담은 클 수밖에 없었다.

"도빈이나 나나 열 번 연주하면 여덟, 아홉 번은 할 수 있어도 한두 번의 실수는 나올 거야."

"그래서 안 하는 거야?"

"응. 그래서 가우왕 씨가 대단한 거고."

차채은은 새삼 가우왕이란 피아니스트가 얼마나 대단한지 느낄 수 있었다.

그런 부담 속에서도 망설이지 않을 수 있는 그의 담대함과 자신감이 더 대단해 보였다.

"그리고 사실 가우왕 씨가 아니었다면 이런 곡을 혼자 연주하려 했던 사람은 없었을 거야."

차채은이 설명을 재촉했다.

"사실 마음만 먹으면 무대에서 연주할 수 있어. 하지만 가우왕 씨가 없었다면 쭉 불가능했을 거란 뜻이야."

"칠 수 있잖아."

"가우왕 씨가 길을 알려줬으니까."

불가능했던 일을 가능하게 바꾼 것이었다.

"가우왕이 아니었으면 오빠도 못 했다는 말이야?"

"응. 그런 생각 가우왕 씨가 아니면 절대 못 할 거야."

자신이 연주할 수 없는 곡이 있을 리 없다는 확신이 없고서야 가능할 리 없었다.

'세 개의 손을 위한 소나타'를 연주할 수 있는 것보다 그것을 가능하게 한 것이 가우왕의 진가였다.

"대단한 사람이네."

최지훈은 고개를 끄덕였다.

그러면서도 엘리자베타 툭타미셰바의 선곡에 대해서는 부정적이었는데 하나는 정말 실수 없이 연주할 수 있는지에 대한 의문이고.

다른 하나는 세 개의 손을 위한 소나타를 연주해낸다 해도 큰 의미가 없기 때문이었다.

'굳이 왜.'

배도빈과 최지훈이 굳이 현존하는 가장 어려운 피아노곡 '세 개의 손을 위한 소나타'에 매달리지 않은 이유는 그것을 연주하더라도 가우왕이 제시한 가이드라인에서 벗어날 수 없는 탓이었다.

한편.

가우왕은 팸플릿을 보곤 한쪽 입꼬리를 들어 올렸다.

"얼씨구."

엘리자베타의 선곡을 확인한 그는 가소로운 듯이 입을 씰룩였다.

"오. 드디어 기록이 깨지나?"

"크흘흘. 더 못 뻐겨서 어쩌나."

응원차 대기실을 찾았던 피셔 디스카우와 다니엘 홀랜드가 너스레를 떨었다.

가우왕이 코웃음을 쳤다.

"할 수 있으면 해보라지."

"못 한다고 생각하는 거야? 생각보다 잘하던데."

다니엘 홀랜드의 말에 가우왕이 고개를 저었다.

"해봤자 카피일 뿐이야."

다니엘과 피셔는 가우왕의 말을 이해할 수 없었다.

그들이 눈썹을 들어올리며 설명을 촉구하자 가우왕이 거들먹거리며 말했다.

"빌어먹을 꼬맹이랑 순둥이가 왜 가만있는데."

"……못 해서?"

실제로 수많은 피아니스트가 실패를 반복했고 지금까지 아무도 연주해내지 못한 곡이었다.

그러나 가우왕의 생각은 달랐다.

"아니. 이미 길을 다 닦아 놓고 어떻게 연주해야 하는지 보여

줬는데 그 녀석들이 못 할 리가. 마음만 먹었으면 이미 했지."

"그럼?"

"말했잖아. 따라 하는 것뿐이라고."

가우왕은 배도빈과 최지훈이 2라운드에서 보인 그들만의 새로운 무기를 확인할 수 있었다.

배도빈의 공감각적 연주와 최지훈의 촘촘한 타건은 가우왕에게 없는 장점이었다.

"그래. 날 따라 해서 기특하게도 연주할 수 있다 해도 그런 수준으론 날 넘어설 수 없지."

가우왕의 말에 다니엘 홀랜드가 의문을 표했다.

"그래도 대단한 거 아니야? 널 따라 하는 거라 쉽게 말해도 그조차 해낸 사람이 없잖아."

가우왕이 어깨를 으쓱였다.

"그럼. 대단하지. 이 몸을 쫓는 것만으로도 대단하지. 흐하하하하!"

가우왕이 호탕하게 웃기 시작하자 두 사람은 고개를 저으며 대기실을 벗어났다.

어깨가 무겁다.

가슴이 조여오고 손이 떨린다.

"할 수 있어."

마음을 다스리기 위해 할 수 있다는 말을 반복하지만 좀처럼 진정되지 않는다.

지난 1년간 그보다 더할 수 없다고 자부할 만큼 열심히 했기에.

우승해야 한다고.

우승할 자격이 있다고 생각하지만 막상 무대에 오를 때가 되니 나약해지고 만다.

"리자."

어렸을 적부터 매니저 역할을 해준 리디아가 손을 잡아주었다. 고개를 드니 걱정스러운 표정을 볼 수 있었다.

"네가 오늘을 위해 얼마나 노력했는지 잘 알아. 굳이 세 개의 손을 위한 소나타를 연주해야 하는 이유는 모르지만, 그런 부담을 감내해서라도 증명하고 싶은 게 있다는 건 알고 있어."

"리디아……."

"할 수 있어. 네가 우승할 자격이 있다고 생각하는 사람, 너뿐만이 아니야."

리디아의 말에 조금 진정할 수 있었다.

실은 나도 나를 잘 모르겠다.

한 번이라도 실수하면 연주가 무산되어 버리는 부담을 짊어지면서까지 '내 연주'가 아닌 '가우왕'을 연주하는 게 무슨 의미일까.

아니.

이제 더 이상 속이지 말자.

'저 때문에 떠날 필요 없어요. 그런 일 바라지 않아요.'

'누가 뭐라 해도 지금 그 자리에 가우왕 씨보다 어울리는 사람은 없어요. 본인을 속이지 마세요.'

'가우왕 씨가 양보하지 않아도 그 자리, 돌려받을 수 있으니까.'

세 개의 손을 위한 소나타가 세상에 처음 공개된 날, 그는 가우왕에게 도전했다.

그 올곧은 눈빛과 맑은 목소리로 당당히 세계 최고의 피아니스트를 대한 것이다.

내가.

내가 들어야 할 말이었다.

내가 있어야 할 자리였다.

그러기 위해 노력해 왔는데 그것을 TV 화면을 통해 지켜볼 수밖에 없는 현실이 나를 비참하게 했다.

그를 돌아보게 하려고 애썼건만 그는 항상 앞을 바라보았다.

배도빈, 가우왕.

그래. 모든 음악가가 그랬으니 어쩔 수 없는 일이라 생각하면서도 그만은 나를 봐주길 바랐다.

이 마음이 설령 바보 같더라도, 보상받지 못한다고 하더라도 내겐 너무나 중요했다.

-신사숙녀 여러분 오래 기다리셨습니다.

스피커를 통해 안내 방송이 흘러나왔다.

"리자."

"응."

마른침을 삼키고 짓누르는 부담감을 밀어내며 일어났다.

해낼 수 있을까.

아니. 그래야만 해.

난 그럴 자격이 있어.

지금껏 쌓아온 노력들을 떠올리며, 그것을 용기 삼아 무대
로 향한다.

엘리자베타가 무대에 오르자 관객들이 환호와 박수로 그녀
를 맞이했다.

지금까지 가우왕을 제외한 어떤 피아니스트도 연주해내지
못했던 세 개의 손을 위한 소나타를 연주하려는 젊은 피아니
스트에게 응원과 격려를 아끼지 않았다.

그러나 그녀가 성공할 거라 생각하는 사람은 많지 않았다.

ㄴ가우왕 소나타를 연주한다고?

ㄴ무리 아냐?

ㄴ배도빈이 사퇴 안 했으면 결승에도 못 올라올 애가 관심 받으려고 발악하네 ㅋㅋ

ㄴ말 너무 심하다.

ㄴ이건 무리 맞지. 배도빈이나 최지훈, 막심 같은 사람이 세 개의 손을 위한 소나타 안 하는 데에는 이유가 있는 거야.

ㄴ그게 뭔데?

ㄴ나중에 차채은이 기사로 써줄 거임.

ㄴ너도 모른다는 뜻이네.

ㄴ할 수 있으니까 하려는 거겠지. 다들 왜 이렇게 날이 서 있냐?

ㄴ가우왕 소나타가 어려운 것도 어려운 건데 한 번 틀리면 진행이 안 된다고 함. 노트가 너무 복잡해서 손가락이 꼬인대.

ㄴ그럼 실수 없이 치면 되네.

ㄴ그게 쉽냐? 동요도 아니고 지금까지 발표된 모든 곡 중에서 가장 어려운 곡을 한 번도 실수 없이 연주하는 게?

ㄴ난 힘들지만 프로면 당연한 거 아님?

ㄴㅇㅇ 아님.

ㄴ실수는 있을 수밖에 없고 중요한 건 그걸 넘기는 건데 가우왕 소나타는 그게 불가능하다니까?

ㄴ어쨌든 관심 한번 받고 싶단 뜻이네. 어디 잘하나 보겠음.

└못 하지. 내가 볼 땐 어차피 우승 나가리니까 어그로나 끌어보려는 거 같음.

엘리자베타의 도전을 응원하는 사람도 비아냥거리는 이도 있었지만 대부분 엘리자베타가 무리하고 있다고 생각했다.

객석에 앉아 있던 미카엘 블레하츠도 그들 중 한 명이었다.

"선생님은 알고 계셨습니까?"

블레하츠의 질문에 사카모토는 고개를 저은 뒤 입을 열었다.

"전혀 몰랐네. 그런 말은 잘 안 하는 아이라."

"각별하지 않으십니까."

"껄껄. 항상 마음이 가지. 재능도 있고 성실한데 제 평가를 못 받으니."

사카모토는 항상 배도빈과 최지훈 뒤에 가려 주목받지 못했던 엘리자베타의 어린 시절을 떠올렸다.

뛰어난 음감과 어렸을 적부터 쌓아온 탄탄한 기본기, 그리고 누구보다도 피아노에 열중했던 엘리자베타는 여태 단 한 번도 우승의 영광을 거머쥐지 못했다.

성취 없는 노력.

그녀 자신이 1등이 아니고서는 만족할 수 없었기에 그녀는 평생을 보상받지 못하고 지내왔다.

최지훈을 피해 다른 콩쿠르에 나서면 충분히 우승할 수 있었지만 그러지 않았다.

그래서는 의미가 없다며 고집을 부렸다.

수차례 패배를 맛보면 성격이 삐뚤어질 만도 한데 할 수 있다고, 이길 수 있다고 더욱 연습에 매진했다.

그 어린 소녀에게 어떻게 마음이 안 쓰일까.

"안타깝죠. 하지만……."

미카엘 블레하츠도 그 마음을 이해했지만 그녀의 선택이 옳다고는 생각지 않았다.

아무도 연주해내지 못했던 세 개의 손을 위한 소나타에 도전한다는 것으로 일단의 관심을 끌긴 했지만 그것이 어떤 의미를 지녔는지 알고 있었다.

배도빈이 가우왕에게 헌정한 소나타는 피아니스트의 전설 미카엘 블레하츠조차 쉽게 건들 곡이 아니었다.

다른 모든 이유를 차치하고서라도 최고 난도의 곡을 실수 없이 완벽하게 연주해야 한다는 부담이 클 수밖에 없었다.

또한 설사 연주해낸다 하더라도 그것은 가우왕을 좇는 일일 뿐.

한 사람의 피아니스트로서 주목받고 싶은 엘리자베타 툭타미셰바에게는 그리 도움 되는 일이 아니었다.

"껄껄."

미카엘 블레하츠의 걱정을 이해하고 있는 사카모토가 두

손을 모으며 웃었다.

"걱정 마시게. 저 아이는 분명 깨달을 테니. 심지가 곧은 아이야."

두 사람의 대화가 끝나고.

전 세계 1억 명이 지켜보는 가운데 엘리자베타 툭타미셰바가 두 손을 높이 들어 올렸다.

손끝이 파르르 떨렸다.

'나는.'

부담감에 가슴이 짓이겨질 것 같았다.

'나도.'

그러나 무관심 속에서 꿋꿋하게 꽃을 피워낸 흰꽃처럼.

고독한 추위와 눈보라 속에서도 생명의 씨앗을 틔우는 흰꽃처럼 온 힘을 다해 잎을 벌렸다.

'우승할 수 있어.'

아홉 개의 건반이 동시에 울린 순간 관객들을 향해 사자가 포효했다.

배도빈, 세 개의 손을 위한 소나타 E단조.

부족한 힘을 보강하기 위해 몸 전체를 움직여 무게를 실었다.

그녀가 느꼈던 사자의 용맹함과 강인함 그리고 그를 향한 두려움이 위대한 도약과 함께 고스란히 전해졌다.

초원을 가로지르는 사자.

먹이를 향해 달려드는 압도적 힘.

엘리자베타가 보는 가우왕이었다.

맞서 싸울 의지조차 앗아가 버리는 폭력을 목도한 순간, 초원의 동물들은 그저 그의 눈에 띄지 않게 숨을 수밖에 없었다.

목을 물어뜯긴 얼룩말은 생을 포기하고 축 늘어져 있다.

눈물 흘리는 힘 없는 눈과 시선을 마주하자 엘리자베타는 몸을 엎드릴 수밖에 없었다.

드넓은 평야가 모두 사자왕의 발아래 굴복당한 것이다.

아무도 그에게 도전하려 하지 않았고 초원의 동물들은 그가 잠들고 나서야 비로소 움직일 수 있었다.

동물들은 밤에 활동하기 시작했다.

그런 날이 이어질수록 엘리자베타의 가슴속에서 태양을 향한 그리움이 생겨났다.

그 찬란함.

그 올곧은 빛줄기.

두려웠다.

생각만 해도 온몸이 떨렸다.

아무리 노력해도 사자의 힘에 다가갈 수 없어 분했다.

그럼에도 그리웠다.

초원 위 높이 뜬 태양 아래서 마음껏 뛰놀고 싶었다.

그랬기에 감히 부족함을 알면서도 사자의 먹이가 될 것을 알면서도 나선 것이다.

평야에 나선 토끼는 참으로 오랜만에 자유를 느꼈다.

눈부신 태양 아래 충만해지는 가슴. 벅찬 가슴을 느끼며 뛰고 또 뛰었다.

피아노 건반이 신이 난 토끼의 움직임처럼 움직였다.

'이럴 수가.'

미카엘 블레하츠는 자신의 걱정이 전혀 문제가 되지 않았음을 깨닫고 말았다.

가우왕이 제시했던 유일한 연주법이 아니었다.

분명 세 개의 손을 위한 소나타인데 전혀 다르게 연주되고 있었다.

완벽히 자신의 것으로 만들어, 자신의 목소리로 연주하고 있었다.

'어쩌면.'

어쩌면 정말.

가우왕, 막심 에바로트, 배도빈, 최지훈에 이어 또 한 명의 거장이 탄생하는 순간일지도 모른다는 생각이 들었다.

연주를 듣고 있던 가우왕과 최지훈의 표정도 심각해져 있었다.

'툭타미셰바 씨.'

그들이 차마 상상하지 못했던 방향으로 연주가 진행되는 탓이었다.

미카엘 블레하츠와 같은 걱정을 하고 있던 최지훈은 자신이 아직도 그녀를 제대로 보지 않았음을 인정해야만 했다.

가우왕을 따라 하는 것이 아니었다.

엘리자베타는 자신의 연주를 하고 있었다.

가장 난해하고 복잡하며 빠른 곡을 가우왕이 제시한 답이 아니라, 그 외에는 답이 없을 거라 생각했던 곡을 자신의 방식대로 연주하고 있었다.

최지훈이 주먹을 꽉 쥐었다.

'할 수 있어요.'

또 다른 천재 연주자의 탄생이.

두꺼운 알을 깨고 세상에 나서는 행위를 어찌 응원하지 않을 수 있을까.

최지훈은 점차 빨라지는 연주를 들으며 침을 삼켰다.

한편.

병실에 있던 배도빈도 놀라긴 마찬가지였다.

그는 자신의 곡이 그와 가우왕이 생각지 못한 방식으로 풀어내지는 세 개의 손을 위한 소나타를 들으며 기뻐했다.

'어느 틈에.'

유망한 후배 음악가가 예상보다 훨씬 더 성장했음에 흐뭇해하고 있었다.

그러나 조금씩 그의 표정이 굳어갔다.

'조급해.'

한 손으로 두 손의 역할을 하며 반주를 더해야 하는 프레이즈는 '세 개의 손을 위한 소나타'에서 가장 어려운 파트였다.

그 부분에 진입하면서 엘리자베타의 손은 조급해졌다.

두 개의 멜로디를 동시에 연주해야 하는 복잡성과 그것이 가능하기 위해 최고 빠르기로 움직여야 하는 민첩함이 부담으로 작용한 탓이었다.

"안 돼."

배도빈이 자신도 모르게 입을 열었을 때.

더 이상 세 개의 손을 위한 소나타가 연주되지 않았다.

마지막 소리의 잔향만이 울렸고 그마저 오래지 않아 허무히 사라졌다.

적막.

루트비히홀에 침묵이 내려앉았다.

대기실에 있던 최지훈이 자리에서 일어섰고 가우왕은 눈썹을 찡그렸다.

└뭐야? 무슨 문제야?

└잘 듣고 있었는데.

└**왜 멈춰?**

ㄴ틀린 듯. 아까 누가 한 번 실수하면 손가락 꼬인다고 하더니 진짜 가 보네.

ㄴ이럴 줄 알았어. 세 개의 손을 위한 소나타는 무슨. 지가 뭔데 오 기를 부려?

ㄴ아 좀 실망이네.

ㄴ좀 들을 만하더니 이러네.

ㄴ응 어그로 실패~

엘리자베타는 그 모습 그대로 굳어버렸다. 사고마저 멈춰버려 무엇을 해야 하는지 판단할 수조차 없었다.

오직 끝이라는 단어만이 그녀를 채울 뿐이었다.

"뭐야?"

"틀린 거야?"

객석이 술렁이기 시작했다.

명확히 들을 수 없는 말들이 파도가 되어 엘리자베타의 가 슴을 흔들었다.

'……끝이야?'

관객들이 속삭이는 소리에 엘리자베타의 생각이 조금씩 움 직였다.

'정말. 끝이야?'

오늘을 위해 준비했던 모든 것이 단 한 번의 실수로 물거품이 되어버리고 말았다.

무리라고.

무모하다고 했던 우려의 시선들이.

비아냥거림이 굳건했던 그녀의 정신을 헤집었다.

객석에서 들려오는 웅성거림이 여기까지라고.

끝내 최지훈과 같은 위치에 오를 순 없다고 말하는 듯했다.

그녀의 손이 고장 난 인형처럼 움직였다. 건반에서 손을 떼고 당장에라도 부서질 것처럼 일어서려 했다.

도망치고 싶었다.

반입구를 향해 고개를 돌렸다.

그곳에 최지훈이 서 있었다.

'왜.'

숨을 헐떡거리며 자신을 바라보는 최지훈을 본 순간 엘리자베타는 움직일 수 없었다.

그가 왜 이곳에 있는지 알 수 없었지만 연주를 계속하길 바라는 것만은 느낄 수 있었다.

하지만.

천천히 고개를 돌려 건반을 앞에 둔 그녀는 입술을 꽉 깨물었다. 벌벌 떨리는 몸을 애써 붙잡으려 했으나 소용없었다.

막연했던 두려움이 실패를 경험하며 더욱 선명하게 다가왔다.

그녀가 다시 고개를 돌렸다.

최지훈은 소리 내지 않고 말했다.

'할 수 있어요.'

엘리자베타가 떨며 고개를 저었다.

최지훈도 고개를 저은 뒤 다시 입을 열었다.

'할 수 있어요.'

엘리자베타는 그의 올곧은 시선을 보면 다시 연주를 해야 할 것 같아서 눈을 꽉 감았다.

도대체 뭘 믿고, 나에 대해 뭘 알고 할 수 있다고 말하는지 묻고 싶었다.

제발 도망칠 수 있게 자리를 비켜줬으면 했다.

엘리자베타가 다시 건반에 손을 올리자 웅성거리던 루트비히홀이 다시 조용해졌다.

관객도 최지훈도 모두 그녀가 다시 연주하길 바랐다.

'또 틀리면 어쩌라고.'

당장 뛰쳐나가고 싶었으나 등 뒤에 서 있는 남자 때문에, 그에게 추한 모습을 보이기 싫었기에.

그녀는 두려움을 안고 다시 연주를 시작했다.

심하게 떨리는 손 때문에 단단하고 정교했던 그녀의 연주는 망가져 있었다.

관객들조차 눈살을 찌푸렸고 그녀의 연주는 엉망으로 진행되었다.

두려움에 떨며 틀렸던 부분을 향해서 끌려갔다.

그 비참한 연주에 그녀를 응원하던 사람 모두 탄식할 수밖에 없었다.

엘리자베타 본인마저도 포기한 채 손이 가는 대로 움직일 뿐이었다.

다시.

세 개의 손을 위한 소나타의 악명을 높였던 구절에 이른 순간.

모두 차마 그녀를 바라보지 못했고 그와 동시에 가장 아름다운 멜로디를 들을 수 있었다.

'아.'

엘리자베타 본인도 놀랐다.

수천 번.

지난 1년간 하루도 빠짐없이 반복했던 움직임을 몸이 기억하고 있었다.

두려움에 떨던 토끼가.

태양을 맞이한 초원을 마음껏 달린 순간 자신을 옥죄였던 모든 족쇄에서 벗어난 것이다.

어느새 떨림이 멈추고.

사냥을 나선 사자를 농락하듯 뛰노는 듯한 발랄한 연주가 이어졌다.

'우승할 자격이 있어.'

두려움을 잊기 위해 주문처럼 반복했던 말을 그 누구도 아닌 스스로가, 자신의 몸이 말해주는 것 같았다.

좀 더 과감하게.

마음을 담아.

용기 내어 건반을 칠 수 있었다.

관객들은 다시금 귀 기울였고 그녀가 모든 연주를 마쳤을 때, 한계에 도전했던 피아니스트에게 그들이 받은 감동을 그대로 돌려주었다.

"브라보!"

"브라보!"

그 열렬한 환호 속에서 엘리자베타는 웃고 있었다. 루트비히홀이 떠나갈 듯한 환호에 전율했다. 털 하나하나가 쭈뼛쭈뼛 서는 감각이 전신에 퍼져나가며, 마침내 해냈다는 성취감이 그녀를 충만케 했다.

황홀경.

비록 한 번 연주를 망친 것은 중요치 않았다. 설령 어느 누구에게도 지지받지 못해도 상관없었다.

부족한 재능과 끝없는 노력.

부담과 두려움을 이겨내고 끝끝내 자신의 연주를 완성한 기분은 그녀를 가장 아득한 곳으로 이끌었다.

엘리자베타는 일어나 객석을 향해 고개를 숙였고 반입구로 향했다.

최지훈과 마주한 순간.

그 올곧은 시선이 더는 부담스럽지 않았다.

"멋졌어요."

최지훈은 엘리자베타의 연주에 진심으로 기뻐하고 감탄했다. 그녀가 간절히 바랐던 말이었다.

엘리자베타는 잠시 당황했다.

분명 그토록 기다렸던 상황인데 그다지 기쁘지 않았다.

"고마워."

엘리자베타가 미소와 함께 마음을 담아 감사를 전했다.

무대에서 도망치고 싶었을 때 그가 아니었다면 분명 돌이킬 수 없는 일을 저질렀을 테고.

완주한 뒤의 성취감도 그 황홀한 기분도 느낄 수 없을 터였다.

그가 아니었다면.

이 자리까지 올 수도 없었을 터였다.

그녀는 진실로 최지훈에게 감사했다.

"그럼."

엘리자베타는 평소와 같이 웃고 있는 최지훈을 지나쳤다. 매니저 리디아가 그녀에게 달려들어 호들갑을 떨었다.

"최고였어! 정말 최고였어!"

"그렇지?"

엘리자베타는 리디아의 말에 동조하며 웃다가 고개를 돌려 최지훈의 뒷모습을 바라보았다.

지금껏 그에게 인정받고 싶은 나머지 집착했던 모든 감정이 덧없음을 깨달았다.

그리고.

그가 왜 저렇게까지 강할 수 있는지 알 수 있었다.

자신의 연주를 완성하여 만족감을 느낀 순간부터 다른 누군가의 인정은 중요치 않았다.

그가 왜 승부에 연연하지 않는지.

왜 항상 최선을 다할 수 있는지.

엘리자베타는 다음 차례를 기다리는 그를 바라보며 작게 응원했다.

"힘내."

경쟁자가 아닌 한 사람의 피아니스트로서 경의를 담은 말이었다.

발표 이후 1년간 그 누구도 연주해내지 못했던 '세 개의 손을 위한 소나타'가 연주되었음에 세계가 깜짝 놀랐다.

엘리자베타 툭타미셰바가 여러 국제무대에 얼굴을 비치긴 했어도 나나 케베리히, 최성신 등과 같은 2라운드 탈락자에 비해 부족하게 여겨지는 것도 사실이었기에 충격일 수밖에 없었다.

　　└ㅁㅊ 내가 방금 뭘 들은 거지?

　　└엘리자베타 무시했던 놈들 어디 갔냐?

　　└진짜 했네;;

　　└실수했잖아. 프로가 연주 도중에 틀려서 처음부터 다시 연주하는 게 가당키나 한 일이냐?

　　└넌 제발 아닥 좀.

　　└좀 감동인데. 지금까지 솔직히 엘리자베타 놀림거리밖에 안 됐잖아. 근데 오늘 연주는 뭐랄까. 한 꺼풀 벗은 느낌임.

　　└사카모토 웃으면서 손뼉 치는 모습이 대견하다고 말하는 거 같음 ㅠ

　　└맞아맞아. 눈물 살짝 고인 것까지.

　　└대단하긴 하다. 정말. 난 진짜 가우왕 말고는 저거 연주하는 사람 없을 줄 알았어.

　　└그러니까.

　　배도빈과 함께 배도빈 콩쿠르를 시청하고 있던 나윤희도 다른 시청자들과 마찬가지로 놀라고 있었다.

　　"툭타미셰바 씨 대단하다."

　　"그러게요."

배도빈은 기뻐했다.

그 누구보다도 음악을 사랑하는 위대한 음악가에게 최근 후학들의 눈부신 성장은 큰 즐거움이었다.

베트호펜 콩쿠르에서 아리엘 핀 얀스와 타마키 히로시, 프란츠 페터가 보여주었던 모습과 오늘 엘리자베타 툭타미셰바의 약진은 앞으로 음악이 더욱 아름다워질 거라 말해주고 있었다.

끝없는 가능성의 일각을 보았으니 배도빈으로서는 그보다 기쁜 일도 드물었다.

그것은 사카모토 료이치와 빌헬름 푸르트뱅글러가 배도빈을 알게 되었을 때의 감정과 유사했다.

"다음은 누구예요?"

"에바로트 씨. 엄청 준비하셨나 봐."

"그렇겠죠. 2라운드에서 가우왕과 차이가 컸으니까."

"응······."

"왜 그래요?"

"아, 의상이 조금."

"괜찮아요. 알고 싶지 않아요."

"응."

나윤희는 바지를 골반에 걸쳐 장골까지 드러내고 있는 막심 에바로트를 보며 배도빈에게 이 민망한 상황을 설명하지 않아도 됨을 다행으로 여겼다.

현장 관객들의 반응도 별반 다르지 않았다.

"엄마야."

한이슬, 차채은과 같이 객석에 있던 정세윤 기자가 자신도 모르게 소리 내고 말았다.

상의 없이 바지만 입고 나온 막심 에바로트는 그의 마른 근육과 강렬한 문신을 자랑스레 노출했다.

"저 정도면 공연음란죄 아니에요?"

차채은의 지적에 넋을 놓고 있던 한이슬이 고개를 돌렸다.

"예술이잖아. 그렇게 닫힌 사고로 예술을 받아들이는 건 안 좋아."

"……"

차채은은 한이슬을 의심스럽게 보며 예술과 외설의 차이를 공부할 필요성을 느꼈다.

'훌륭하다.'

가우왕은 그의 가장 오랜 라이벌 막심 에바로트의 연주에 집중하며 정신을 가다듬었다.

본인을 역사상 가장 위대한 피아니스트로 여기는 그는 니나 케베리히와 최성신을 한참 아래로 보고, 세 개의 손을 위한 소나타를 연주한 엘리자베타 툭타미셰바조차 가능성 있는 어린애 정도로 여겼다.

현재 활동하는 피아니스트 중에는 스승 크리스틴 지메르만과 배도빈, 최지훈, 막심 에바로트만을 자신과 동격으로 인정했다.

투표 결과 따위 어떻게 되든 그에게는 자신의 기준이 더 중요했다.

그러나 오늘만큼은 우승해야 했다.

그의 자존심과 자부심뿐만이 아니라 베를린 필하모닉의 퍼스트 피아니스트가 걸린 문제였고.

'콩쿠르 끝나면 밥 먹자고 하셨어.'

'누가?'

'아버지, 어머니.'

마침내 세상에서 가장 사랑하는 아내의 가족이 마음의 문을 열기 시작했다.

당당히 우승하여 최고의 피아니스트로서 인사하고 싶었다. 가장 화려한 모습으로 인사하고 싶었다. 그들이 딸과 자신을 자랑스레 생각할 수 있도록 말이다.

이토록 우승해야 하는 이유가 너무나 많고 명확했다.

가우왕은 첫 연주를 한 엘리자베타 툭타미셰바와 두 번째 순서를 맡아 절정의 기량을 보여주는 막심 에바로트에게 고마울 따름이었다.

최고의 무대를 위한 전희를 훌륭히 했으니 이보다 좋을 수 없었다.

'훌륭한 축하 무대야.'

가우왕은 자신을 더욱 돋보이게 할 무대를 편안히 감상했다.

이윽고 막심 에바로트의 연주가 끝나고 관객들의 환호성이 그의 대기실까지 전해졌다.

가우왕도 기꺼이 박수를 보냈다.

그리고 최지훈이 무대에 오른 순간 그의 표정이 달라졌다.

퍼스트 피아니스트 자리를 두고 경쟁하는 남자.

어느새 자신을 위협할 정도로 성장한 순한 부잣집 도련님이었다.

2라운드에서 보여주었던 완성된 연주법과 섬세한 구성력 그리고 알 수 없는 아우라까지.

가우왕의 신경이 한껏 예민해져 있을 때 최지훈이 건반에 손을 얹었다.

막심 에바로트가 연주를 마치고 나비가 준비되는 동안 나윤희가 배도빈의 입에 귤을 넣어주었다.

"먹으면서 들으니까."

"응."

"웃고 떠드는 밴드 공연에는 먹을 걸 들여도 되지 않을까 싶어요."

"아……. 냄새나지 않을까?"

"그건 거슬리겠네요."

어깨를 으쓱이고 다시 한번 귤을 받아먹은 배도빈이 냄새라는 단어에 꽂혔다.

"냄새 좋네요. 카레를 연주하면 카레 냄새가 나게 하고 봄을 연주하면 봄 냄새가 나게 하고."

"아, 응. 조향사 쓰는 공연도 많다고 들었어."

"카레는 아닌 거 같아요?"

"응……."

나윤희가 배도빈의 간호인을 자처하면서 둘이 함께하는 시간이 부쩍 늘었다.

음악 작업을 하지 못하게 된 배도빈은 아쉽게나마 베를린 필하모닉에서 할 수 있는 여러 사업을 구상하였고 나윤희는 그의 좋은 상담사가 되어주었다.

"아, 지훈이다."

나윤희의 말에 배도빈이 반응했다.

"어때요?"

"여유 있어 보여."

배도빈이 고개를 끄덕였다.

"지훈이도 정말 대단한 거 같아. 나 같았으면 엄청 떨릴 텐데."

"큰 무대일수록 좋잖아요."

"응. 좋은데 그만큼 내가 잘할 수 있을까 하고 부담도 되고."

배도빈은 이미 찰스 브라움과 같이 최고 수준의 바이올리니스트가 그런 부담을 가진다는 걸 이해할 수 없었지만 그녀의 성격을 알기에 굳이 말을 끊지 않았다.

"또 가우왕 씨나 에바로트 씨 같은 분들이랑 경쟁하는 자리잖아."

"푸르트벵글러호에서는 잘했잖아요."

"아, 그때는."

"네."

"티켓 때문에……."

배도빈이 잠시 간격을 두고 말했다.

"데이비드 개릭 공연 재밌었죠."

"응. 재밌었어."

그때를 떠올린 나윤희의 목소리가 상기되었고 배도빈은 불편한 기색을 감췄다.

"다음에 또 가요."

"응. 빨리 나아서 꼭."

나윤희가 고개를 끄덕이며 배도빈을 살폈다.

"어디 불편해?"

"아뇨."

"지훈이 잘할 거야. 자신 있어 보여."

"당연하죠."

배도빈이 시큰둥하게 말했다.

"결승 오른 사람 중에 가우왕이랑 해볼 만한 사람은 최지훈 뿐이니까."

콩쿠르는 정말 많이 참가했지만 그때마다 느낌이 다르다.

준비하는 과정에서 나를 알게 되고.

다른 사람의 연주를 통해 내게 부족한 점을 채울 수 있기에 매번 새롭고 즐겁다.

그런데 이번에는 또 조금 다르다.

도빈이나 가우왕 씨, 에바로트 씨의 대단한 연주를 들어도 그들의 장점을 받아들여야 한다는 생각이 안 든다.

그들을 인정하는 만큼 나를 인정할 수 있게 된 걸까.

묘하게 차분하다.

우승이 목표였던 때와 다르게 내 연주에 만족하는 게 우선이 되어버렸다.

관객과 함께 즐거운 시간을 보내는 것이, 디지털 콘서트홀을 통해 시청하고 있는 이들을 만족시키는 것이 더 중요하다.

도빈이가 콩쿠르에 관심이 없던 이유를 조금은 알 것 같다.

오늘은.

익숙한 사람과 함께 놀 생각이다.

프레데리크 쇼팽.

아주 어렸을 적부터 나를 피아노로 이끌었던 사람이고 나뿐만 아니라 클래식을 듣는 많은 사람에게도 친근한 음악가.

그의 발라드는 박자를 어떻게 늘이고 줄이는지에 따라 정말 다르게 들려 신기하다.

이렇게 해보고.

저렇게 해보고.

지메르만 선생님의 연주를 들어보고 성신 형의 연주를 들어보면 또 다르다.

어떻게 연주하는 게 좋을까.

아직 그 답을 찾지 못해 최근에는 무대에서 연주한 적 없었는데 지금은 확신한다.

객석이 고요해지고.

건반을 눌렀다.

쇼팽 발라드 1번 G단조.

쇼팽은 묵직하게 울린 소리로 관객들을 불러모은다. 상냥하고 자애로운 목소리로 그들을 위로하고자 한다.

그의 의지에 따라.

건반을 누른다.

건반에 의해 망치가 현을 치고 그 진동이 소리로, 파동이 된다.

마치 실처럼.

순백의 실을 자아낸다.

물레를 돌리듯 페달을 밟아 실을 뽑아낸다.

하얗게. 하얗게.

손가락을 깊게 누르면 굵은 실이, 튕기듯 누르면 얇은 실을 낼 수 있다.

바람이 분다.

칼날 같은 바람에 관객들이 추위에 떨고 피아노의 시인은 그들을 사랑하는 마음으로 노래한다.

그의 노래가 끝까지 잘 전달될 수 있도록, 관객들의 마음에 털옷을 입혀주자.

하강하는 아르페지오.

전개부를 통해 열심히 뽑아낸 실들을 엮기 시작한다.

재단하고 심지를 넣는다.

스케일로 몸판과 소매를 잡아낸 뒤에는 촘촘히 엮어낸다.

노트와 노트를 엮는 재봉질은 박자와 같다.

이곳과 저곳은 붙이고 때로는 늘이며 가장 자연스러운 상태로 이어나가야 나비도 관객도 편하게 입을 수 있다.

그렇게 완성된 형태를 그리며 작은 부분을 이어가다 보면, 건반 하나하나가 모여 하나의 곡을 이루는 것처럼 옷이 만들어진다.

밋밋한 부분은 두꺼운 코바늘을 이용해 패브릭얀을 뜨는 것처럼 트릴을 더한다.

'좋아.'

스웨터를 완성하자 그 포근한 기분에 들뜨고 말았다.

"브라-보!"

"브라-보!"

다행히 관객들도 흰 스웨터가 마음에 든 모양이다.

'훌륭해요.'

크리스틴 지메르만은 흐뭇하게 웃으며 제자의 연주를 감상했다.

가우왕의 경이로움도 배도빈의 마성도 훌륭했지만 최지훈은 또 다른 매력이 있었다.

그것은 화려하진 않지만 가장 편안했다.

마치 일류 디자이너가 맞춰 준 옷처럼 작곡가의 의도를 가장 이상적인 형태로 전달했고 크리스틴 지메르만이 추구하는 이상의 연주에 근접해 있었다.

건반과 페달을 통해 피아노의 음색을 최대한 활용한 그의 연주는 그보다 단아할 수 없었다.

'정교하고 풍부하네요.'

만약 군이 평가를 해야 한다면 그녀는 망설이지 않고 최지훈에게 손을 들어주고 싶었다.

음과 음을 촘촘하게 연결해 완성한 그의 발라드는 쇼팽의 의지가 고스란히 담겨 완벽히 구성되었다.

소리가 가진 고유의 아름다움을 최선의 형태로 다루는 연주.

"브라보!"

"브라보!"

그녀는 기꺼이 일어나 사랑하는 제자를 향해, 아니, 한 사람의 위대한 피아니스트를 향해 아낌없이 박수를 보냈다.

'역시.'

한편 가우왕 역시 최지훈의 연주를 냉정히 평가하고 있었다.

'그 꼬맹이가.'

가우왕은 최지훈을 처음 만났을 때를 떠올렸다.

배도빈이라는 규격 외 천재 곁에 있던 아이는 배도빈은 물론 여러 피아니스트의 장점을 모방하고 있었다.

그조차 배움의 수단이긴 하겠으나 그것만으로는 한 사람의 피아니스트가 될 수 없었다.

배도빈을 따라다니는 꼬맹이.

가우왕에게 최지훈은 그 이상도 그 이하도 아니었다.

그러나 지금 자신을 가로막는 가장 큰 벽이 되어 나타남에 놀라지 않을 수 없었다.

낌새를 보이기는 했다.

어디까지나 그럴 가능성이 있을 뿐이었다.

여러 콩쿠르를 경험하며 성장한 녀석은 오케스트라 대전을 기점으로 조금씩 자신의 연주를 확립하기 시작했다.

그러나 그때도 최지훈이 자신과 배도빈이 있는 무대에 오르기까지는 긴 시간이 필요할 것으로 생각했다.

한계.

수많은 피아니스트가 그 벽에 막혀 평생을 발버둥치다 좌절해 왔다.

끝없는 사랑으로 갈망해야만, 그러고도 언제 이를지 알 수 없는 곳.

가우왕 본인조차 서른 줄에 이르러서야 이해한 세계였기에 일 년 이상의 공백을 둬야 했던 최지훈에게는 벅찬 일이라고 생각했다.

그러나 복귀 무대에서 최지훈은 그의 예상을 완벽히 뒤집어 놓고 말았다.

배도빈과 가우왕이 오래 전부터 총애해 왔던 니나 케베리히조차 충분히 표현하지 못했던 'A108'을 자신의 목소리로 훌륭히 연주한 것이었다.

다른 피아니스트를 따라하던 꼬맹이는 사라지고 한 사람의 피아니스트가 태어난 순간이었다.

압도적 기량의 천재가 곁에 있다면 그 영향을 받을 만도 한데 최지훈은 그러지 않았다.

결국 지금에 이르러서는 배도빈과 최지훈이 추구하는 방향은 전혀 달랐다.

배도빈의 연주가 거대한 성을 쌓는 것처럼 웅장하다면 최지훈은 마치 연주를 통해 아주 세밀한 공예품을 만드는 것 같았다.

티끌 하나 없는 순결의 보석.

음악을 아는 사람일수록 이끌릴 수밖에 없었다.

그러나.

-마지막 순서로 가우왕 씨를 모시겠습니다.

"좋아."

가우왕이 일어섰다.

♪

"지훈이 정말 대단하다."

나윤희가 감탄했다.

"알 것 같아. 가우왕 씨와 견줄 사람이 지훈이뿐이라는 말을."

그녀 본인도 최고 수준의 바이올리니스트이며 지난 몇 년간 배도빈을 사사한 덕에 나윤희는 최지훈의 정밀한 연주를 모두 이해하고 있었다.

왜 박자를 끄는지, 왜 장식을 더했는지, 왜 페달을 밟는지 모든 행위에 의미가 있었다.

최지훈이 대단하긴 해도 현존하는 가장 뛰어난 피아니스트 가우왕에게 비할 정도는 아니라고 생각했지만 연주를 듣고 난 지금, 그가 가우왕만큼 대단한 피아니스트란 사실을 인정하지 않을 수 없었다.

그러나 의문은 하나 남아 있었다.

"우승, 가우왕 씨가 할 거라고 했잖아."

"그럴 거예요."

배도빈이 고개를 끄덕였다.

"방금 연주, 2라운드 때 가우왕 씨랑 비교해도 부족하지 않은데 그렇게 생각하는 이유를 모르겠어."

나윤희가 배도빈의 손에 귤을 쥐여주었다.

다디단 과즙과 육질을 음미한 배도빈은 나윤희의 생각에 동조했다.

"맞아요. 기량만 따지면 지훈이나 가우왕이나 다를 거 없어요."

"그럼?"

"부족한 건 관객을 이끄는 거죠."

"매력이 부족하단 뜻이야?"

"아뇨. 그걸 드러내는 방식에 익숙하지 않다는 말이에요."

"잘 모르겠어."

설명이 길어질 듯했다.

"연주를 잘하는 기준은 여럿이라 모호할 수밖에 없어요. 각자 추구하는 방향이 다르고."

"응."

찰스 브라움이 파이어버드의 부드러운 음색을 최대한 활용하려 한다면 나윤희는 박자를 다뤄 힘 있고 정열적인 연주를 선호했다.

일정 수준 이상의 연주자라면 어느 누가 더 낫다고 판단하기 힘들었다.

"가우왕이나 지훈이나 그런 단계는 이미 한참 전에 넘어섰지만 경험에선 차이가 있을 수밖에요."

"무슨 경험?"

"공연."

배도빈이 손을 내밀자 나윤희가 얼른 귤을 하나 더 쥐여주었다.

"지금까지 지훈이는 공연보단 콩쿠르를 통해 성장해 왔어요. 자기 연주를 완성하는 데 집중했죠. 그것으로도 충분히 전달력을 갖췄지만."

"응."

"30년 가까이 관객과 소통해 온 가우왕에 비하면 부족할 수밖에 없죠. 자기가 가진 매력을 어떻게 보일 수 있는지 잘 알거든요."

"쇼맨십 같은 뜻이야?"

"비슷해요."

나윤희가 고개를 주억거렸다.

솔로로 활동했을 때와 베를린 필하모닉 입단 후를 비교해 보면 과거에는 참으로 어설펐다.

관객과 교감하면서 그것이 얼마나 큰 기쁨인지 느꼈고 웃고 떠드는 밴드 활동을 통해 더욱 그들에게 다가가고 싶었다.

그러면서 관객이 무엇을 좋아하는지 조금씩 알 수 있었다.

배도빈은 최지훈에게 그런 경험이 적다고 판단하고 그것이 가우왕과 최지훈의 차이라고 말하는 것이었다.

"그런 의미에서 가우왕보다 나은 사람은 없을 거예요."

"그래서."

"네. 결과가 팬 투표로 정해지는 이상 우승은 가우왕이 할
거예요."

만백성 앞에 황제가 모습을 드러냈다.

황금으로 빛나는 관.

붉은 비단 위에 금실로 수놓은 용포를 입은 그가 객석을 오
시하며 걸어 나왔다.

허리를 숙여 인사하는 대신 천천히 걸으며 백성들을 훑어
본 가우왕은 피아노 앞에서 멈춰 섰다.

두 팔을 크게 벌려 소매를 거두고.

무릎까지 내려온 옷을 휘날려 의자에 앉았다.

그 모습이 사뭇 근엄했다.

ㄴ저게 뭐얔ㅋㅋㅋㅋㅋㅋㅋ

ㄴ극한의 컨셉충 ㄷㄷ

ㄴ진짜 이 세상 컨셉이 아니닼ㅋㅋ 제정신이고서야 저럴 수가 없음ㅋㅋ

ㄴ오우 중국 전통 예복인가? 무척 디테일하네.

ㄴ아름답습니다.

└반응 좋은데?

└중국의 황제가 입던 옷인 듯. 미스터 왕이 준비 많이 한 모양인데.

└아니 저걸 왜 좋아하징ㅋㅋㅋ

└저거 소매 넓어서 방해 안 되나?

└쟤는 상식이 안 통하는 인간이라 괜찮을 듯.

└동양 전통에 환상 가지고 있는 애들 많잖아.

└그거 차치하고도 개웃긴뎈ㅋㅋ 지가 황제라는 거잖아ㅋㅋㅋㅋ

└가우왕이면 인정이지

디지털 콘서트홀 채팅창과 현장 반응은 크게 다르지 않았다.

몇몇 이는 가우왕의 복장에 웃었고 또 몇몇 이는 그 화려한 예복에 홀려 버렸다.

그러나 그가 피아노 앞에 앉은 뒤에는 정숙하여 황제가 친히 나선 무대에 집중했다.

가우왕이 결승에서 선택한 곡은 그가 녹음에 참여했던 마왕의 두 번째 정규 앨범, '두 대의 피아노를 위한 협주곡'의 수록곡 '태풍'이었다.

가우왕은 태풍 속에서 녹음했던 당시를 떠올리며.

작곡가 배도빈에게 물었다.

'대체 무슨 생각이었냐.'

조용히 울리는 빗방울.

불규칙하게 떨어지는 건반이 암운이 드리웠음을 알렸다.

'뽐내고 싶었을 테지.'

아홉 살 꼬맹이 주제에 이 시대 모든 피아니스트를 발아래 두었으니 자신의 기량을 한껏 자랑하고 싶었을 터라 생각했다.

그렇기에 만든 한계 수준의 연탄곡.

두 사람이 바람과 장대비가 내는 불규칙적인 음에 즉흥적으로 반응해 연주해야 하는 곡.

과연 세상을 오시할 만했다.

태풍 전야의 고요함과 그 속에서 피어오르는 불길함을 연주하던 가우왕이 눈을 떴다.

세 개의 손을 위한 소나타를 연주하며 한계를 초월한 그의 손이 비바람을 불러일으켰다.

하강과 상승.

도약과 스케일.

강렬한 양 손 옥타브.

두 손이 펼치는 가공할 강풍에 관객들은 몸을 움츠릴 수밖에 없었다.

"……."

침대에 누워 있던 배도빈이 벌떡 일어났다.

주제를 들으면서도 설마 홀로 태풍을 연주할 거라곤 생각지 못했다.

11년 전 자신과 가우왕이 함께 연주했던 곡이 그에 의해서, 단한 사람에 의해서 완벽히 재현되고 있단 사실을 믿을 수 없었다.

'세 개로는 부족해? 네 개라도 치겠어!'

배도빈은 순간 그가 했던 과거의 말을 떠올리며 자신도 모르게 읊조렸다.

"……미쳤어."

그가 그러할진대.

백성들의 받은 충격은 상상 이상이었다.

인지할 수 있는 찰나조차 빗방울이 떨어지지 않는 순간이 없었다.

강풍은 멈추지 않았다.

때때로 거세지고 때론 느려지는 와중에도 이어졌다.

건반의 대부분을 활용하는 풍부한 종적 표현과 마치 태풍을 맞이한 듯한 횡적 전개는 경이로움.

기적이었다.

가우왕의 이마에 땀이 맺히기 시작했다. 눈은 의지를 태웠고 손은 피로를 몰랐다.

살을 에는 바람과 저항의 의지조차 꺾어버리는 폭우로 루트비히홀을 유린했다.

왼손 네 손가락으로 반주를.

오른손 네 손가락으로 주멜로디를.

그리고 남은 양쪽 엄지로 남은 노트를 커버하며 불가능한 연주를 가능케 했다.

비록 어쩔 수 없이 편곡된 부분이 있더라도.

배도빈은 그야말로 경악에 찼다.

'이러고 싶었지?'

경악에 찬 루트비히홀.

이것이야말로 배도빈이 바랐던, 이 곡을 연주함으로써 바랐던 모습이었다.

'이걸 바란 것 아니었냐.'

이미 한계를 아득히 초월한 그의 손이 끝을 모르고 빨라졌다.

완벽을 향해.

육신과 영혼을 다해 한계를 부수고 넘어서, 자신을 옭아매는 모든 족쇄를 끊어내고도.

또다시 나아가는 강인한 의지가 그의 손을 통해, 건반과 망치와 현을 통해 관객들의 가슴을 관통했다.

트릴. 트릴. 트릴.

불협화음이 변칙적으로 붙고.

스케일. 스케일. 스케일.

작달비가 내린다.

재해.

그는 재해다.

그 앞에 놓인 이들은 스스로의 나약함을 깨닫고 두려워할 뿐이다.

넋을 잃은 채 그에게 종속되어 그의 의지대로, 황제의 뜻대로 그저 기도할 뿐이다.

그가 아량을 베풀기를 기도하며.

가장 원초적인 두려움 속에서 태풍이 그치길 바랄 뿐.

콰광-

가우왕의 손이 건반 위로 벼락같이 꽂히고.

그가 두 손을 높이 들어 올리자 백성들을 두렵게 했던 태풍이 거짓말처럼 멈췄다.

그 순간의 정적.

가우왕이 벌떡 일어나 팔을 크게 두르자.

"브-라보!"

"브-라보!"

그때까지 압도되어 있던, 핍박받고 있던 만백성이 일어나 위대한 황제를 연호했다.

그의 만세를 목놓아 외치며 복종했다.

가우왕을 향한 환호는 끝을 모르고 이어졌다.

마치 두 사람이 연주하는 듯.

지금껏 경험해 보지 못한 경이로운 연주에 압도되었던 이들은 그들이 받은 감동을 표현하는 데 주저하지 않았다.

"말도 안 돼……."

차채은이 그들 사이에서 중얼거렸다. 말 그대로 말이나 상상으로도 불가능한 일이 벌어졌음을 믿을 수 없었다.

한 사람이 감당할 수 있는 영역을 넘어선 기적의 피아노.

한이슬, 정세윤 그리고 배도빈 콩쿠르를 지켜보는 수많은 이들의 생각이 그녀와 다르지 않았다.

"신사숙녀 여러분, 모든 순서가 마무리되었습니다. 정말 훌륭한 연주를 들려주신 참가자들께 주최측을 대표해 감사 인사를 드립니다."

이자벨 멀핀이 충격에 휩싸인 루트비히홀을 다독이며 진행을 이어나갔다.

"투표는 10분 뒤 마감되니 아직 참여하지 못한 분께서는 오늘 최고의 기량을 펼쳤다고 생각하는 참가자에게 표를 주시기 바랍니다. 1번 엘리자베타 툭타미셰바, 2번 막심 에바로트, 3번 최지훈, 4번 가우왕입니다. 우승자에게는 40만 유로의 상금이 지급되며 추후 배도빈 악단주께서 곡을 직접 헌정해 주시기로 되어 있습니다."

루트비히홀을 찾은 관객과 시청자들이 가장 큰 감동을 준 피아니스트에게 투표하였다.

"집계가 진행되는 동안 해설위원 두 분의 말씀을 들어보도록 하겠습니다."

카메라가 빌헬름 푸르트벵글러를 비췄다.

그는 마이크를 켠 채 눈을 감고 있었다. 잔뜩 찡그린 그의 표정으로 그가 얼마나 고민하고 있는지 알 수 있었다.

잠시간 간격을 둔 뒤 푸르트벵글러가 마침내 입을 열었다.

"툭타미세바는 훌륭했다. 갈고닦은 기량을 만개했지. 힘이 부족한 약점을 어떻게 보완해야 하는지도 명확히 해 세 개의 손을 위한 소나타를 잘 소화해냈다."

숨을 한 번 고른 뒤 계속해서 해설을 이어나갔다.

"에바로트는 여전하군. 어떻게 연주해야 관객을 즐겁게 할 수 있는지 잘 알고 있었다. 최고라는 이름이 아깝지 않아."

"감정의 가장 예민한 부분을 잘 건드렸죠. 특히나 전개부에서의 리듬 활용이요."

"그렇지."

크리스틴 지메르만이 푸르트벵글러의 말에 첨언했다.

"최지훈은…… 놀랐다."

푸르트벵글러가 고개를 가로저으며 손가락으로 테이블을 두드렸다.

"많은 연주자가 일정 수준 이상에 오르면 자신의 기량에 매몰되어 해석의 영역을 넘어서는 실수를 범한다. 편곡과 해석이란 핑계로 원곡이 가진 의미와 가치를 훼손하는 경우가 많은데, 최지훈의 쇼팽은 여기 지메르만과 같이 그보다 완벽할 수 없었다. 앞으로 쇼팽은 최지훈을 통해 들을 것이다."

빌헬름 푸르트벵글러의 극찬에 객석이 잠시 술렁였다.

최지훈을 위대한 피아니스트이자 작곡가 프레데리크 쇼팽의 최고 권위자인 크리스틴 지메르만이 있는 자리에서 동격으로 언급했다는 사실을 믿을 수 없었다.

"기쁜 일이에요."

그때 지메르만이 입을 열었다.

"지훈 군의 피아노는 가장 빛나는 보석으로 세공한 공예품 같습니다. 노트 하나마저 계산하여 그것을 온전히 전달하니 그 가치는 다이아몬드보다 귀하죠. 하나의 곡을 감상할 때 지훈 군보다 좋은 연주를 아직 저는 찾지 못했습니다."

그녀마저도 푸르트벵글러의 발언을 부정하지 않고 도리어 칭찬을 아끼지 않으니 관객들이 박수를 보냈다.

그리고 문제의 한 사람만이 남았다.

푸르트벵글러가 다시금 미간을 찡그리며 생각을 정리했다.

"정말 대단한 피아니스트가 있었다. 내가 직접 접한 사람 중에서 호로비츠가 있었고 폴리니, 길렐스, 글렌, 사카모토, 여기 지메르만, 블레하츠, 도빈이, 최지훈까지 누구 하나 빠질 수 없지. 역사에 길이 남을 피아니스트야. 그러나."

푸르트뱅글러는 가우왕의 연주를 들으며 받은 충격에서 아직 벗어나지 못한 듯 고개를 저었다.

"그러나 그중 최고는 가우왕이다. 시간이 흘러 피아니스트들의 기량이 아무리 발전한다 해도 그를 뛰어넘을 사람이 있을지 모르겠군. 다들 귀와 가슴으로 충분히 느꼈을 터. 여기까지 하지."

푸르트뱅글러가 마이크를 내려놓았고 관객들은 그의 말에 놀라기도 납득하기도 하면서 지메르만의 목소리에 귀 기울였다.

"전에 저보다 나은 피아니스트가 둘 있다고 했습니다. 배도빈과 가우왕이었죠. 몇몇 언론에서는 그 두 사람이 얼마나 대단한지 말하기 위한 수사적 표현으로 여긴 듯한데 오늘은 그게 증명되었네요. 정말 자랑스럽고 기쁩니다. 다만."

크리스틴 지메르만이 안타깝게 말을 덧붙였다.

"배도빈 악단주가 건강 문제로 이 자리에 참가하지 못한 것이 유일하게 아쉽습니다. 그가 하루빨리 건강을 되찾아 가우왕과 최지훈, 툭타미셰바 그리고 수많은 피아니스트와 함께 나아가는 모습을 보고 싶네요. 이상입니다."

가우왕의 연주에 놀랐던 관객들은 빌헬름 푸르트뱅글러와 크리스틴 지메르만의 발언으로 그들이 받은 감동이 틀리지 않았음을 확인할 수 있었다.

두 전설마저 최고로 꼽는 피아니스트.

과연 황제란 말이 어울리는 남자임이 다시금 확실시된 것이었다.

관객들은 배도빈이 중간 사퇴한 것이 안타깝다는 크리스틴 지메르만의 말에 공감하며 오늘의 감동을 전해준 피아니스트들과 두 해설위원에게 박수를 보냈다.

"두 분 말씀 잘 들었습니다. 동시에 집계가 완료되었네요. 많이들 궁금해하실 테니 곧장 발표하도록 하겠습니다."

루트비히홀 중앙에 대형 스크린이 내려왔다.

그곳에 베를린 필하모닉의 로고가 비쳤고 각 참가자의 이름과 사진이 소개되었다.

"2026년 제1회 배도빈 콩쿠르 파이널라운드. 총 2,718만 3,092분께서 투표해 주셨습니다."

국가 단위의 참여자에 관객과 시청자 그리고 참가자들마저 깜짝 놀라고 말았다.

투표에 참여하는 사람이 많다 해도 어느 정도 특정 취향이 반영될 수밖에 없는데.

2,700만 명 이상이 투표에 참가한 이상 오늘의 발표가 음악계 전체를 아우르는 대중성을 띤다는 의미였다.

"우승의 영광이 누구에게 돌아갈지, 투표 결과 공개합니다!"

이자벨 멀핀의 힘찬 목소리와 함께 중앙 스크린에 파이널리스트의 이름이 재배열 되었다.

배도빈 콩쿠르 결승전 투표 결과

가우왕

(52.8%, 14,352,673표)

최지훈

(31.5%, 8,562,673표)

엘리자베타 툭타미셰바

(11.7%, 3,180,422표)

막심 에바로트

(4.0%, 1,087,324표)

"와아아아아!"

결과가 발표되자 루트비히홀이 진동했다.

만족스럽게 한쪽 입꼬리를 들어올린 가우왕을 향해 다니엘 홀랜드, 피셔 디스카우, 진 마르코 등이 달려들었다.

"뭐, 뭐야?"

"뭐긴 뭐야! 들어. 들어."

"들자. 들자."

"이거 놔! 안 놔?"

"얌전히 있어."

베를린 필하모닉 단원들에게 붙잡힌 가우왕은 발버둥 치다가 공중으로 높이 뜨고 말았다.

"만세!"

"부감독 만세!"

갑작스러운 헹가래에 당황한 가우왕은 바락바락 소리 질렀으나 단원들이 그의 바람을 들어줄 리 없었다.

몇 번을 더 던지고 나서야 타깃을 바꾸었다.

"최도 하자."

"최도 있네."

단원들이 가우왕을 내팽개치고 가우왕을 위해 열심히 손뼉을 치고 있던 최지훈에게 다가갔다.

"어, 어? 자, 잠시만요. 잠깐."

"잠깐은 무슨 잠깐."

"잡아. 잡아."

"환영식도 못 했는데 이참에 같이 하자고."

"괜찮은데!"

"하나~ 둘~ 셋!"

"아앗!"

최지훈이 단원들에 의해 통통볼처럼 튀어 오르며 기겁할 때 만신창이가 되어버린 가우왕이 일어섰다.

그리고 자신과 마찬가지로 고통받는 최지훈을 보며 베를린 필하모닉 단원들이 제정신이 아님을 다시금 느꼈다.

그리고 문득 고개를 돌렸을 때 아내와 마주할 수 있었다.

"가가."

예나왕이 가우왕을 와락 안았고 가우왕은 그녀를 품으며 웃었다.

"나 멋있지?"

"응. 최고야."

기자들이 그 광경을 놓칠 리 없었다.

카메라 셔터 소리가 계곡물처럼 세차게 이어졌고 그 감동의 무대 한쪽에서 엘리자베타 툭타미셰바는 중앙 스크린에서 눈을 뗄 수 없었다.

'내가……?'

혁명가. 가우왕과 함께 가장 강력한 티켓 파워를 보유한 위대한 피아니스트 막심 에바로트보다 많은 표를 받았단 사실을 믿을 수 없었다.

자신의 차례를 마치고 막심, 최지훈, 가우왕의 연주를 들으며 수상을 포기했던 그녀로서는 예상치 못한 일이었다.

"리자!"

얼떨떨해 있는 그녀를 향해 매니저가 달려왔다.

"축하해! 정말, 정말 축하해!"

"어, 어."

매니저에게 안겨 어리둥절하던 엘리자베타 툭타미셰바의 시선에 헹가래로 인해 엉망이 된 최지훈이 들어왔다.

최지훈이 그녀와 눈이 마주치고 밝게 웃었을 때.

그녀도 비로소 웃을 수 있었다.

[배도빈 콩쿠르 종료!]

[가우왕, 역사를 새로 쓰다!]

[새로운 세계를 연 황제 가우왕]

[빌헬름 푸르트벵글러, "불가능한 연주를 해낸 유일한 피아니스트."]

[크리스틴 지메르만, "피아니스트가 쌓아온 역사의 가장 정점에 서 있다."]

[최지훈, 당당히 반열에 들다]

[모든 평론가가 새 시대의 거장으로 인정한 최지훈의 발자취]

[무관의 여제 엘리자베타 툭타미셰바 과실을 얻다]

[막심 에바로트, "새 시대가 도래함을 느낀다."]

[배도빈 콩쿠르 결승전 최고 동시 시청자 2억 명의 대기록]

[배도빈, "우리는 또 한 번 나아갔다. 음악의 무한한 가능성을 증명한 콩쿠르를 열 수 있어 영광이다."]

배도빈 콩쿠르가 성황리에 막을 내렸다.

주최자 배도빈의 말대로 한계에 이르렀다고 생각한 음악계가 또 한 번 도약한 순간이었고 그것은 오케스트라 대전을 앞둔 음악가들에게 크나큰 자극제가 되었다.

"네?"

"함께해 달라 말씀드렸습니다."

배도빈 콩쿠르를 통해 베를린 필하모닉의 우수함과 그 저력을 다시금 확인한 아리엘 핀 얀스는 제2회 오케스트라 대전을 위해 엘리자베타 툭타미셰바에게 면담을 청했다.

로스앤젤레스 필하모닉으로 복귀가 확정된 젊은 지휘자는 배도빈, 베를린 필하모닉 그리고 가우왕, 최지훈을 상대하기 위해 그가 취할 수 있는 최선의 선택지를 골랐다.

"말씀은 감사하지만 전 빈 필에."

엘리자베타가 스승 사카모토 료이치와 함께 있는 것을 이유로 거절하려 하자 아리엘이 그녀의 말을 끊어냈다.

"저라면 당신을 가우왕과 최지훈보다 빛나게 할 수 있습니다."

아리엘은 당당했다.

"당신과 함께라면 베를린 필하모닉보다 멋진 음악을 할 수 있습니다."

"……."

엘리자베타 툭타미셰바는 망설였다.

베토벤 기념 콩쿠르를 통해 아리엘 얀스가 얼마나 대단한 음악가인지 알고 있었지만 이렇게까지 자신을 간절히 바라는 지휘자는 없었기에 당황했다.

"생각 좀…… 해볼게요. 시간을 주세요."

"오케스트라 대전 참가 신청일이 한 달 남았습니다. 그 전에는 답을 주시겠습니까?"

엘리자베타가 고개를 끄덕였다.

아리엘이 방을 벗어나자 그녀의 매니저 리디아가 호들갑을 떨었다.

"잘했어! 저쪽에서 먼저 이야기한 거니까 시간을 끌면 조건도 더 좋게 붙을 거야."

"아, 어."

"그나저나 대단하다. 아리엘 얀스잖아. 배도빈의 유일한 대항마. 오케스트라 대전에서도 분명 상위권에 오를걸? 그런 사람이 제안한 거잖아."

"……."

"왜 그래? 어디 안 좋아?"

"아니. 그냥."

엘리자베타가 망설이다 입을 열었다.

"선생님께 죄송하잖아."

리디아가 엘리자베타의 코를 쿡쿡 누르며 탓했다.

"죄송한 생각부터 하는 거 보니 이미 가고 싶은 거네, 뭐."

"……"

"걱정 마. 사카모토 교수님이 누구신데. 네가 바라는 일은 기꺼워하실 분이잖아. 그리고 솔직히, 네가 언제부터 사카모토 교수님을 걱정할 정도였니?"

"뭐?"

"막말로 너 없어도 사카모토 교수님이 어디 부족하신 분이야? 도리어 LA로 가면 네가 무서워해야 할걸?"

엘리자베타가 리디아를 노려보다가 두 사람이 동시에 웃었다.

배도빈 콩쿠르가 화제 속에 막을 내리고 이틀 뒤.

세계가 아직 여러 피아니스트의 연주에 감격해하고 또 그들의 희망을 걱정하고 있을 무렵.

배도빈은 일주일간 충분한 휴식을 취했음에도 시력이 회복되지 않았기에 그의 전담 의료진을 통해 다양한 방식으로 정밀 검사를 받았다.

"좀 어떠십니까."

"좋아요. 앞이 보이기만 한다면."

결과지를 들고 배도빈을 찾은 빌 레밍턴 박사가 작게 한숨을 내쉬었다.

그 소리를 들은 배도빈이 눈썹을 좁히며 결과를 묻자 레밍턴이 어렵게 입을 열었다.

"아무 이상 없습니다. 도리어 매우 건강하십니다."

"좋네요."

"다만. ⋯⋯무엇이 잘못되었는지 알 수 없었습니다. 치료 방향을 잡으려면 문제를 알아야 하는데 말씀 드렸다시피 안구와 신경, 몸 어디서도 문제를 발견할 수 없었습니다."

레밍턴 박사가 어렵게 꺼낸 말이 무책임하게 울렸다.

함께 있던 유진희 배영준 부부의 가슴이 내려앉았다.

"그럼 밝혀내세요."

배도빈의 차가운 목소리에 레밍턴 박사가 조심스레 그들이 취할 수 있는 방법을 설명하기 시작했다.

"지금까지 과로로 인해 일시적 시력 손실이 오고 나아지길 반복했으니 기간을 길게 두고 데이터를 수집하는 것이 최선입니다."

"며칠 쉬면 회복되던 때와 상황이 다르잖아요. 언제까지 이러고 있으란 말이에요?"

"⋯⋯안타까운 일이지만 현재로서는 영구적인 상황도 준비하셔야 할 듯합니다. 미국 남가주대학에서 전기망막을 이용해 시력을 회복하는 방법을 진척시켰고 이미 실사례도."

"그만."

배도빈이 레밍턴 박사의 말을 끊었다.

"잘못 들은 거 같은데. 방금 뭐라 했죠?"

"받아들이기 힘드시겠지만 상태가 장기화될 가능성도 염두에 두셔야 합니다."

"닥쳐요."

배도빈의 목소리가 격앙되었다.

지금껏 곧 괜찮아질 거라는 믿음으로 의연하게 있던 그의 인내력이 더는 버티지 못했다.

"멀쩡한 눈 내버려 두고 뭘 어쩌고 저째? 내가 당신과 당신 팀에게 그딴 말이나 지껄이라고 지금까지 그 돈을 줬어?"

"도빈아."

지금까지 단 한 번도 보지 못했던 아들의 모습에 유진희의 가슴이 찢어질 듯했다.

어릴 때부터 그 어떤 일에도 의연하고 믿음직스러웠던 아들이, 바로 몇 분 전까지만 해도 되레 부모와 할아버지를 먼저 걱정했던 아들이 실은 너무나 힘들어하고 있었다는 걸 알 수 있었다.

그녀는 아들을 끌어안고 등을 쓸어내렸다.

"괜찮을 거야. 엄마가 무슨 일이 있어도 꼭 낫게 해줄게."

그 목소리가 심하게 떨려서 배도빈은 그간 걱정 끼치지 않기 위해 참아왔던 감정을 다시금 다스렸다.

"박사님, 잠시."

배영준이 침울해진 레밍턴 박사를 밖으로 불러내 이야기를 다시 이어나갔다.

"정말 아무 방법이 없습니까."

"죄송합니다."

"안과에서 가장 권위 있다고 알려진 박사님이 그렇게 말씀하시면 안 되지 않습니까. 치료가 안 되면 이유라도 알아야 할 것 아닙니까."

배영준이 답답한 마음을 최대한 억누르며 다그쳤지만 레밍턴 박사는 답을 줄 수 없었다.

"할 수 있는 모든 방법을 썼지만 모두 정상으로 나왔습니다. ……정말 죄송합니다."

배영준이 이마를 짚고 시선을 이리저리 옮기다 숨을 내쉬었다.

며칠 뒤.

악단주가 퇴원했단 소식에 베를린 필하모닉 단원들은 한시름 놓을 수 있었다.

겨우 만 21세. 젊다고도 할 수 없는 어린 그들의 왕이 마침내 시련에서 벗어났다고 생각한 덕이었다.

"도빈이 퇴원했다며?"

"오늘 나온다고 하던데."

"잘 됐지. 후."

"그동안 너무 무리했던 거야. 우리가 좀 더 나서서 조금이라도 덜어주자고."

"아무렴."

그가 없는 보름간 단원들은 배도빈이 얼마나 많은 일을 감당하고 있었는지 여실히 느낄 수 있었다.

총보를 만드는 일부터 무대 환경 유지조차 확인했고 악장단과 수석 이상으로 단원들을 케어했다.

연주자만 250명이 넘는 대규모 오케스트라를 단 한 사람이 모두 확인하고 개선하고 있었으니 그 빈자리가 크지 않을 수 없었다.

상임 지휘자인 총감독 빌헬름 푸르트벵글러와 감독 케르바 슈타인, 부감독 가우왕 그리고 악장단이 최선을 다하고 있었지만.

배도빈의 공백은 시간이 갈수록 너무나 크게 느껴졌다.

단원들은 배도빈이 짊어진 짐을 조금이라도 그들이 가능한 함께 질 것을 다짐했다.

"실례합니다."

연습실로 사무국 직원이 들어섰다.

"보스께서 모두 대회의실로 모여달라 하셨습니다. 지금 바로 가주시면 돼요."

"그래. 가자고."

대회의실로 모이라는 안내 방송이 흘러나왔다. 직접 전달받거나 안내 방송을 통해 대회의실에 모인 단원들이 자리했고 잠시 뒤 들어선 배도빈의 모습에 경악하고 말았다.

"보, 보스."

"도빈아."

아무 일 없다고.

괜찮다고 걱정 말라고 했던 배도빈이 죠엘 웨인의 도움을 받아 상석에 앉았다.

배도빈이 입을 열었다.

"다들 잘 지냈는지 궁금해서 불렀어요."

단원들은 그 태연함을 믿을 수 없었다.

빌헬름 푸르트벵글러가 몸을 떨며 배도빈에게 다가갔다.

"어, 어떻게 된 게냐. 어?"

배도빈이 아주 잠깐의 간격을 두고 입을 열었다. 그는 여전히 평정을 유지하고 있었다.

도리어 그 주변 사람들이 안타까울 정도로 차분했다.

"원인을 모르겠대요. 치료 방법은 계속 찾고 있으니 걱정 말아요."

푸르트벵글러의 눈에 눈물이 차올랐다.

시대의 흐름에 따라 조금씩 쇠퇴하던 베를린 필하모닉. 철혈의 폭군이었던 빌헬름 푸르트벵글러마저 나이를 인지할 수밖에 없었던 무렵.

배도빈은 희망이었다.

자신을 뛰어넘어 베를린 필하모닉을 더 높은 곳으로 이끌어 갈 희망이었다.

그랬던 탓일까.

어린 그에게 너무나 많은 것을 바랐고 그 결과가 지금으로 이어진 것 같았다.

"이 녀석아. 이 녀석아아아."

푸르트벵글러의 목소리가 심하게 떨렸다.

배도빈은 자신의 건강을 전하고 싶은 것처럼 푸르트벵글러의 손을 힘주어 쥐었다.

괜찮다고. 괜찮다고 그를 위로했다.

모든 사람이 충격에 빠져 침울해하자 배도빈이 다시 입을 열었다.

"앞으로 우리 일정에 변동이 있을 겁니다. 제 눈이 낫기 전까지는 여러분이 도와주셨으면 합니다."

단원들이 당연하다는 듯 고개를 끄덕였다.

"앞으로 당분간 정기 연주회는 셰프와 케르바 슈타인 감독,

헨리 빈프스키 감독대행에 의해 이뤄질 겁니다."

배도빈의 말에 헨리 빈프스키가 깜짝 놀랐다. 그가 뭐라 말하기 전에 배도빈이 먼저 말을 꺼냈다.

"헨리에겐 자격이 있어요. 오히려 조금 늦어져 미안해요. 헨리 빈프스키 감독대행."

"도빈아……."

배도빈이 이야기를 계속 전하기 위해 손을 들어 헨리의 발언을 잠시 멈추었다.

"실내악단 운영의 모든 권한은 찰스 브라움 악장에게 부여합니다. 다만 그가 자리를 비웠을 때는 가우왕 부감독이 맡아주세요."

찰스 브라움이 미간을 찡그리며 관자놀이를 짚었고 가우왕은 입술을 깨물었다.

"나윤희, 한스 이안, 왕소소 악장은 헨리의 빈자리가 클 거예요. 니아 발그레이 고문이 최대한 돕겠지만 지금까지 해오셨던 이상으로 힘 내주셔야 합니다."

나윤희가 고개를 크게 끄덕였고 한스 이안은 결의를 다지듯 입을 앙다물었다.

배도빈이 입장한 순간 손에 들고 있던 호빵을 내려놓은 왕소소는 그 어느 때보다도 진지했다.

"그리고 저와 모든 단원은."

배도빈의 말에 단원들이 깜짝 놀랐다. 이 상황에 무슨 일을 하려는 건가 싶어 말리고자 했다.

그러나 배도빈은 그들의 우려를 허용하지 않았다.

"하나의 곡을 준비할 겁니다."

배도빈이 죠엘 웨인을 부르자 그녀가 비서실 직원들과 함께 각 단원들에게 오케스트라 총보를 한 부씩 나누어 주었다.

대교향곡
-베를린 필하모닉에 의한 광시곡-

그랜드 심포니라고 적힌 악보는 쥐는 것만으로도 묵직했다. 이례적인 분량이었다.

배도빈이 아주 어렸을 적부터 이 곡을 위해 작업해 왔음을 알았기에 악보를 받아든 단원들의 손에 힘이 들어갔다.

"이 곡은."

배도빈이 다시 입을 열었다.

"여러분이 아니고서는 기획할 수 없었습니다. 베를린 필하모닉이 연주한다고 상정하지 않았으면 만들 수 없었습니다."

단원들은 배도빈의 목소리에서 알 수 없는 비장함을 느꼈다.

"하지만 아직 개선해야 할 부분이 남아 있습니다. 앞으로 이 악보는 연습실에서 완성할 생각입니다."

그가 악보를 완성하지 못한 이유는 너무나 명확했다.

고집스럽게 악보를 고치고 또 고쳤던 배도빈이 스스로 완성되지 않았다고 말하면서 악보를 보인 경우는 처음이었다.

"눈은 잠시 제 기능을 잃었지만 귀는 그 어느 때보다 예민합니다. 여러분의 연주를 들으며 그때마다 지시할 테니 각자의 악보를 잘 관리해 주시길 바랍니다."

배도빈이 잠시 간격을 두었다가 흔들리지 않는 그들의 가슴 깊은 곳까지 스며드는 목소리로 말했다.

"총 연습은 일주일 뒤부터 시작하겠습니다."

시력을 잃고도 당당하며 의연하고 굳센 태도를 보이는 어린, 아니, 자랑스러운 지휘자를 향해 단원들 역시 마음을 굳게 먹으며 답했다.

"네, 보스."

"네, 보스."

그들은 이미 하나로 결속되어 있었다.

잠시 뒤.

"……."

앞으로의 일정을 공표한 배도빈이 죠엘 웨인에게 부축받아 밖으로 나섰고 대회의실은 250명의 단원들의 침묵으로 숙여해졌다.

"빌어먹을."

마누엘 노이어가 테이블을 내려치자 그 충격음과 그의 목소리만이 공허히 울렸다.

"……다들 도빈이가 어떤 심정인지 알 거라 믿어."

그때 케르바 슈타인이 입을 열었다.

"그러니까 할 수 있는 한 최대한 해보자. 지금까지 우리 정말 많은 걸 받았잖아."

"그래야죠."

케르바 슈타인의 말에 실의에 빠졌던 단원들의 얼굴에 의지가 차오르기 시작했다.

"보스…… 괜찮아지시겠죠?"

"그럼. 우리 보스가 누구야. 우리가 더 당황하잖아. 저렇게 의지가 강하니까 분명, 꼭 나을 거야."

단원들은 어수선한 분위기를 강한 결속과 의지로 이겨내며 개인 연습에 매진했다.

어느덧 해가 지고 퇴근 시간이 되었을 때 진 마르코는 자신을 구원해 주었던 배도빈에게 닥친 시련을 애써 긍정적으로 생각했다.

'괜찮을 거야. 강하니까.'

그러나 기분이 나아질 리 없었다.

마르코는 고개를 세차게 저으며 이럴 때야말로 오보에 수석으로서 중심을 잡아야 한다고 다짐하고 또 다짐했다.

아버지의 꿈을 좇아 빈 필하모닉에 입단했고 마침내 성과를 거두기까지 배도빈이 없었으면 불가능했다.

그곳에서의 연주에 회의감을 느꼈을 때 베를린 필하모닉으로 올 것을, 자신의 연주를 찾을 것을 권했던 배도빈을 위해서 힘내야 했다.

그는 배도빈과의 추억을 떠올리며 분명 아무도 없을 루트비히홀의 문을 열었다.

그리고 배도빈을 볼 수 있었다.

이유는 알 수 없었지만 소리를 죽여야만 할 것 같았다.

'뭐 하는 거지?'

배도빈은 죠엘 웨인의 손을 잡고 무대를 가로지르고 있었다. 왼쪽에서 오른쪽으로. 다시 오른쪽에서 왼쪽으로.

포디움에 섰다가 다시 반입구로 향하길 반복했고 진 마르코는 비로소 그가 무엇을 하고 있는지 알 수 있었다.

"하나, 둘, 셋, 넷……."

"하나, 둘, 셋, 넷……."

반입구에서 지휘단까지 몇 발자국을 걸어야 하는지, 최대한 보폭을 일정하게 하여 헤아리는 모습에 진 마르코가 울컥하고 말았다.

"끄읍."

그 소리에 배도빈이 반응했다.

"죠엘, 여기 누구 있어요?"

"아……."

죠엘 웨인이 소리가 난 방향으로 고개를 돌리자 진 마르코가 입을 틀어막고 있었다.

"……죄송합니다. 마르코 씨가."

아무도 들이지 말라 했던 배도빈의 주문을 지키지 못한 죠엘 웨인이 한탄했다.

그 사정을 모르는 진 마르코가 객석을 지나 배도빈에게 다가갔다.

"도빈아, 도빈아……."

배도빈이 되레 그를 다독였다.

"필요한 일을 할 뿐이야. 울 필요 없어."

"하지만……."

"괜찮아."

본인은 얼마나 힘들지.

그의 고통과 고뇌를 가늠할 수 없었기에 진 마르코의 눈물은 멈출 줄 몰랐다.

그러나 그의 의연함 때문이라도.

또 그가 주변사람에게 걱정 끼치고 싶지 않음을 알기에 진
마르코는 배도빈의 말에 어렵게 답할 수밖에 없었다.

"단원들한테는 말하지 마."

"끄으. 끅. ……응."

"울지 마."

"끕. 끅. 응."

"이 정도로 무너질 리 없잖아."

배도빈의 말이 마치 다짐처럼 울렸다.

배도빈

"후."

지난 20년간 최고의 첼리스트로 활동하며 베를린 필하모닉의 첼로 수석 자리를 지켰던 이승희가 한숨을 내쉬었다.

'이럴 때일수록 힘이 되어줘야 할 텐데.'

지금 당장은 괜찮았으나 대교향곡을 발표하거나 오케스트라 대전이 다가왔을 때를 고려해야 했다.

'후임자를 찾아야 할 텐데. 누구로 해야 하지.'

이승희가 자신의 배에 손을 얹고 고민했다.

"무슨 생각해?"

한스 이안이 다가왔다.

"어떻게 해야 하나 고민돼서."

한스는 아내 앞에 놓인 대교향곡의 총보를 보고 그녀가 무엇을 고민하는지 유추할 수 있었다.

"마음은 이해하지만 고민할 일 아니야. 미안해할 일도 아니고."

"그렇지."

이승희가 시무룩하게 답하자 한스가 그녀의 어깨를 감고 볼에 입을 맞추어 위로했다.

이승희가 한스에게 기댔다.

"바이올린은 어때?"

"말도 마. 다들 멘탈 나갔더라. 이런 곡을 어떻게 연주하냐고. 첼로는?"

"마찬가지야."

배도빈이 베를린 필하모닉이 아니면 감히 엄두를 못 냈다고 말한 대로 대교향곡의 난이도는 상상을 초월했다.

배도빈의 의지에 감화된 이들이 마음을 굳게 먹고도 며칠째 고생하고 있었다.

그렇기에 이승희의 걱정이 클 수밖에 없었다.

'내가 리드해 줘야 하는데.'

가이드는 잡아줄 수 있었지만 정작 가장 중요한 첼로 솔로를 누구에게 맡겨야 하는지에 대한 고민은 계속되었다.

'빌? 레논?'

단원들을 떠올려보며 그들의 기량을 가늠해 보아도 확신을 가질 수 없었다.

이승희 본인조차도 얼마나 소화해낼 수 있을지 확신할 수 없었고 오케스트라에서 솔로 파트가 얼마나 큰 부담을 짊어지는지 잘 알았기에 신중히 선택해야 했다.

그때 초인종 소리가 울렸다.

이승희와 한스가 서로를 보았다.

"누구지?"

"올 사람 없는데."

한스 이안이 일어나 현관으로 향했다. 외시경을 통해 밖을 확인하자 익숙한 사람이 서 있었다.

평소 무덤덤한 표정이 아니라, 한스는 의아해하며 문을 열었다.

"왕 악장."

"안녕하세요. 승희 언니 보러 왔어요."

"그래. 들어와."

한스 이안이 흔쾌히 길을 터주었고 거실로 나와 있던 이승희는 왕소소를 반갑게 맞이했다.

"무슨 일이야? 연락도 없이."

"미안. 시간이 없어서."

"시간?"

"응."

왕소소가 침을 꿀꺽 삼키고 굳게 마음먹은 바를 입에 담았다.

"첼로 좀 가르쳐 줘."

그녀의 말에 이승희가 잠시 멈춰 섰다. 소소의 손을 잡아 이끌어 소파에 앉혔다.

"그게 무슨 말이야. 네가 할 일이 없는 것도 아니고."

이승희는 왕소소가 얼마나 큰 역할을 해주어야 하는지 잘 알고 있었다.

특히나 얼후는 1악장 전반에 걸쳐 연주해야 했으며, 따로 얼후 연주자도 없었기에 그녀의 역할은 대체불가했다.

그런 왕소소가 첼로 솔로까지 맡는 것은 어불성설이었다.

임신 사실을 아는 사람이 많지 않고 그런 상황에서 먼저 찾아와 준 마음이 고맙긴 했지만 아니 될 일.

그래서 거절하려 했지만 소소는 이미 마음을 굳게 먹고 있었다.

"어차피 1악장 이후엔 분량 없어. 그리고 3악장에서 첼로 솔로 맡길 사람 필요하잖아."

"그래. 고민하고 있었어. 그런데 정말 할 수 있겠어?"

이승희는 냉정했다.

왕소소가 현악기 전반을 다루는 천재 중의 천재라고는 하지만 대교향곡은 첼로만 파고들었던 연주자들조차 부담을 느끼는 곡이었다.

"할 수 있을 때까지 할 거야."

"너도 알잖아. 벼락치기로 할 수 있는 수준이 아니라는 거."

"그래서 언니가 필요해. 나 정말 열심히 할게."

소소의 간절한 눈빛에 이승희가 고민에 빠졌다.

"언니만큼은 못 해도 꼭 도빈이 곡 완성할게. 도와줘."

왕소소에게.

배도빈은 은인이었다.

그가 없었더라면 중국에서 나올 일도 없었을 테고 베를린 필하모닉이라는 공동체에서 활동하는 일도 없었을 터였다.

만사가 귀찮고 무료했던 그녀에게 매일 새로운 음악을 접하는 일과 그것을 함께하는 동료의 존재는 무척이나 새로웠다.

그뿐만이 아니었다.

왕소소는 홍콩에서의 일을 떠올리며 다시금 입을 열었다.

"그래야 해. 나도 도빈이 도와주고 싶어."

"……."

"부족한 거 알아. 힘들 거라는 것도 알아. 그래도 해야 해."

소소의 다짐은 굳건했다.

그것을 확인하자 이승희도 마음을 다질 수 있었다.

자신이 부담해야 할 짐을 기꺼이 넘겨받으려는 소소에 대한 고마움 때문이라도 자신의 노하우를 모두 전수할 생각이었다.

"나 가르칠 땐 엄해."

이승희의 엄포에 소소가 기쁜 마음으로 고개를 끄덕였다.

한편.

가우왕 예나왕 부부의 신혼집에서는 찰스 브라움과 가우왕이 머리를 맞대고 대교향곡의 총보를 분석하고 있었다.

"2악장 종결부 체크했냐."

"첫 마디 F, 반음 올리려던 거 같은데."

"어."

두 사람은 배도빈의 평소 버릇과 취향을 고려해 악보 교정을 하고 있었다.

연습에 들어가기 전 그에게 알려주면 조금이라도 도움이 될 것으로 생각했다.

'보기 좋잖아.'

볼 때마다 서로를 잡아먹지 못해 안달이 났던 두 사람이 협력하는 모습에 예나왕은 콧노래를 흥얼거리며 과일을 손질했다.

"쉬면서 해."

예나왕이 과일을 가져다 놓자 세 시간 넘게 쉬지 않고 일했던 두 사람이 그제야 인상을 쓰며 어깨와 등을 폈다.

세 사람이 과일을 나눠 먹으며 대화를 나누었다.

"별일이네."

"뭐가?"

예나왕이 오빠와 남편을 번갈아 보며 어깨를 으쓱였다.

두 사람이 사이좋게 일하는 모습이 신기하다는 제스처에 찰스 브라움이 대수롭지 않게 답했다.

"일이니까."

예나왕이 나름 납득하곤 고개를 돌렸다.

"자기, 악보 분석하는 건 정말 오랜만에 보는 거 같은데."

"몇 번 보면 다 외우니까."

"그럼 지금은?"

"……빌어먹을 꼬맹이. 교정도 못 본 모양이야. 연습하면서 고친다고는 하는데, 250명이 한 번에 연주하는데 소리만 듣고 세세하게 조율하는 게 말이 안 되지."

"연습 전에 확인차 물어볼 걸 정리하는 거야."

찰스 브라움이 가우왕의 말에 설명을 덧붙였다.

"성실하네."

아내의 칭찬에 가우왕이 사과를 입에 넣고 우물거렸다.

거의 모든 악보를 하루에 완전히 외워 머릿속에서 정리하며 연주하는 그로서는 악보를 교정할 필요가 없었다.

타인에게 보여줄 일도 없었으며 그 자신이 필요할 땐 언제든 머릿속의 악보를 꺼내 수정하면 되었으니 말이다.

그러나 이번만큼은 달랐다.

'배도빈.'

아집으로 점철되었던 그의 세계를 확장해 준 배도빈을 위해 당연히 해야 할 일이었다.

조금이라도 도움이 될 수 있는 일이라면 무엇이든 하고자 했다.

그가 대중과 가장 친근한 피아니스트가 될 수 있었던 이유는 감정을 표현하는 법을 익힌 덕이었다.

배도빈과의 경합을 통해 깨달았고 그의 곡과 연주를 분석하며 그것을 발전시켜 왔다.

그렇게 지금의 피아니스트 가우왕이 있을 수 있었고 또한 인간 왕가우로서 행복한 삶을 영위할 수 있는 것도 배도빈 덕분이었다.

그때 배도빈이 위험을 무릅쓰고, 중국 전체를 적으로 돌릴 부담을 짊어지고 홍콩에 오지 않았더라면 어떻게 될지는 아무도 장담할 수 없었다.

"빌어먹을 꼬맹이. 걱정이나 끼치고."

가우왕이 투덜거리며 다시 펜을 잡았다. 생명의 은인을 위해서라면 무엇이든 할 수 있었다.

그 모습을 본 찰스 브라움도 곧장 악보를 살피기 시작했다.

'배도빈.'

젊은 찰스 브라움은 자신의 혈통과 배경 그리고 실력에 도취되어 살았다.

그 시절 자신만이 최고였던 그에게 동양의 어린 천재는 홍

밋거리일 뿐이었다.

그러나 그의 관심 표현에도 배도빈은 조금도 반응하지 않았다. 되레 최고였던 자신을 무시했고 파이어버드조차 관심을 두지 않았다.

자존심이 상할 대로 상한 오만한 찰스 브라움은 그때부터 배도빈을 넘어서기 위해 노력했고.

그를 감싸고 있던 세계에 의문을 던질 수 있었다.

상류층(Upper-class).

영국이 아니라 동양에서, 상류층 계급이 아니라 평범한 사람 중에서 자신보다 뛰어난 사람이 있을 수 있음을 깨달은 것이었다.

그것을 인정한 순간부터 그는 보다 바른 방향으로 자신을 가꿔나갈 수 있었다.

그리고 긴 기다림 끝에 베를린 필하모닉 악장 오디션이란 무대에서 배도빈과 마주할 수 있었다.

그에게 손을 뻗었던 영국의 여러 오케스트라와 음악가들은 경쟁국의 대표 악단 오디션을 보겠다는 찰스 브라움에게 실망했으나 그에게 그것은 더 이상 중요한 일이 아니었다.

악장 오디션 평가가 베를린 필하모닉에 의해 결정된다고는 하나 그것도 중요하지 않았다.

연주를 펼치고.

찰스 브라움 본인 스스로 배도빈을 넘어섰음을 직감할 수 있었다.

그는 배도빈에게 당당히 그것을 언급했다.

'난 네게 지지 않았어.'

'그래요.'

'분하지도 않냐?'

'사실이니까요.'

'다른 사람이 볼 때는 내가 억지를 부린다고 생각하겠지만 그런 것 따위 신경 쓰지 않아. 내 음악을 할 뿐이야. 오늘 네 뒤에서도 난 내 음악을 할 거야. 그러니.'

'거기까지. 음악가라면 당연한 일이에요. 무대 위에서 말하는 것도 음악가가 할 일이고. 만약 당신이 아직 내게 인정받고 싶어 그런 말을 한다면.'

'……'

'이제 그럴 필요 없어요. 난 당신을 동정하지도 추잡하거나 찌질하게 생각하지 않아요.'

그러나 반응은 그의 예상과 달랐다.

너무나 담담했다.

그는 자신이 찰스 브라움 본인보다 못하다는 것을 인정했고 그 목소리에는 그 어떤 아부도 동정도 담겨 있지 않았다.

그때부터.

찰스 브라움은 그가 어떻게 그 어린 나이에 세계의 숱한 거장들을 제치고 최고가 될 수 있었는지 알 수 있었다.

어떻게 흔들리지 않고 항상 자신의 음악을 할 수 있는지 알 수 있었다.

확고했기 때문에.

스스로 자존심이 강하다고 생각했던 찰스 브라움은 지금까지 자신을 움직였던 감정이 자존심이 아니라 아집이었음을 알 수 있었다.

배도빈의 저 확고함이야말로 진정한 자존심이고 지켜야 할 가치라 여겼다.

그렇게 그의 사고가 완전히 트이자 그의 파이어버드는 더욱 아름답게 노래하게 되었다.

그를 위해서라면.

그와 함께 음악을 할 수 있다면.

그 역시 무엇이든 할 수 있었다.

베를린 필하모닉 전원 같은 마음이었다.

모든 단원이 대교향곡에 매진하고 있을 때 배도빈이 스칼라를 조용히 불러들였다.

"같이 가줘야 할 곳이 있어."

스칼라는 배도빈의 말을 듣는 순간 그가 어디로 가려는지 이해할 수 있었다.

그와 그 부족이 숨어 지냈던 장소, 그중에서도 의식의 제단을 말하는 것이 분명했다.

그곳에서 자신의 눈이 회복되었다고 믿는 배도빈이니 무리는 아니라 생각했다.

"……그래."

스칼라는 그것이 우연일 뿐이라 말하고 싶었지만 지푸라기라도 잡고 싶은 마음을 충분히 이해했기에 기꺼이 고개를 끄덕였다.

"내일 출발할 거야. 외부에는 치료차 나서는 걸로 될 테고 사람도 최소한으로 데리고 갈 거니 걱정 마."

"그런 걱정 안 해."

스칼라는 배도빈과 그의 아버지 배영준이 그의 부족을 위해 어떤 일을 해주었는지 빠짐없이 알고 있었다.

테메스 부족이 빈 근처에 다시금 작은 마을을 이루고 조금씩 현대 문명에 적응해 나갈 수 있는 것 모두 배도빈과 배영준 덕이었다.

그는 그들을 완전히 신뢰했고 또 그들을 위해서라면 무엇이든 할 준비가 되어 있었다.

다만 험준한 산을 오르는 일이 도리어 그의 건강에 좋지 않은 영향을 미칠 것이 걱정되었다.

"괜찮겠어? 평소보다 더 힘들 거야."

스칼라가 의식적으로 눈이 안 보여 산행이 힘들 거란 말을 피했다.

"이름 있는 의사들에게는 다 보여줬어. 할 수 있는 건 해봐야지."

"그래."

스칼라가 배도빈의 손등에 손을 얹으며 말했다.

"꼭 나을 거야."

그리고 그럴 수 없을 거라 생각하면서도 애써 확신하듯 말했다.

다음 날.

배도빈은 비서 죠엘 웨인과 스칼라 그리고 그가 고용하고 있는 의료팀, 경호팀을 대동하고 조용히 네팔로 향했다.

죠엘 웨인이 미리 입단속을 해둔 현지 셰르파팀과 합류한 그들은 스칼라의 인도로, 베를린에서 출발한 지 사흘 만에 목적지에 이를 수 있었다.

"이게 뭐지?"

"사람이 살던 곳 같은데."

일행이 작은 분지 안에 있는 테메스 마을의 전경에 놀랐고 스칼라 역시 마찬가지였다.

'이렇게 좁았었나.'

고작 2년 정도 떨어져 있었을 뿐인데 세상을 알아버린 스칼라의 눈에 테메스 마을은 너무나 좁고 열악해 보였다.

지금도 매일 새롭고 다양한 음악을 접하며 즐거워했던 스칼라로서는 옛 마을을 통해 자신의 시야가 얼마나 넓어졌는지 새삼 느낄 수 있었다.

"스칼라."

"아, 응."

스칼라가 배도빈의 목소리에 반응해 그를 부축했다.

배도빈이 죠엘을 불렀다.

"네, 보스."

"스칼라랑 다녀올 곳이 있어요. 다들 여기서 쉬고 있으라고 전달해 주세요."

"저도 같이 가겠습니다."

"아뇨. 그럴 필요 없어요."

배도빈의 태도가 단호했기에 죠엘 웨인은 걱정을 애써 접어 두고 스칼라의 도움을 받아 걸어가는 그의 뒷모습을 지켜볼 수밖에 없었다.

"조심해."

스칼라는 배도빈을 부축하여 인도했다. 의식의 장소까지 가는 길은 꽤 험준해 배도빈은 몇 번이나 넘어질 뻔했다.

그때마다 이를 악다물고 발을 옮긴 끝에 이윽고 그가 한 번 시력을 되찾았던 장소에 이를 수 있었다.

"도착했어."

스칼라의 말에 배도빈이 고개를 끄덕였다. 그의 목소리가 울리는 것으로 동굴 안이라는 것을 알 수 있었다.

어디선가 불어 드는 바람이 신비한 화음을 이루었다.

배도빈은 그 따뜻하고 포근한 자연의 음악으로 자신이 그때 그곳에 이르렀음을 알 수 있었다.

시력을 잃고 난 뒤의 답답함을 조금은 위로받는 듯했다.

"바이올린은?"

"여기."

스칼라가 배도빈에게 그의 캐논을 넘겨주었다.

배도빈은 그것을 소중히 챙겨 앞으로 나아갔다.

그때의 감정을 떠올리며 바이올린을 받쳤고 이내 바람이 이루는 화음에 맞춰 현을 켜기 시작했다.

미친 짓일지도 모른다.

어쩌면 그냥 헛걸음일지도 모른다고 생각했지만 최고 수준의 의료진도 원인을 찾을 수 없었기에 지푸라기라도 잡는 심정이었다.

똑- 똑-

배도빈의 바이올린과 함께 물방울도 자신을 내던져 하나의 연주를 이루었다.

그러나 그때와 같은 일은 일어나지 않았다.

'뭐가 문제야.'

어렸을 적부터 자신을 귀찮게 했던 건방진 장난이 나타나지 않았다.

아무리 애써도 어느 순간부터 그것은 더 이상 요상한 소리를 내며 그의 시야를 가리지도 않았으며 무엇인가를 알리지도 않았다.

그래서 가장 강하게 반응했던 이곳에 오면 뭔가 달라지지 않을까 싶었거늘.

"빌어먹을."

배도빈이 캐논을 내리며 읊조렸다.

'대체 그건 뭐였지.'

그가 신의 장난으로 취급했던 것은 사실 떠올려보면 정말 말이 안 되는 일이었다.

막 다시 태어났을 무렵에는 기억을 가지고 200년 뒤 미래에 태어나는 황당한 상황 때문에 크게 생각지 않았다.

현대 문물에 놀란 배도빈에게 TV나 핸드폰, 인터넷, 비행기 등은 '신의 장난'과 다르지 않았다.

그러나 완전히 적응을 마친 뒤에는 그것만이 이해할 수 없는 일로 남았다.

"배도빈."

스칼라가 배도빈에게 다가왔다. 낙담하는 그에게 스칼라가 해줄 수 있는 일은 없었다.

그저 그의 아픔을 조금이라도 나누고 싶을 뿐이었다.

"동상 걸렸을 때 나았던 건 뭐지."

배도빈의 질문에 스칼라가 무거운 마음으로 답했다.

"할아버지가 만드신 약은 효과가 좋아. 가벼운 동상은 금방 낫게 해줬으니까."

"네 하프 연주를 듣고 나은 게 아니었다고?"

이미 여러 번 심신을 안정시키는 용도였다고 답했지만, 배도빈의 심정을 이해하기에 또다시 고개를 끄덕였다.

"그래."

"그 힘 때문에 숨어 산 거 아니었어?"

"그 오해 때문에 숨어 살았지. 우리는 음악이 몸과 영혼을 정화한다고 믿지만 실제로 중병이 나은 적은 없었어. 감기 같은 게 걸리면 최대한 편히 쉴 수 있는 연주로 위로했을 뿐이야."

"……."

"만약 정말 그런 힘이 있었다면 이렇게 무기력하게 있지 않았을 거야. 타마키 때도……."

스칼라의 분함이 그의 목소리로 고스란히 전해졌다.

믿었던 유일한 탈출구마저 잃은 배도빈은 미간을 찡그린 채 서 있을 뿐이었다.

더 많은 악기를 익히고 싶었다.

더 많은 악보를 보고 싶었다.

어머니의 그림을 계속 보고 싶었다.

흙먼지를 뒤집어쓰고도 연구에 매진하는 아버지를 계속 보고 싶었다.

도진이가 자라는 모습도, 최지훈이 단원들과 함께 루트비히 홀에서 연주하는 모습도, 차채은이 쓴 글도 계속 보고 싶었다.

가우왕과 찰스 브라움의 듀엣도 보고 싶었고 푸르트벵글러와 카밀라의 결혼식도 보고 싶었다.

시간이 나면 빈 필하모닉을 찾아 그들을 지휘하는 사카모토를 보고 싶었다.

평소처럼 소소와 맛있어 보이는 디저트를 골라 먹으며 품평하고 싶었다. 진달래가 짠 황당한 무대 콘셉트가 어떻게 발전하는지도 확인하고 싶었다.

매일 산더미처럼 밀려드는 팬레터도 계속 읽고 싶었다.

그리고.

나윤희의 조심스러운 미소가 그리웠다.

배도빈이 주먹을 꽉 쥐고 어금니를 깨물었다.

'어째서.'

이제 다신 그 모든 행복을 누릴 수 없단 상실감이 그를 잠식해 나갔다.

'어째서 또 이런 일이.'

이런 일이 또다시 벌어질 것을 두려워한 배도빈은 한 번 쓰러진 뒤로 줄곧 세계 최고 수준의 의료진을 두고 건강을 살폈다.

반년에 한 번씩 가능한 모든 검사를 받았고 또 무리해야만 했던 때를 제외하곤 주변의 조언을 받아들여 충분히 쉬기도 했다.

푸르트벵글러의 건강을 챙길 겸 항상 그와 함께 조깅했고 식단 관리에도 철저했다.

그러나 결국 오늘과 같은 날이 도래하고 말았다.

'빌어먹을.'

다시 시작한 삶은 그에게 결손되었던 모든 것을 돌려주었다.

소리를 잃은 그에게 이젠 그 누구보다도 예민한 귀가 있었고.

지독하게 가난했던 과거와 달리 현재는 역사상 가장 많은 부를 누리는 음악가가 되었다.

그러나 그보다 그를 행복하게 했던 것은 사랑.

폭력적이었던 아버지와 그 무심함으로 잃은 어머니.

진정으로 사랑했던 유일한 사람을 잃고, 그의 재능을 탐하려던 이들에게 배신당하길 거듭하며 청력마저 잃는 과정에서 그는 자신을 지키기 위해 신경질적으로 변해갔다.

타인을 믿을 수 없었다.

더 이상 상처받기 두려워 다가오는 사람을 내쳤고 작은 실수에도 민감하게 반응했다.

그렇게 상처받은 음악가는 그저 언젠가는 구원의 날이 올 거라는 굳은 믿음으로 노래했다.

그리고 마침내.

그날이 온 것이었다.

사랑하는 어머니, 아버지, 동생, 할아버지, 사촌 형.

히무라 쇼우, 나카무라 이데, 사카모토 료이치, 최지훈, 차채은, 토마스 필스, 크리스틴 노먼, 제임스 터너, 이승희, 빌헬름 푸르트벵글러, 니아 발그레이, 케르바 슈타인, 헨리 빈프스키, 파울 리히터, 마누엘 노이어, 카밀라 앤더슨, 이자벨 멀핀, 죠엘 웨인, 홍승일, 차명운, 가우왕, 찰스 브라움, 나윤희, 나카무라 료코, 왕소소, 진달래, 진칠삼, 프란츠 페터, 타마키 히로시, 스칼라, 진 마르코.

그는 정말 많은 사람과 교류했고.

또 그들 모두 각자의 영역에서 조금의 거짓도 없이 진실되게 살아가는 모습을 보며 행복했다.

믿을 수 없는 인간으로 가득했던 그의 세계에 비로소 광명이 찾아든 것이었다.

　그렇게 행복한 삶이었기에.

　자신에게 찾아온 불행이 더욱더 크게 느껴질 수밖에 없었다.

　"……."

　괴로워하는 배도빈을 지켜보는 스칼라의 마음이 찢어지는
듯했다.

　언제나 당당하고 강인했던 그가 조금씩 쓰러지는 것만 같
아, 그를 도울 수 없는 자신의 무력함을 탓하게 되었다.

　두 사람은 그렇게 한동안 동굴 안에서 말없이 시간을 보냈다.

　똑- 똑-

　물방울이 떨어지는 소리와 때때로 화음처럼 울리는 바람의
노래가 그들을 위로하길 얼마간.

　'그래.'

　배도빈은 가슴속에서 요동치는 불꽃에 고개를 끄덕였다.

　아름다운 곡을 쓰려는 열망은 그 찬란함을 조금도 잃지 않
고 그의 가슴을 뜨겁게 했다.

　앞을 볼 수 없어도.

　그 어떤 시련이 닥쳐도.

　그때와 같이.

　그 어떤 것도 그 불길을 막아낼 순 없었다.

　대교향곡을 완성하고 또 그보다 더 아름다운 곡을 쓰려는

강인한 의지가 그를 일으켰다.

"가자."

자리에서 일어난 배도빈의 목소리는 평소와 같았다.

[배도빈 칩거 일주일째. 그에게 무슨 일이?]

[베를린 필하모닉, 디지털 콘서트홀 이용자 수 소폭 감소. 배도빈 영향인가?]

[배도빈 완전 실명 가능성]

[침묵을 지키는 베를린 필하모닉]

공식 입장 발표를 약속했던 배도빈이 퇴원 후에도 아무런 행동을 보이지 않자 그의 건강에 이상이 생겼음을 추측하는 기사가 쏟아졌다.

팬들의 불안함은 더욱 고조될 수밖에 없었다.

ㄴ도빈아아 ㅠㅠㅠ

ㄴ배도빈 이러다가 예전처럼 활동 중단하는 거 아냐?

ㄴ재수 없는 소리 좀 하지 마라. 안 그래도 불안해 죽겠는데.

ㄴ퇴원했다며 ㅠㅠ 괜찮아져서 퇴원한 거 아니었어?

┗진짜 천재는 가만 안 냅두는 거 같다. 이게 대체 뭔 일이람.

┗괜찮을 거임. 도빈이 콩쿠르 때도 침착해 보였잖아.

┗근데 앞 못 보면 악보는 어떻게 씀?

┗그러게.

┗악보 쓰는 거야 대필도 가능하고 배도빈 정도면 피아노나 다른 악기 연주하는 건 일도 아닐 테니 그걸 받아 적을 수도 있겠지.

┗가능하다 해도 보통 일이 아닐 텐데. 다른 사람이 대신 써주는 거랑 본인이 직접 쓰는 거랑 차이가 있을 수밖에 없잖아.

┗아……. 정말 너무 안타깝다. 진짜 어렸을 때부터 너무 많은 일을 해서 더 안타까움.

┗맞아. 솔직히 한 사람이 감당하기엔 너무 많은 일을 했음. 도빈이가 4살 때부터 지금까지 만든 곡이 총 61곡임.

┗활동 기간 따지면 생각보다 안 많은데?

┗3~4분짜리 노래랑 분량이 다르잖아. 더군다나 악단 생활도 병행했고 또 연주자로서도 활동했으니까.

┗방금 기사 떴다. 도빈이 기자회견 연대. [링크]

┗3일 오후 2시네. 자기 전에 볼 수 있겠다.

팬들이 배도빈을 걱정하며 의견을 나누었고 곧 그들은 마침내 모든 궁금증을 해결할 수 있었다.

배도빈이 공식 기자회견을 통해 입장을 밝히겠다고 알리자 한국과 독일은 물론 전 세계 모든 음악 팬이 베를린 기준 3월 3일 오후 2시만을 애타게 기다렸다.

그러한 요구에 부응하듯 세계 모든 유력 언론사가 배도빈의 기자회견에 참가했고.

곧 베를린 필하모닉 디지털 콘서트홀과 각국 방송국을 통해 배도빈의 모습이 공개되었다.

선글라스를 쓰고 죠엘 웨인의 안내를 받으며 자리에 앉은 배도빈의 모습에 전 세계가 탄식했다.

"배도빈입니다."

배도빈이 입을 열었다.

"많이 궁금해하시고 걱정하실 거라 생각해 자리를 마련했습니다."

카메라 셔터 소리가 끊이질 않았다.

"지난번 많은 생명을 앗아간 불행한 사고로 인해 시력에 손상을 입었습니다. 이후 차도를 보였지만 컨디션이 좋지 못한 날에는 다시 시력을 잃는 후유증을 겪고 있었습니다."

팬들에게 자신의 상태를 전하는 배도빈의 목소리는 그들을 위해서라도 무척이나 담담했다.

"조심했지만 콩쿠르와 평생의 꿈을 함께하게 되면서 다시 시력을 잃었고 그때가 2라운드에 참가하고 있을 때였습니다."

배도빈이 숨을 짧게 내쉰 뒤 고개를 끄덕였다.

"여러 방면으로 치료 방법을 찾았으나 현재로서는 원인을 파악하지 못한 상황입니다. 어쩌면 계속 앞을 보지 못할 수도 있을 것 같습니다. 그러나."

그의 목소리에 힘이 들어갔다.

"이것으로 달라지는 건 아무것도 없습니다. 저와 베를린 필하모닉은 지금까지 그래왔던 것처럼 항상 노래할 것입니다. 이상입니다."

배도빈이 발언을 마치자 기자들이 앞다투어 손을 들었다.

이자벨 멀핀이 한 기자에게 발언권을 주자 그가 다급히 물었다.

"실명이라 하시면 완전 실명을 말씀하시는 겁니까?"

"빛이 있고 없고를 분간할 정도입니다."

믿을 수 없는 사실을 확인하려 했던 질문에 대한 답은 그들을 더욱 충격으로 몰아갔다.

또 한 명의 기자가 발언권을 얻었다.

"아, 앞으로 활동은 어떻게 예정되어 있습니까."

"우선은 준비와 적응에 시간이 필요합니다. 그동안 베를린 필하모닉은 빌헬름 푸르트벵글러 상임 지휘자가 이끌어 줄 예정입니다."

"어떤 준비를 하시려는지 알려주시겠습니까? 혹시 평생의 꿈이라 하셨던 것과 연관되어 있습니까?"

한 기자의 질문에 배도빈이 천천히 입을 열었다.

"12년에 걸쳐 만든 곡이 있습니다."

회장이 웅성거렸다.

배도빈이.

그 수많은 곡을 성공시켰던 배도빈이 장장 12년에 걸쳐 완성한 곡이 어떠한 곡인지 쉽게 예상할 수 없었다.

"콩쿠르를 준비하는 과정에서 완성할 수 있었고 지금 전 단원과 함께 가다듬고 있습니다."

배도빈은 확신에 차 있었다.

평소와 같이 항상 그랬던 대로 의욕과 자신에 차 있었다.

"지금껏 느껴보지 못했던 경험을 약속합니다."

배도빈의 당당함에 기자들은 그의 건강에 관한 질문을 잊고 신곡에 대해 묻기 시작했다.

TV를 통해 그것을 지켜보고 있던 차채은은 고개를 돌려 원고를 채워나갔다.

무엇을 해야 하는지 모르는 사람은 드물 것이다.

돈을 많이 벌어야 한다, 좋은 대학에 합격해야 한다, 살을 빼야 해야 한다와 같이 우리는 정말 많은 당위를 두고 살아간다.

그러기 위한 방법도 너무나 잘 알고 있다.

건강을 위해 살을 빼려면 식단을 조절하고 운동을 해야 한다.

어려운 이야기가 아니다.

그러나 많은 사람이 그 당위와 목적, 방법을 잘 알고 있으면서도 그러지 못한다.

오늘 속상한 일이 있어서, 어제 운동을 했더니 오늘 근육이 뭉쳐서, 힘들어서, 배고파서.

당위와 목적을 먼저 보는 것이 아니라 내가 할 수 있는지부터 확인하기 때문이다.

상황과 조건들을 나열해 보면 세상에는 불가능한 일로 가득하다.

그러나 내가 아는 한 사람은 언제나 목적과 당위성을 먼저 보고 있다.

베를린 필하모닉의 현 악단주이자 바흐, 베토벤, 모차르트와 함께 가장 위대한 음악가로 칭송받는 배도빈은 그가 해야 하는 일이 있으면 그 어떤 역경에도 굴하지 않았다.

그것이 지금의 그를 만든 원동력이라 나는 믿어 의심치 않는다.

그는 분명 또 기적을 일으킬 것이다. 그가 당당히 자신한 대로, 우리는 분명 지금껏 세상에 없던 새로운 곡과 감동을 선물 받을 것이다.

원고를 쓰던 차채은이 눈물을 닦고 다시금 키보드에 손을 얹었다.

♪

악단주 배도빈이 임직원 회의를 소집했다.

앞으로 베를린 필하모닉을 어떻게 운영해 나갈지 의논하기 위한 자리였는데, 그가 예고했던 대로 당분간은 푸르트벵글러 체제로 돌아가는 것이 골자였다.

"부탁해요."

"쓸데없는 걱정 마라."

푸르트벵글러의 무뚝뚝한 대답에서 사랑을 가득 느낀 배도빈이 고개를 끄덕였다.

푸르트벵글러는 현재 배도빈이 유일하게 베를린 필하모닉을 맡길 수 있는, 가장 든든한 조력자였다.

그러나 문제는 여럿 남아 있었다.

그중 하나가 인력 부족.

케르바 슈타인이 감독으로 활동하면서 악장단에는 찰스 브라움, 헨리 빈프스키, 나윤희, 왕소소 그리고 작년에 취임한 한스 이안까지 다섯 명으로 빠듯하게 운영되었다.

그러나 그나마도 헨리 빈프스키가 부족한 지휘자 역할을 맡게 되었고 악장 역할을 맡을 사람이 턱없이 부족했다.

현재 음악교육원 설립 사업을 진행하고 실내악단 운영과 공연까지 맡은 찰스 브라움은 이미 업무 포화상태에 도달해 있었다.

그러나 선뜻 나윤희, 왕소소, 한스 이안에게 헨리의 역할을 분담할 수도 없었는데, 나윤희와 왕소소가 이미 A, B, C팀과 실내악단 일정까지 소화하는 탓이었다.

한스 이안이 그나마 여유가 있지만 어디까지나 상대적일 뿐.

이제 막 악장으로 취임한 그에게 두 사람 역할을 맡길 순 없었다.

"니아."

"응. 맡겨줘."

니아 발그레이의 복귀는 베를린 필하모닉에 너무도 큰 힘을 주었다.

배도빈은 그가 음악을 포기하지 않은 걸 다행으로 여기며.

베토벤 기념 콩쿠르를 통해 기량이 조금도 줄지 않았음을 증명한 그에게 악장의 권한과 의무를 넘겨주었다.

대충의 역할 배정을 끝내고.

회의는 다음 안건으로 넘어갔다.

"다음은 등록일이 한 달 앞으로 다가온 오케스트라 대전에 대해 이야기 나누도록 하겠습니다."

이자벨 멀핀의 말에 찰스 브라움이 의문을 던졌다.

"출전은 그렇다 치고 지휘는 누가 맡지? 세프나 케르바 감독 두 사람 중 한 사람만 빠져도 일정이 마비될 텐데."

"제가 나갈 거예요."

배도빈이 답했다.

임직원들은 시력을 잃은 배도빈을 우려했고 케르바 슈타인이 그들의 마음을 대변했다.

"컨디션이 좋아지고 활동하는 게 좋지 않을까?"

모두 고개를 끄덕이는데 배도빈이 고개를 저었다.

"앞이 안 보일 뿐 컨디션은 좋아요. 기자회견 때도 말했지만 앞으로는 이 상태가 유지될 가능성도 염두에 둬야 해요. 언제까지나 쉬고 있을 순 없으니까."

침묵을 지키던 가우왕 부감독이 입을 열었다.

"오케스트라 대전 일정은 어떻게 되지?"

"내년 1월부터 한 달에 나흘씩 1년간 진행됩니다. 예선 결과로 각 개최지가 결정될 테고요."

"무리한 일정은 아니네."

가우왕은 배도빈의 말처럼 그가 언제까지나 쉬고 있을 수만은 없다고 생각했다.

시력을 잃었다고 해서 삶이 끝난 것도, 음악가로서의 생명이 다한 것도 아니기에 도리어 부담스럽지 않은 오케스트라 대전을 통해 조금씩 활동 영역을 되찾는 것이 바람직하다 여겼다.

몇몇 임직원도 가우왕과 같은 생각이었지만 회의 참석자 중에는 배도빈의 건강을 우려하는 사람도 있었다.

마누엘 노이어가 입을 열었다.

"무리해서 출전할 필요는 없잖아. 난 가급적 이 기회에 조금 쉬었으면 하는데. 정 하고 싶으면 할 수 있는 정도로만 하고."

일부 사람이 동조했다.

배도빈이 입을 열었다.

"당연히 그럴 예정이에요. 하지만 무작정 아무런 계획 없이 지내고 싶진 않아요. 베를린 필하모닉의 소유주로 남고 싶은 마음은 조금도 없어요."

임직원 모두 음악가로서의 그를 너무나 사랑했기에 그의 굳은 마음을 더는 어쩔 수 없었다.

"걱정 말아요. 무리하지 않는 선에서 활동할 수 있는 게 오케스트라 대전이고 또, 가장 많은 사람이 접하는 곳이잖아요. 우리가 그곳에 참가하지 않으면 말이 안 되죠."

더 이상 이견이 없자 배도빈이 말을 이어나갔다.

"오케스트라 대전 준비는 제 재활 과정이나 마찬가지입니다. 최고의 상태가 될 수 있게 천천히 준비하죠. 제 복귀는 오케스트라 대전 예선 참가일로 합니다."

배도빈이 말을 마치자 임직원들이 고개를 끄덕였다.

찰스 브라움이 음악교육원 설립 진행 상황과 이자벨 멀핀이 푸르트벵글러호 사업 개요를 보고한 뒤 회의가 마무리되었다.

모두 잠시 뒤에 있을 총연습을 준비하기 위해 분주히 움직였고 배도빈은 회의실에 남았다.

"죠엘."

"네, 보스."

"앞으로 무슨 일이 있어도 제게 솔직하셔야 해요."

"그럼요."

죠엘 웨인은 배도빈의 충고를 의아해했지만 이어지는 그의 말에 마음이 무거워졌다.

"아무리 노력해도 할 수 없는 일이 생겼습니다. 제가 해야 하는 일이 수석들이나 악장단 그리고 푸르트벵글러에게 넘어갔으니 부담이 클 수밖에 없을 테죠. 그들을 잘 살펴보고 무리하고 있으면 반드시 알려주세요."

"보스……."

"이러고 있을 때 과로하는 사람이 나오면, 그래서 그에게 문제가 생기면 난 아무것도 못 할 거예요. 단원들의 상태 주기적으로 보고해 주세요."

"네. 그렇게 하겠습니다."

배도빈이 고개를 끄덕였다.

잠시 뒤.

30분간 휴식을 가진 뒤 베를린 필하모닉 단원들이 제1연습실에 모였다.

제1바이올린 42명, 제2바이올린 40명, 비올라 30명, 첼로 24명, 콘트라베이스 24명, 클래식 기타 4명, 하프 1명, 얼후 1명으로, 현악기 주자만으로 완편 오케스트라의 인원을 훌쩍 뛰어넘었으며.

목관악기 주자가 플루트 8명, 오보에 6명, 클라리넷 6명, 바순 8명.

금관악기 주자가 호른 14명, 트럼펫 6명, 트럼본 6명, 튜바 4명, 유포니움 4명.

팀파니 1명, 심벌즈를 포함한 여러 타악기를 다루는 주자가 9명.

피아니스트 2명.

그리고 대교향곡을 위해 초청한 태평소 연주자 4명까지 총 244명으로 구성된 대교향곡팀은 베를린 필하모닉 단원 대부분이 참여하고 있었다.

그들이 모인 이유는 오직 하나.

규격 외의 교향곡을 완성하기 위함이었다.

대부분 연주자는 총보를 받고도 이것이 어떻게 연주될지 쉽게 짐작할 수 없었다.

B팀 콘트라베이스 주자 시엔 얀이 다니엘 홀랜드 수석에게 말을 걸었다.

"오늘부터 악보 교정하잖아요."

"그렇지."

"감이 안 와서요. 이만한 사람이 모여 있는데 들으면서 교정하는 게 가능한 일이에요?"

"글쎄. 나눠서 하지 않을까?"

"그렇게 하면 괜찮겠지만 또 이상하단 말이에요. 악기별로 수정하면 또 함께 연주했을 때 오차가 생길 수밖에 없잖아요. 그리고 이렇게 다 같이 모여서 할 필요도 없고."

"그러네. 하하. 이것저것 잘 생각하고 있구나."

"참. 그렇게 웃어넘길 일이 아니잖아요. 보스가 엄청, 어어엄청 노력해서 만든 곡이니까 진지해야 한다고요. 또 그런 일도 있었으니까……."

다니엘 홀랜드가 자신을 나무라는 시엔 양을 보며 슬며시 웃었다. 그러고는 악기를 점검하던 손을 멈추었다.

"걱정 마. 도빈이라면 어떻게든 해낼 거니까."

다니엘 홀랜드의 태평함에 시엔 양이 눈썹을 좁혔다.

"물론 그렇긴 하지만 평소가 아니잖아요. 먼저 나서서 도와드려야 한다고요."

"음음. 좋은 자세야."

다니엘 홀랜드가 시엔 양을 기특히 여기던 중 배도빈이 죠엘의 부축을 받아 연습실로 들어왔다.

단원들이 일어서서 그를 맞이했고 배도빈은 가운데 의자에 앉았다.

"연습에 들어가기에 앞서, 지금 여러분이 앉아 있는 자리를 반드시 지켜주시길 바랍니다."

단원들은 그들이 받은 좌석 배치도를 떠올리며 고개를 끄덕였다.

"두 번째는 제가 요구하는 바를 빠짐없이 악보에 적어 주세요. 추후 모두 통합해 재분배할 예정입니다."

단원들은 일단 고개를 끄덕였지만 지금의 연습이 얼마나 말이 안 되는 일인지 잘 알고 있었다.

대략 55분에서 60분간 244개의 악기가 연주하는 곡을 기억에 의존해서 수정하다니.

옆에서 어디가 잘못되었고 어떻게 수정되었다고 말해도 그것을 모두 기억할 수 있을지 의문이었다.

"그럼 시작하죠. 천천히."

배도빈이 지휘봉을 들어 흔들자 호른이 그에 호응하듯 힘차게 나섰다.

태양이 떠오르듯 그 웅장한 빛이 대지를 비추고.

오보에의 맑은 선율과 클라리넷의 따사로움으로 얼어붙었던 대지가 녹는다.

오랜 추위를 견디고 마침내 싹을 틔우는 새싹들.

피아노 건반이 봄비처럼 내리는데.

얼후가 소녀처럼 등장한다.

"잠깐."

배도빈이 지휘봉을 흔들었다.

"오보에, 음을 좀 더 길게 끌어주세요. 얼후가 대두될 때까지 이어줍니다. 얼후 솔로부터 다시 가죠."

단원들이 그들이 받은 총보를 살폈다.

개인 악보로 연습하던 기존과는 전혀 다른 방식이었다.

앞을 볼 수 없는 배도빈이 자세한 지시를 내리기 어려운 만큼, 모든 연주자가 총보를 두고 함께 교정해 나가는 과정이었다.

총보를 접하는 것부터 쉽지 않았지만, 지난 일주일간 악기별 수석들의 노력으로 더듬더듬 배도빈의 지시와 총보를 대입할 수 있었다.

그 과정에서 그들은 그들의 지휘자가 얼마나 방대한 세계를 악보에 담아냈는지 알 수 있었다.

배도빈이 세 박자를 두었고 이내 왕소소의 얼후가 노래하기 시작했다.

그 단아하면서도 곧은 목소리가 애처롭게 울었다. 미세한 떨림이 구슬프게 가슴을 휘감아 연습실을 채워나갔다.

단원들조차 왕소소의 얼후에 도취될 정도로 신비한 매력이 있었다.

이내 나윤희가 이끄는 제2바이올린이 등장해 소녀의 그림자처럼 볼륨을 풍성히 한다.

"잠깐."

배도빈이 연주를 중단시켰다.

"바순, 느립니다. 따라라라 할 때 나섰어야 했습니다. 제2바이올린 들어올 때부터 다시 가죠."

제2바이올린이 다시 연주를 시작하고 바순이 따라붙었다.

얼후의 노래가 이어지는 도중에 비올라와 콘트라베이스까지 함께하며 심상이 짙어질 무렵, 배도빈이 다시 한번 연주를 멈추었다.

"베이스는 힘을 더 빼는 게 좋겠습니다. 피아니시모. 얼후는 좀 더 과감하게 나서도 좋아요. 비올라, 베이스부터 다시 갑니다."

백여 대의 악기가 다시 연주를 시작했다.

그 과정에서 단원들은 그들이 일주일간 연습했던 곡이 어떻게 들리는지 명확히 알 수 있었다.

'세상에.'

정교한 시계와 같이.

대교향곡은 모든 악기가 태엽처럼 맞물려 하나로 움직이게 했다.

얼후가 주인공이라고는 하나 어느 악기도 뒤처짐 없이 서로가 서로를 돋보이게 했다.

여러 악기가 연주하는데, 너무나 정교히 구성되어 단조롭게 느껴질 정도로.

마치 오케스트라를 구성하는 모든 악기가 하나의 악기처럼 작용했다.

단원들은 역사상 가장 뛰어난 천재라 불리는 그들의 지휘자가 이 곡을 만드는 데 왜 12년씩이나 걸렸는지 짐작할 수 있었다.

배도빈이 지휘봉을 휘둘러 연주를 멈추었다. 그러고는 눈썹을 좁혀 집중하더니 입을 열었다.

"비올라. ……쟝인가요."

"네, 보스."

"방금 부분 다시 연주해 보세요."

B팀 비올라 주자 쟝이 연주를 시작하자 배도빈이 고개를 저었다.

"그 옆이었네요. 넬?"

"네, 보스."

"쟝의 연주와 본인 연주의 차이를 알겠습니까?"

"네. 비브라토가 부족했습니다."

"좋습니다. 다시 진행하죠."

배도빈이 지휘봉을 흔들었다.

"……"

"……"

그러나 단원들은 백여 대의 악기가 동시에 연주하는데 그중에서 틀린 사람을 정확히 지목함에 놀라 잠시 늦고 말았다.

배도빈이 인상을 쓰며 입을 열었다.

"집중해요."

♪

첫 총연습을 마치고 나선 단원들은 충격에서 벗어나지 못했다.

백 대가 넘고, 열 종이 넘는 악기가 동시에 연주하는데 약간의 오차가 있을 뿐, 한 사람의 실수를 기필코 찾아내는 배도빈의 청력에 혀를 내두르지 않을 수 없었다.

"괴물이라고는 알고 있었지만 정말 인간이 아닌 거 같아."

"배치도를 다 외우고 있는 거 같아. 어디에 누가 앉아 있는지. 아니면 어떻게 지적하겠어."

"그걸 외운다고 틀린 거 찾아내는 게 말이 되냐? 완편도 아니고 두 배 규모가 연주하는데?"

동료들의 대화를 듣던 시엔 얀은 자신의 걱정이 기우였음에 기뻐했다.

"기분 좋아 보이네?"

시엔의 표정을 확인한 다니엘 홀랜드가 목 근육을 풀며 물었다.

"그럼요! 이렇게까지 조율이 될 줄 몰랐어요. 이래서는 평소랑 다르지 않잖아요. 게다가, 게다가 그랜드 심포니 진짜, 진짜, 진짜 엄청났고요."

그녀의 반응에 다니엘 홀랜드가 슬며시 웃었다.

"그래. 정말 엄청났지."

"수석께선 이미 알고 계셨던 거죠? 보스가 그럴 수 있다는 거."

"설마."

다니엘 홀랜드가 어깨를 으쓱였다.

"그냥 믿는 거지."

"어떻게 그럴 수 있어요? 솔직히 다들 보스도 어려울 거라 생각했잖아요."

"음."

다니엘 홀랜드는 고민을 이어가다 어렵게 입을 열었다.

"도빈이가 어렸을 때 했던 말인데. 인터뷰에서도 몇 번 했었고."

"네."

"음악이 쉬웠던 적은 한 번도 없었대. 힘들지 않았을 때도 없었고."

"보스가요?"

"어. 그래도 좋으니까 하는 거라 하더라. 그런 마음을 가졌으니까 당장은 힘들어도 언젠가는 분명 해낼 거라 생각했지. 이렇게까지 금방 해낼 줄 누가 알았겠어."

시엔 얀은 다니엘을 보다가 주먹을 불끈 쥐며 고개를 흔들었다.

"보스 진짜 멋진 거 같아요."

"동감이야."

♪

"퇴근할까?"

"네."

나윤희가 다가오자 포근한 냄새가 났다. 쓸데없이 예민해져서 조금 당황하는데, 아무렇지 않게 날 안는다.

"손 잡는 걸로 충분해요."

"안 돼. 위험해."

굳이 이렇게까지 할 필요는 없지만 완고할 때는 도저히 설득할 수 없기에 잠자코 부축을 받아 걸음을 옮겼다.

"계단 있어."

1층과 2층을 연결하는 계단은 중앙까지 14개씩. 천천히 발을 디뎌 내려가는데 아무래도 조심스러울 수밖에 없다.

"하나 남았어."

"네."

계단을 내려온 것만으로도 조금 지쳤다.

평소대로 기자와 파파라치를 피해 주차장으로 향하던 중 갑자기 우렁찬 목소리가 귓등을 때렸다.

할아버지다.

"도빈아!"

소리가 난 방향으로 고개를 돌리자마자 요란한 구두 소리와 함께 할아버지의 억센 손이 덮쳤다.

"내 새끼. 내 새끼! 아이고 내 새끼!"

"자, 잠깐."

"이 녀석아, 이게 대체 무슨 일이야! 어? 정말 안 보이는 게냐? 응?"

할아버지가 얼굴을 붙들고 이리저리 살피신다. 얼마나 놀라셨는지 그 마음이 전해졌다.

"괜찮아요."

"괜찮기는! 이 녀석아 아프면 아프다고 말을 해야 할 거 아니냐, 이놈아! 이놈아. 이놈아야."

우렁찬 목소리가 점점 줄어들어 떨렸다.

90대라고는 믿을 수 없는 근육질 팔이 날 끌어안은 채 들썩인다. 뺨에 뜨거운 액체가 닿는다.

팔을 뻗어 함께 안았다.

"바쁘실 텐데 뭐 하러 오셨어요."

"이 녀석이 한다는 말이! 진희가 그렇게 가르치든!"

한 차례 꾸중을 듣고 나서야 간신히 압박에서 벗어날 수 있었다.

건장하신 건 기쁘지만 어릴 때나 지금이나 조금 버겁다.

"자, 일단 집으로 가자."

"네. 누나."

할아버지에게 답하고 나윤희를 부르며 손을 뻗었는데 아무런 감촉을 느낄 수 없었다.

의아하여 거듭 부르자 나윤희의 발소리가 조심스럽게 다가왔다.

"처자는?"

"아, 안녕하세요. 나, 나, 나나윤희라고 합니다. 베를린 필하모닉에서 아, 악장을 하고 있어요."

놀랐는지 많이 고쳤던 버릇이 전보다 더 심해졌다.

하기사 나도 놀랐으니 오죽했을까.

"음. 낯이 익어 어디서 봤나 싶었는데 그랬구만."

"같이 가요."

손을 다시 내밀었다.

"아, 아니야. 나, 나는 따로 갈게."

"왜요?"

"……"

대답이 들리지 않는다.

앞을 볼 수 있었다면 그녀가 지금 어떤 표정을 짓고 있는지, 어떤 상태인지 알 수 있을 텐데 답답하다.

"평소에도 같이 퇴근하느냐?"

할아버지가 물었다.

"네. 병원에 있을 때도 챙겨줬어요."

"그래?"

할아버지의 목소리가 좀 달라졌다.

"고맙네."

"아, 아뇨. 전혀. 하, 할 일을 했을 뿐이에요."

"아니지. 내 사례는 톡톡히 함세. 김 실장."

"네, 회장님."

"이 아가씨 잘 모셔다 드리게."

"네. 윤희 씨, 가시죠."

"호, 혼자 가도 괜찮……. 부, 부탁드립니다."

김재식 실장의 박력에 거절할 수 없었던 모양. 내일 보자는 인사를 나누자 나윤희의 발소리가 멀어졌다.

당황한 듯 불규칙적이다.

할아버지의 도움을 받아 차에 타니 일단의 긴장이 풀려 고개를 젖히고 등을 파묻었다.

할아버지의 한숨 소리가 들린다.

"괜찮다니까요."

"시끄럽다."

작년 전 세계 복지 수준을 향상시키기 위해 WH라이프를 설립하여 바쁜 가운데 괜한 걱정 끼치고 싶지 않았지만 결국 이렇게 되었다.

"그건 그렇고. 나윤희란 처자 나이는 어떻게 되느냐."

"스물아홉이요."

"보기보단 많구나."

"어려 보이긴 해도 능력 있는 사람이에요. 잠자는 숲속의 공주도 그 사람이 연주했고."

"그래?"

WH라이프의 여러 사업은 도진이가 공부하는 분자생물학 외에도 건강을 위한 여러 분야로 나뉘었다.

그중 요양원이나 심리안정 사업에 '잠자는 숲속의 공주'가 큰 도움이 되고 있다고 들었다.

여러 이유로 불면증을 겪는 이들에게 효과가 입증되어 WH라이프에 사용권을 넘겨줌으로써 도움이 된 건 할아버지도 잘 알고 있는 사실.

역시 나다.

"흠…… 그래도 나이 차이가 많이 나는구나."

이해 못 할 말을 꺼내서 눈썹을 찌푸리는데 인제 보니 오해를 하신 모양이다.

"그래도 네가 좋다면 어쩔 수 없지. 만난 지는 얼마나 되었고?"

"뭘 만나요. 그런 사이 아니에요."

"이 녀석이 속일 사람을 속여."

"아니라니까요."

"걱정 마라. 네 부모 일이 반복되는 일은 없을 거다. 이 할애비 그렇게 무정하지 않아."

"아니라니까 왜 자꾸 몰아가요."

"뭘 부끄러워하느냐. 네 나이에 연애하는 게 뭐 어때서. 어차피 결혼도 해야 할 거 아니야."

"그런 거 할 시간 없어요."

"정말 아니냐?"

"그렇다니까요."

할아버지가 삐진 듯 아무 말도 안 하시다가 서운한 듯 탓하셨다.

"못난 놈. 할애비 때는 그 전쟁통에도 다 연애하고 가정 꾸리고 했어."

"……."

빨리 도착했으면 좋겠다.

"형, 아~"

"괜찮아. 먹을 수 있어."

"아~"

"……아."

밥 정도는 조심해서 먹을 텐데, 퇴원한 뒤로 계속 이런 상황이다.

형 생각해 주는 건 고맙지만 밥 먹을 때마다 이렇게 먹여주려 하니, 게다가 혼자 먹는 것보다 흘리는 게 많으니 난감하다.

그래도 어머니, 아버지, 할아버지 눈에는 우애 좋은 모습으로 보이는지 아무도 말리질 않는다.

"너 먹어."

"형부터."

"……그럼 소시지만 주지 말고 나물을 줘. 네가 좋아하는 것만 주냐."

"나물은 맛없는데?"

"형은 아프니까 골고루 먹어야 해. 형한테 나물 주고 도진이도 같이 먹어."

어머니께서 사랑을 담아 말씀하시자 도진이가 으응 하는 소리를 냈다.

"난 건강하니까 괜찮아. 아~"

고분고분하던 녀석이 머리가 크기 시작하더니 말대답을 한다.

아무튼 된장으로 무친 미나리가 입에 들어오자 입안이 한결 시원해졌다. 식감도 향도 만족스럽다.

"자넨 여전히 나가 있는가."

할아버지가 아버지께 물으셨다.

"복원이 끝나 요즘엔 현장에는 갈 일이 많이 없습니다."

"영국이 아니라 이쪽으로 알아볼 것을 그랬어."

"그러지 않아도 준비하고 있습니다. 내년쯤엔 가까이 올 예정입니다."

"그래. 가족은 함께 있어야지. 진희 너는 요즘 어떠냐."

"화랑 잠시 닫을까 고민 중이에요. 아무래도 남에게 맡길 수가 없어서 도빈이랑 같이 있으려면."

"안 돼요."

나 때문에 하시던 일을 접다니.

이미 한 번 있었던 일을 반복할 순 없다.

"죠엘이랑 윤희 누나 있으니 괜찮아요."

"두 사람 다 계속 있어 줄 순 없잖니. 입원해 있을 때 윤희한테 얼마나 미안했는지 알아?"

"지훈이도 있고."

"지훈이도 마찬가지고. 자꾸 엄마 속상하게 할래?"

"……."

"아~"

도진이가 집어 준 도라지를 먹으며, 요즘 들어 자꾸 밀린다는 생각을 했다.

'이런 곡을 초등학교 들어갈 무렵부터 구상했다는 말이잖아.'

최지훈은 대교향곡을 연습할수록 거듭 감탄했다. 비록 세 개의 손을 위한 소나타와 같이 빠른 타건을 요구하진 않았지만 난도 자체는 그와 비견할 만했다.

물론 작업 시간이 긴 탓에 중간에 수정되었을지도 모르나 그 당시 이미 이런 연주가 가능하다고 판단했던 것을 믿을 수 없었다.

'완벽해야 해.'

최지훈은 다시 한번 그에게 주어진 카덴차를 연주하기 시작했다.

배도빈의 의도가 무엇인지.

어떻게 하면 오케스트라가 남긴 심상을 잘 받아오고 전개해 넘겨줄지 고민하길 반복했다.

그렇게 세 시간이 훌쩍 지나고 늦은 밤.

'자고 있으려나.'

최지훈이 배도빈에게 메시지를 보내려다가 멈칫하곤 전화를 걸었다.

발신음이 길게 이어지고 끊으려던 차 배도빈의 목소리가 들렸다.

-배도빈입니다.

"나야. 자고 있었어?"

-아니. 오늘 연습 복기하고 있었어.

"좀 쉬지."

-쉬고 있어.

음악 생각을 단 일 분이라도 하지 않는 배도빈이니 누워서 복기하는 게 쉬는 일이고.

그런 상황을 이해하는 최지훈은 할 말이 없어졌다.

-아무튼 내일부턴 청소하지 말라 해야겠어.

"왜?"

-물건이 있던 자리를 기억하고 찾는데 치워버리면 찾질 못하잖아. 슬리퍼가 어디 있는지 한참 헤맸어.

최지훈이 입술을 깨물었다.

형제가 겪고 있을 고통이 얼마나 클지 그로서는 짐작조차 할 수 없었다.

-그런데 왜?

"그냥 잘 있나 싶어서."

-오늘 종일 같이 있었으면서 뭔 소리야.

"걱정되니까 그렇지. 아, 지금 그쪽으로 갈까? 나 있으면 슬리퍼도 다른 것도 찾아줄 수 있잖아."

-너까지 그러지 마. 안 그래도 다들 난리야. 어머니가 일 그만두신다고 하셔서 속상한데.

"너무 그러지 마. 어머니도 얼마나 걱정되시겠어. 도움 필요한 건 사실이잖아."

-그게 싫은 거라고.

사랑하는 만큼 돕고 싶고 짐이 되기 싫기에, 최지훈은 어머니의 마음도 배도빈도 이해할 수 있었다.

계속 이야기해 봤자 답이 없는 이야기라 화제를 바꾸었다.

"대교향곡 연습하고 있었는데, 이거 정말 1학년 때 구상한 거 맞아?"

-왜?

"너무 어렵잖아."

-엄살 부리지 마. 네가 못 치는 곡이 어딨어.

배도빈의 퉁명스러운 말에 최지훈의 기분이 좋아졌다.

"그게 아니라. 그때도 이런 걸 칠 수 있다고 생각했단 뜻이잖아."

-그때는 할 수 있을 거라 생각했지.

"그럼?"

-지금은 절대 못 하지. 저번에 들어보니 조금 나아졌더라.

최지훈이 잠깐 눈을 굴리다가 되물었다.

"지금 우리 같은 말 하는 거 맞지?"

-뭐가?

"지금 핀트가 안 맞는 거 같아. 그러니까 이 곡, 어렸을 땐 연주할 수 있을 거라 생각했는데 지금은 못 한다고?"

-어. 채은이 말이야.

"아."

최지훈도 배도빈만큼이나 차채은의 재능을 아까워했기에 그가 무슨 말을 하는지 이해할 수 있었다.

처음에는 이 복잡하고 정교한 곡을 차채은에게 맡기려 했던 것 같다고 받아들였다.

-가우왕이 연주하는 파트가 채은이 몫이었고 네가 받은 부분이 네 몫이었지.

"채은이가 정말 열심히 했으면 가우왕 씨만큼 할 수 있었을까?"

-글쎄.

배도빈이 흐음 소리를 내며 고민하다 입을 열었다.

-그렇게 믿었지. 그런데 베트호펜 콩쿠르랑 이번에 지켜보면서 좀 달라졌어.

"어떻게?"

-재능이 출발선을 앞당길 순 있어도 도착선을 당기진 못하는 거 같아.

"응?"

-노력이 더 중요하다고. 타마키랑 툭타미셰바 보면서 그런 생각이 들더라.

"맞아."

-정말 저렇게까지 재능이 없을 수도 있나 싶었거든. 특히 타마키.

"타마키 씨 서운하겠다."

-자기도 알았어. 그래서 그렇게 노력했던 거지. 두고 봐. 타마키 히로시 협주곡 정리되면 깜짝 놀랄 테니까.

"무리하는 거 아니야? 대교향곡도 막 들어갔잖아."

-오케스트라 대전 전까지만 완성하면 되니 시간은 충분해.

어쩔 수 없는 열정에 최지훈도 빙그레 웃고 말았다. 설령 시력을 잃었을지라도 배도빈이 우울해하거나 좌절하지 않고 평소와 같으니 그나마 다행이라 생각했다.

"응. 기대할게."

-어. 그리고.

"응."

-전화 자주 해. 심심해.

배도빈의 투정에 최지훈이 소리 내어 웃었다.

"내일은 채은이랑 놀러 갈게."

[제2회 오케스트라 대전 초읽기!]

[유력 오케스트라 참가 등록 완료]

[미카엘 블레하츠, "참가 악단 총 500여 곳. 초회 이상의 치열한 경쟁이 될 것."]

[아리엘 핀 얀스, 로스앤젤레스 필하모닉 복귀. 오케스트라 대전에도 참가 선언]

[베를린 필하모닉, 마왕이 나선다]

오케스트라 대전 참가 신청이 마감되고 그에 관련한 보도 기사가 쏟아졌다.

제1회 오케스트라 대전을 즐겼던 세계 음악 팬들은 그때의 기분을 떠올리며 가슴 설렜다.

첫 번째 대회가 FIFA 월드컵 시청자 수에 근접했던 만큼 참가 악단도 늘어났으며, 광고 단가 및 후원사가 크게 는 것은 당연한 일이었다.

그러나 한 가지 문제가 남아 있었는데 음악계 최대 거물 배도빈이 실명 이후 활동을 자제하고 있다는 점이었다.

첫 우승자이자 클래식 음악의 상징과도 같은 배도빈이 불참한다면 오케스트라 대전의 이미지에도 영향이 갈 수밖에 없었다.

때문에 몇몇 언론에서는 배도빈의 건강과 빌헬름 푸르트벵글러의 고령을 이유로 케르바 슈타인 감독이 나설 수 있다는 가능성을 제시했고.

그것은 오케스트라 대전을 주최하는 세계 클래식 음악 협회나 각 참가 악단, 팬들에게 불안 요소로 자리 잡았다.

그러나 이내 배도빈이 직접 참가한다는 사실이 알려졌고 팬들은 비로소 안도할 수 있었다.

ㄴ배도빈이 나서네. 지금 정기 연주회도 참가 못 해서 걱정했는데.

ㄴ당분간 시간이 필요하다고 했잖아. 적응하면 정기 연주회도 하겠지.

ㄴ앞이 안 보이는데 지휘를 할 수 있나?

ㄴ연습 과정에서 교정한다고 함. 배도빈이 지적하면 사람들이 악보 고치고 그거 취합해서 다시 하나로 만든다고 했음.

ㄴ넌 그런 걸 어떻게 알아?

ㄴ베를린 필하모닉 홈페이지 가면 소식지 볼 수 있음.

ㄴ진짜 대단하다. 다들 그냥 배도빈이 천재라서 아무렇지 않게 받아들이는 경우가 있는데 쟤 알고 보면 진짜 대단함.

ㄴ응. 너만 아는 거 아니야~

ㄴ지금이야 외할아버지가 WH그룹 유장혁 회장이고 본인도 조 단위 재벌이지만 어렸을 때는 엄청 가난했다며.

ㄴ배경은 잘 모르겠고 일단 일정이 헬이었음. 중간에 공부한다고 몇 년 안 쉬었으면 진짜 뭔 사달이 나도 났을걸? 한 달 30일 중에 스케줄 없는 날이 없었고 그나마도 분 단위로 활동했다고 함.

ㄴ비행기 추락해서 또 한두 달 생고생했지.

ㄴ그러고도 멀쩡하게 활동하다가 저렇게 되고도 또 계속 활동하는

거 보면 멘탈 자체가 아예 다름.

　ㄴ아무튼 진짜 기대된다. 아리엘도 LA로 복귀했잖아. 사카모토도 빈 필하모닉 지휘봉 잡고 첫 오케스트라 대전이고.

　ㄴ토스카니니가 새로 만든 오케스트라도 대단하더라. 이탈리아에선 그냥 뭐 압도적이던데.

　ㄴ브루노 발터도 여전하지.

　ㄴ와. 이렇게 보니 진짜 장난 없네. 체코 필하모닉 오케스트라도 요즘 폼 그보다 좋을 수 없음. 밀로스 발렌슈타인이라고 플루트 주자가 있는데 요즘 완전 상승세야.

　ㄴㅇㅇ 엘리아후 인손도 인정하는지 플루트 활용하더라.

오케스트라 대전에 대한 기대감이 부풀 대로 부풀어 있었기에 공개 예선에 대한 관심도 높을 수밖에 없었다.

그 시기를 놓칠 수 없었던 차채은은 덕분에 괴롭기 그지없었다.

"끄으아으으."

차채은이 베개에 얼굴을 파묻고 앓는 소리를 냈다.

제2회 오케스트라 대전 예선은 모든 악단이 4월 11일부터 12일까지 각자 실황 영상을 게시. 한 달간의 누적 조회 수를 판단해 상위 12개 악단을 선정하는 방식이었다.

한 사람이 500개가 넘는 악단을 전부 파악하는 건 불가능했다.

차채은도 그렇게 생각해 주목할 만한 악단을 추려내 보았지만 그래도 백여 개.

그들의 연주를 듣고 또 그 감상과 분석을 원고로 작성하려고 하니 머리가 터질 것 같았다.

"으우아우우으."

더욱이 아무런 사전 정보 없이 무작정 쓸 수도 없었기에 제1회 오케스트라 대전 당시와 지난 3년간의 자료를 모아 정리하는 것만으로도 지칠 대로 지쳤거늘.

그 때문에 학점 관리도 엉망이었던 차채은은 벼랑 끝에 몰린 심정으로 침대를 내려쳤다.

핸드폰 알림 소리가 나자 잠시간 엎드려 있던 차채은이 힘겹게 팔을 뻗었다.

한이슬이 보낸 메시지였다.

베를린에 도착했다는 내용 뒤에는 식사 제안이 붙어 있었고 차채은은 답장을 하려다 전화를 걸었다.

발신음이 채 한 번 들리기도 전에 한이슬이 전화를 받았다.

-응. 채은아.

"언니이이."

-어? 왜 그래? 어디 아파?

"언니이이이이."

-왜. 무슨 일 있어? 말 좀 해봐. 내가 그쪽으로 갈까?

"난 멍청이야. 쓰레기야아."

-어딘데. 응?

"집……."

-기다려. 지금 갈 테니까.

잠시 뒤.

차채은을 찾아 정황을 들은 한이슬이 어이가 없어 웃고 말았다.

"큰일 난 줄 알았잖아."

"이게 큰일이 아니야? 큰일이라고. 엄청나게 크고 많은 일……."

"욕심부리니까 그렇지. 누가 참가 악단을 전부 분석하고 다녀? 유명한 곳 몇 개만 추려."

"그랬다고오."

"그래서 100개 넘게 하고 있니? 참 미련하다 미련해."

한이슬은 차채은의 방에 널린 자료들을 훑으며 고개를 저었다.

의욕이 넘치는 건지 바보인 건지 혼자서 감당할 수 없는 정보량을 다루려 했다.

"자, 봐. 상위 12개 악단에 들 가능성이 있는 악단 20개만 정해. 당연히 저번 오케스트라 대전을 기준으로 상위 20개 악단만 정하면 되잖아."

"그럼 다른 데는?"

"빼야지. 얘가 아직도 정신을 못 차렸네? 너 이걸 어떻게 다

쓰려고."

"그래도 언급 안 되면 궁금해할 거잖아."

"너 말고 다른 사람은 뭐 노니? 자기 나라 악단은 그 나라 사람이 챙길 거 아니야."

"내 독자들은 모르잖아……."

"중요도에 따라 선택을 해야지. 너 올해 내내 이것만 쓸 거야? 그럴 수 있기나 해?"

"……."

선배의 꾸중에 풀이 죽은 차채은이 고개를 저었다.

"그래. 이런 것도 다 공부고 좋긴 한데 지금 네가 할 일은 이게 아니잖아. 제일 중요한 게 뭐야."

차채은이 고민하다 입을 열었다.

"도빈 오빠 이야기."

"그래."

한이슬이 웃으며 말을 이어나갔다.

"지금 베를린 필하모닉이 어떤지, 배도빈이 어떤 상태인지 제일 잘 전달할 수 있잖아. 앞으로도 글 쓸 때 뭐가 제일 중요한지부터 생각해. 세상 모든 이야기 다 쓰고 싶은 마음은 알지만 그래야 해."

"응."

"그리고 블로그도 조금 줄여. 네 글 받아보고 싶은 곳이 얼마나 많은데 아직도 붙잡고 있니? 솔직히 수익도 없잖아."

"……."

"……있어?"

차채은이 고개를 끄덕이자 한이슬이 의아하게 물었다.

"어떻게? 원고료 받는 거야?"

"아니. 광고가 붙어서."

"광고? 누가 붙여주는데?"

"고글에서 배너 거는 것도 있고. 슈타인웨이나 EMI에서 주는 것도 있고."

인터넷 광고야 이해할 수 있었지만 개인이 운용하는 블로그에 대기업이 광고를 의뢰하다니, 한이슬은 믿을 수 없었다.

"얼마나?"

"만 달러 정도."

"히~"

생각보다 많은 금액에 놀란 한이슬이 다급히 물었다.

"일 년에?"

"아니. 한 달에."

한이슬의 눈이 튀어나올 듯 커졌다.

프리랜서 활동을 시작하고 십 년 이상 인지도를 쌓은 본인 수입의 절반에 달하는 금액을 블로그 운용만으로 번다니 믿을 수 없었다.

"그, 그거 어떻게 하는 건데?"

"응?"

조금 전만 하더라도 블로그 활동에 부정적이었던 한이슬의 태도 전환에 차채은이 당황하고 말았다.

♪

베를린 필하모닉은 그 어떤 때보다 의지가 넘쳤다.

정기 연주회를 비롯해 여러 공연으로 빼곡한 일정 틈틈이 대교향곡을 준비하는 과정은 큰 부담이었으나 그들은 조금도 힘들어하지 않았다.

시력을 잃고도 평소와 같이 열정적으로 활동하는 그들의 보스를 위해.

그와 함께 최고의 무대를 준비하는 과정은 그들에게 매일 새로운 활력을 불어넣어 주었다.

그리고 오늘 4월 11일이 사고 후, 2달 만에 배도빈이 루트비히홀 포디움에 오르는 날이었다.

배도빈의 복귀 무대란 사실만으로 헤르베르트 폰 카라얀 거리는 인파로 마비될 지경이었다.

정기 연주회이자 오케스트라 대전 예선 녹음을 하는 자리였기에 베를린 필하모닉으로서는 평소보다 관객들에게 정숙해 주길 부탁했다.

취재를 나온 아사히 신문의 이시하라 린 기자는 혼란스러운 와중에도 질서정연하게 콘서트홀로 입장하는 관객들의 높은 시민 문화에 고개를 끄덕였다.

"음. 못 들어가겠다."

"그러게요."

차례를 지켜 입장하고 있다곤 하지만 워낙 많은 사람이 모여 있었기에 비집고 들어갈 만한 틈이 보이지 않았다.

차라리 복잡했다면 몸이라도 들이밀었을 텐데 이런 분위기에서 그러기도 쉽지 않았다.

"또 기다려야 하나."

"저번에도 허탕 쳤잖아요. 혹시 배도빈한테 무슨 잘못이라도 했어요?"

"아니. 왜?"

"예전에는 단독 인터뷰도 많이 했는데 요즘엔 통 시원치 않잖아요. 뭐 기분 나쁜 말이라도 했나 싶었죠."

"이게."

"악!"

이시하라 린이 파트너의 정강이를 냅다 후렸다.

그러지 않아도 배도빈이 워낙 바쁜 탓에 시간을 따로 내기 힘들어 신경 쓰고 있었는데 옆에서 바가지를 긁으니 짜증이

솟구쳤다.

"도빈이 아픈데 괜히 부담 줄까 봐 연락도 못 하는 마음 알아?"

"아으으으윽. 제가 뭐 나쁜 말 했어요? 이시하라 씨도 솔직히 한 건 올려야 하잖아요."

"뭐!"

"후배들 치고 올라와서 부담 가지는 거 내가 뭐 모를 줄 알아요? 같이한 세월이 얼만데."

"시끄러."

이시하라 린이 퉁명스레 말하고는 고개를 돌리자 그녀의 시야에 히무라 쇼우가 들어왔다.

그녀가 다급히 소리쳤다.

"대표님! 히무라 대표님!"

자신을 일본어로 부르는 소리에 히무라 쇼우가 고개를 돌렸다.

반갑게 웃으며 손을 흔드는 이시하라 린을 발견한 히무라가 발을 옮겼다.

"오랜만입니다, 이시하라 씨."

"정말요. 잘 지내시죠?"

"바쁘게 살고 있죠. 도빈이가 준 숙제 때문에 심심한 일은 없을 것 같습니다."

"일이요?"

이시하라 린이 눈을 반짝이자 히무라 쇼우가 너털웃음을

지었다.

"공연 시작까지 얼마 안 남았으니 이후에 천천히 이야기하죠. 이시하라 씨라면 언제든지 인터뷰 응할 테니까."

"그럼 내일은 어떠세요?"

"아하하. 좋습니다. 그런데 도빈이 인터뷰는 안 하시나 보죠?"

"그게⋯⋯."

히무라 쇼우는 이시하라 린의 반응으로 베를린 필하모닉과 배도빈이 기자회견 이후 그의 건강을 문제로 모든 매스컴과의 접촉을 피하고 있음을 떠올렸다.

이시하라 린이라면 개인적 친분을 이용할 수도 있었겠지만, 그녀가 아픈 배도빈에게 독점 인터뷰를 요청할 리 없었다.

"도빈이한테 슬쩍 물어볼게요. 내일 괜찮겠냐고."

"아, 아니에요. 좀 괜찮아지면."

"공연까지 할 정도니 많이 좋아졌을 거예요. 물어보는 게 어려운 것도 아니고. 그럼."

히무라 쇼우가 손을 흔들고 자리를 뜨자 이시하라 린과 그녀의 파트너가 허리를 몇 번이고 숙이며 인사했다.

"이시하라 씨 아직 살아 있네요."

"그럼. 내가 누군데."

히무라 덕분에 자신감이 잔뜩 살아난 이시하라 린이 웃으며 말했다.

"인터뷰도 많으니까 마음 편히 들어가자고."

"딴 게 아니라 받은. 악!"

"꼭 한 마디씩 붙이네."

이시하라 린이 정강이를 붙잡고 괴로워하는 파트너를 노려보다가 기분 좋게 루트비히홀로 향했다.

그녀의 희망이 이번에는 어떤 곡을 들려줄지 너무나 기대되었다.

♪

한편.

배도빈은 지휘자 대기실에서 오늘 공연에서 선보일 곡을 마지막으로 확인하고 있었다.

비록 앞을 볼 순 없지만 그 어떤 악보보다 선명한 선율이 머릿속에서 펼쳐졌다.

공연 전의 명상은 버릇 같은 습관이었으나 오늘만큼은 한 가지 더 상정할 것이 있었다.

무대에 올라선 순간부터 몇 걸음을 걸어야 포디움에 이를 수 있는지, 발을 얼마나 들어야 헛디디지 않는지, 몸을 어느 정도로 틀어야 관객을 정면에 둘 수 있는지 반복해 되뇌었다.

지난 한 달간 대교향곡을 준비한 노력만큼. 어쩌면 그보다 더 신경 써서 연습한 일이었다.

"보스, 시간 되었습니다."

곁에서 대기하고 있던 죠엘 웨인이 시계를 확인하곤 배도빈에게 공연 시각을 알렸다.

"가죠."

배도빈이 일어섰다.

죠엘은 그를 부축해 무대로 안내했고 지울 수 없는 불안에 입을 열었다.

"정말 괜찮으시겠어요? 지휘단에 오르실 때까지라도……."

앞을 볼 수 없는 그가 혼자서 포디움으로 가 객석을 향해 인사하고 다시 단원들을 정면에 두길 얼마나 연습했는지 알고 있었지만.

혹시나 넘어지거나 예측하지 못한 사고가 날 것이 걱정되었다.

그러나 배도빈은 단호했다.

"그래야 해요."

그 어떤 일에도 굴하지 않는 그도 두려워하는 일이 있었다.

그것은 그의 음악이 더는 음악으로 전해지지 못하는 것.

관객들이 앞이 보이지 않음에도 무대에 오른 자신을 장하다고, 그 열정이 멋지다고 생각하는 게 두려웠다.

감동을 주기 위해.

즐거움을 주기 위해.

음악을 통해 마음을 나누기 위해 무대에 올랐다.

음악과 관객 사이에 다른 요소가 침범하는 것을 결코 용납할 수 없었다. 아주 사소한 일이라도 여지를 두고 싶지 않았다.

죠엘 웨인이 약속한 장소에 섰다.

"도착했습니다."

배도빈이 고개를 끄덕이고는 긴장을 풀고자 숨을 크게 들이쉬었다.

배도빈이 무대에 오르는 모습을 1년간 지켜보았던 죠엘조차 처음 보는 모습이었다. 항상 자신감에 차 있던 그와는 사뭇 대조되었기에 죠엘은 가슴을 졸이며 그가 무사히 무대에 서길 기도했다.

배도빈이 발을 내디뎠다.

한 걸음. 두 걸음.

배도빈이 무대에 모습을 드러내자 관객들이 열렬히 그를 맞이했다.

배도빈 콩쿠르 이후 한 달 이상 공백을 가졌던 탓에, 팬들은 타는 갈증처럼 오늘을 기다렸고 그 간절함을 담아 배도빈을 불렀다.

"마에스트로!"

"배도빈! 배도빈!"

찰스 브라움 악장에 의해 기립한 베를린 필하모닉은 그들의 지휘자에게서 조금도 시선을 떼지 않았다.

여느 때와 같이 당당한 걸음.

앞을 볼 수 없음에도 조금도 위축되지 않고 포디움으로 향하는 그가 뒤에서 얼마나 많이 연습했을지, 넘어졌을지 알 수 없었다.

배도빈이 지휘단 앞에 섰다.

수백 번 연습했던 감각을 떠올리며, 조금의 망설임도 없이 지휘단에 올라선 배도빈은 정면과 양옆을 향해 고개를 숙였다.

객석에서 보내오는 박수 소리가 더욱 커졌다.

"……."

그것을 지켜보고 있던 히무라 쇼우도 더욱 힘을 주어 손뼉을 쳤다.

단원을 정면에 두고 선 배도빈이 저렇게 자연스럽게 행동하기 위해 같은 행동을 얼마나 반복했을지 짐작할 수 없었다.

'그래. 너라면 어떤 일도 이겨낼 수 있을 거야.'

히무라 쇼우는 사장되던 클래식 음악계를, 전 세계가 즐기는 문화로 부흥시킨 배도빈을 믿었다.

삶에 지친 이들에게.

재앙을 맞이한 이들에게 희망을 주었던 상냥한 마왕을 믿었다.

그의 마음이 전해졌을까.

배도빈이 고개를 숙인 채 두 팔을 벌렸다.

루트비히홀에 적막이 흐르고.

'노래하자. 나의 성채여.'

배도빈의 절제된 손짓과 함께 마흔 개의 현이 구름처럼 밤하늘을 가렸다.

구스타프 말러 교향곡 7번.

늦은 밤.

왕은 잠을 이루지 못한다.

거듭된 재해와 인접 국가로부터 나라를 지켜야 하기에 왕의 고심은 깊어져만 간다.

관악기가 비장히 울리는 왕의 심장처럼 나서고.

현악기가 때때로 송곳처럼 다가온다.

'말러.'

배도빈은 그의 일곱 번째 교향곡을 준비하며 다시금 그의 천재성을 확인했다.

중심 조성 없이 전개, 발전되는 1악장은 그 난해함 속에서도 악장 전체를 관통하는 선명함을 지니고 있었다.

조성 변화로 불안이 고조되면서도 명확한 주 멜로디 덕분에 희망을 가질 수 있었다.

그것이 배도빈이 이 곡을 선택한 이유이기도 했다.

걱정하지 말라고.

불안해하지 말라고 말하고 싶었다.

오랜 시간 함께한 단원들이 그의 마음을 이해하지 못할 리 없었다.

현악기는 평소보다 더욱 섬세하게 떨었고 관악기는 그 어떤 때보다 힘찼다.

팀파니가 중심을 잡는 가운데.

트라이앵글이나 탬버린 등을 비롯한 여러 타악기는 조명처럼 내려 어둠을 밝혔다.

마왕은.

그의 충실한 하수인들이 채워낸 루트비히홀에 만족하고 있었다.

볼 수 없더라도.

지금 이 순간만큼은 모든 것이 그의 의지대로 이뤄지고 있었다.

손짓 하나에 가장 충성스러운 기사단이 일제히 활을 켰고 두 번째 손짓에 떨었으며 세 번째 손짓에 춤췄다.

배도빈이 팔을 활짝 벌렸다.

바이올린과 비올라의 고상한 노랫소리가 울려 퍼지고 그 소리가 메아리처럼 흩어질 즈음.

문득 방울이 청명히 울린다.

배도빈이 손짓이 빨라진다.

그럴수록 연주에 활기가 더해진다.

굳세게 주먹을 쥐자 큰북이 크게 울리고.

한 번 더. 한 번 더 허공을 때리자 트럼펫이 그에 호응하며 마왕의 강한 의지를 보인다.

백성들을 걱정했던 왕에게 망설임은 없었다.

♪

빌헬름 푸르트벵글러는 차분히 앉아 눈을 감았다.

관객들이 배도빈의 이름을 연호하자 그의 눈썹이 파르르 떨렸다.

망설이며 뜬 눈이 당당히 걸어 나오는 배도빈을 담자 형용할 수 없는 감정이 밀려들었다.

먹먹했다. 후회되었다.

찬란한 재능을 발견해, 그가 성장하는 과정을 지켜보면서 얼마나 가슴이 뛰었던가.

앞으로 어떤 연주를 들려줄지 떠올리면 늙고 지친 심장이 힘차게 뛰었다.

조금이라도 더 오래 그를 지켜보고 싶었다. 베를린 필하모닉을 이끌어 어디까지 이를 수 있는지 그 두 눈과 귀로 확인하고 싶었다.

그 욕심이 과했다.

너무 어린 나이에 부담을 준 것이다.

아직 성장도 제대로 이루어지지 않은 소년에게 한 악단을 맡겼던 것이 실책이었다.

그것이 욕심이라는 것을 알면서도 배도빈이 만들어가는 새로운 세계에 심취해 스승으로서 해야 할 일을 무시하고 말았다.

그 결과가 바로 이것.

빌헬름 푸르트뱅글러는 그에게 모든 것을 맡겼던 것을 후회하고 또 후회했다.

연주가 시작되었다.

베를린 필하모닉을 지휘하는 손짓에 망설임은 없었다. 강물처럼 자연스럽게 때로는 파도처럼 맹렬하게 관객의 마음을 쥐고 흔들었다.

'그렇구나.'

푸르트뱅글러는 배도빈이 단 한 번의 지휘를 위해 어떤 준비를 했는지 잘 알고 있었다.

악보를 적을 수 없는 탓에.

직접 바이올린을 들어 연주진에게 들려주었고 그가 연주하지 못하는 악기는 섹션별 연습에 참가해 직접 조율했다.

앞을 볼 수만 있었다면 종이 위에 지시문을 하나 써놓거나 음표 하나를 수정하면 될 일조차 그에겐 많은 시간과 노력이 필요했다.

그러나.

그래도.

그는 이렇게나 훌륭한 연주를 완성해냈다.

수고가 더 들 뿐.

그는 여전히 희망을 노래했고 그의 성채는 여전히 굳셌다.

연주는 이제 끝을 향해 달리고 있었다.

'훌륭하구나.'

빌헬름 푸르트벵글러의 눈에 눈물이 맺혔다.

장애를 딛고 평소와 같은 모습을 보여준 탓이 아니었다. 강렬하면서도 서정적인, 그러면서도 밤을 지나 아침을 향해 나아가는 심상이 너무도 잘 그려졌기에 응당 느낄 수밖에 없는 감동.

배도빈이 팔을 들어 올려 연주를 마치자.

"브라보!"

푸르트벵글러가 자리에서 벌떡 일어났다.

[말러 7번 교향곡이 울려 퍼지다]

[배도빈 복귀 첫 무대, 여전하다]

[배도빈, "만족스럽다. 단원들이 준비를 잘해주었다."]

[오케스트라 대전 예선 경쟁 시작! 배도빈-베를린 필하모닉의 말러 7번, 등록과 함께 1위 등극]

[예선 시작 3시간 만에 베를린 필 290만 건 조회]

[베를린 필하모닉을 바짝 추격 중인 로스앤젤레스와 빈]

배도빈의 복귀 공연 영상이 오케스트라 대전 예선 참가를 위해 게시되자 전 세계 음악 팬들이 기다렸다는 듯이 달려들었다.

등록 후 한 달간의 누적 조회 수를 기준으로 상위 12개 악단이 진출하기에 섣불리 판단할 순 없었지만.

시작부터 압도적인 퍼포먼스를 보인 베를린 필하모닉의 진출은 거의 확정적이었다.

비슷한 시간에 등록된 세계 유수의 오케스트라 공연 중에서도 배도빈과 베를린 필하모닉의 말러 7번 교향곡이 각 커뮤니티와 포럼에서 활발히 언급되기 때문이었다.

ㄴ베를린 봐라. 진짜 꼭 봐라. 세 번 봐도 된다.

ㄴ그냥 미친 수준임. 배도빈 좀 폭력적인 느낌이 있었는데 말러 7번은 진짜 비장한 와중에 우아하다고 해야 하나. 진짜 너무 풍부했음.

ㄴ색채감이 좋더라. 진짜 악기 하나하나가 물감처럼 번져서 수채화 같았음.

ㄴ이게 배도빈이지.

ㄴ혼자서 걸어 나오는 것도 인상적이었는데 아무도 얘기하는 사람이 없네.

ㄴ그러고 보니 그러네. 연주 때문에 생각 못 했음.

└이거 다 쇼야. 앞이 안 보이는데 망설이지도 않고 성큼성큼 잘만 걸어 나오더라. 실눈 뜨고 있던 거 아니야? 실명했다는 것도 거짓말이고.

└미칠 거면 곱게 미쳐라.

└아니, 왜. 베토벤도 사실은 귀머거리 아니라는 말도 있잖아. 유명해지려고 일부러 그런 소문 냈다고.

└관리자에 의해 메시지가 삭제되었습니다.

└관리자에 의해 메시지가 삭제되었습니다.

└난 쟤들처럼 욕 써서 차단 먹긴 싫어서 좋게 말하지만 너 정말 큰일 났음. 세상 분간 못 하고 악플 다는 낙으로 사는 모양인데, 배도빈을 건들면 안 되지.

└ㅋㅋㅋㅋ뭐 어쩔 건데? 그럴 수도 있다는 말이지. 민주주의 국가에서 그런 말도 못 하나?

└ㅇㅇ 민주주의 법치국가는 너 같은 새끼가 함부로 나불대게 해주는 나라가 아니라 선량한 사람을 보호해 주는 나라임.

└ㅋㅋㅋㅋㅋㅋㅋ쟤 진짜 너무 불쌍해서 어떡하냐. 배도빈은 악플 합의 없단다. 힘내.

└그나저나 배도빈 파워가 진짜 어마어마하긴 하네. 지금 24시간 지났는데 2,000만이 넘었음. 천만 넘긴 오케스트라가 세 곳밖에 없는데 그나마도 압도적이네.

└천만? LA랑 빈임?

└ㅇㅇ. 신기한 게 빈보다 LA가 조회 수가 많음.

└아리엘도 개화했지. 베토벤 기념 콩쿠르 때 인지도도 확고히 했고. 괜히 배도빈 라이벌이라 불리는 게 아닌 듯.

└이번 오케스트라 대전은 배도빈-베를린 필하모닉 VS 아리엘-로스앤젤레스 필하모닉인가?

└지금 조회 수만으로도 차이가 나지만 솔직히 어떻게 비비냐? 아리엘이 잘하긴 해도 아직 한참 멀었지.

└싸워라. 싸워라.

└둘이 친할걸? 진달래랑 사귀어서 꽤 오래 베를린에 같이 있었다고 하던데.

└말이 그렇다는 거잖아. 당연히 선의의 경쟁이 더 좋지.

포럼을 살펴보고 있던 차채은은 배도빈에 대한 호평을 참고하던 중 그를 향한 악플을 발견하곤 눈을 가늘게 떴다.

'혼나야지.'

캡처 도구를 실행한 차채은이 콧노래를 흥얼거리며 이메일을 열었다.

히무라 쇼우 대표의 주소를 입력하고 캡처한 파일과 URL 주소를 동봉, 발송한 차채은이 다시금 원고를 작성해 나갔다.

[희망으로 불린 불굴의 음악가]

-말러 7번을 통해 알아본 배도빈-

113악장

분투

[오케스트라 대전 예선 종료]

[베를린 필하모닉 압도적 1위! 그러나 실상은?]

지난달 진행되었던 제2회 오케스트라 대전 예선 결과가 발표되었다.

초회 흥행에 따라 전 세계 오백여 악단이 참가하며 더욱 규모를 키운 2027 OOTY 오케스트라 대전에서 가장 먼저 치고 나선 악단은 단연 배도빈의 베를린 필하모닉이었다.

누적 조회 수 3억을 돌파한 베를린 필하모닉은 2위 로스앤젤레스 필하모닉(모차르트 41번 교향곡, 2억 7,012만)과 3위 빈 필하모닉(차이코프스키 5번 교향곡, 2억 5,708만)을 큰 차이로 따돌리며 제국의 건재함을 과시했다.

악단주이자 예술감독 배도빈이 그에게 닥친 시련에도 굴하지 않고 평소와 같은 모습을 보인 것이다.

베를린 필하모닉의 팬들은 그 모습에 안도했지만 5월이 지나는 지금도 배도빈은 오케스트라 대전 이외의 활동에 나서지 않고 있다.

배도빈이 직접 밝혔듯, 베를린 필하모닉은 그의 신곡을 준비하는 데 총력을 기울이는 것으로 보인다.

신곡 준비에 부담을 느낀 탓일까.

베를린 필하모닉은 지난달부터 그들이 참가해 오던 여러 행사에 참가하는 비율도 줄이고 있다.

내부 관계자의 말에 따르면 신곡의 높은 난도와 교정 문제 등으로 준비가 늦어지고 있어, 예선에서 발표하려던 계획이 틀어졌다고 한다.

배도빈의 부재와 공연 수 감소는 굳건한 베를린 필하모닉의 재정에도 영향을 줄 것으로 예측된다.

마누엘 노이어, 이승희, 가우왕, 찰스 브라움, 나윤희, 최지훈, 왕소소와 같은 프랜차이즈 연주자들이 개인 리사이틀 또는 실내악 공연을 더해 분발하고 있으나 베를린 필하모닉 디지털 콘서트홀 이용객 수는 올해 2월을 기점으로 하락세를 유지하고 있다.

베를린 필하모닉이 탄탄한 자금을 바탕으로 운영하던 대규모 자선 콘서트와 크루즈 사업 등을 어떻게 운용할지 귀추가 주목된다.

"후우."

기사를 읽은 이자벨 멀핀이 한숨을 내쉬었다.

언급되지 않은 일도 있었지만 대체로 그들이 걱정하는 내용이었다.

고작 석 달이 흘렀을 뿐인데 배도빈이 없는 베를린 필하모닉의 수익은 완만히 하락하고 있었다.

디지털 콘서트홀 구독자 수에는 변함이 없었지만, 이용 시간에는 큰 변화가 생겨 장기적으로 바라봤을 때 구독자 감소로 이어질 가능성이 컸고.

대교향곡 준비에 부담을 느껴 몇몇 공연을 취소하고 감축한 탓에 공연 수익과 그에 따른 부가 수익도 기대할 수 없는 상황에서 자선 콘서트와 크루즈 사업은 부담스러울 수밖에 없었다.

그러나 그녀가 가장 걱정하는 일은 이 무거운 이야기 때문에 배도빈이 또다시 스트레스를 받는 것이었다.

배도빈의 집무실 앞에 선 이자벨 멀핀이 문을 막 두드리려할 때 배도빈의 목소리가 들렸다.

"들어와요."

멀핀은 발소리를 듣고 누군지 알 수 있다는 말을 믿지 않았지만 벌써 석 달이나 반복된 일을 마냥 부정할 수 없었다.

그녀가 문을 열고 들어섰다.

배도빈은 소파에 누워 있었다.

왼손으로는 무엇인가를 헤아리는 듯 손가락을 접었다가 폈고 오른손은 마치 지휘를 하듯 허공을 휘저었다.

그 옆에 프란츠 페터가 펜을 든 채 눈을 빛내고 있었다.

"대교향곡 악보 작업은 마치신 걸로 알고 있었는데."

멀핀의 말에 배도빈이 흥얼거림을 멈추고 답했다.

"끝났어요. 지금은 타마키 히로시."

"아."

"진짜, 진짜 엄청나요!"

곁에 있던 프란츠가 호들갑을 떨었다.

베를린 필하모닉의 전속 작곡가로 활동하기 위해 베토벤 기념 콩쿠르 이후 줄곧 노력하던 소년에게 배도빈과의 공동 작업은 무엇보다도 값진 경험이었다.

배도빈이 곡을 다루는 방법을 처음부터 지켜보고, 그것을 악보로 옮기는 과정을 함께하며.

스승을 보다 깊이 이해할 수 있었다.

"여기, 이 부분. 빠밤! 빠빠바바 빠빠빠바바 보기만 해도 막 들리는 거 같지 않으세요?"

프란츠가 악보를 보이며 멀핀에게 물었지만 그녀로서는 그저 악보일 뿐, 어떻게 들릴지 알 수 없었다.

멀핀은 어린아이처럼 기뻐하며 호들갑 떠는 프란츠를 흐뭇하게 여겼다.

"타마키 형도 봤으면 좋았을 텐데."

프란츠의 말에 세 사람이 잠시 말을 잃었다.

배도빈이 멀핀에게 물었다.

"무슨 일이에요?"

"아, 네. 현황 보고 드리려고 왔습니다."

이자벨 멀핀이 베를린 필하모닉의 전반적 상황을 읊기 시작했다.

배도빈이 걱정할 것을 우려했으나 악단주인 그가 요청하는데 사실을 숨길 수도 없는 노릇.

보고 내용은 투명했다.

단지 조금이라도 덜 걱정시키기 위해 최대한 담담히 전했다.

베를린 필하모닉의 수익이 줄어들고 있다는 내용에 배도빈이 고개를 끄덕였다.

보고를 마친 이자벨 멀핀이 그를 유심히 살폈다.

"다른 일은요?"

"특이사항은 없습니다."

"좋아요. 다음 정기회의 때 논의해 보도록 하죠."

멀핀은 배도빈의 의연한 태도에 안도하며 숨을 내쉬었다.

그 작은 소리를 포착한 배도빈이 고개를 돌렸다.

"왜요?"

"신경 쓰실까 봐 걱정했습니다."

"뭘요?"

"스트레스가 안 좋은 영향을 끼칠 수 있으니까요. 또 아무래도 수익이 줄면 무리하실 것 같아서."

멀핀의 말을 들은 배도빈이 별일 아니라는 듯 답했다.

"활동을 안 하는데 수익이 주는 게 당연하죠. 안 줄면 그게 더 서운했을걸요."

시력을 잃고도 그 자신감은 여전해 이자벨 멀핀은 안도했다.

"수익이 크게 줄지 않았다는 건 푸르트벵글러나 단원들이 열심히 해주고 있단 뜻이니 도리어 기뻐할 일이에요. 걱정하지 말고 앞으로도 계속 보고하세요."

"네."

이자벨 멀핀은 그녀와 베를린 필하모닉의 리더가 배도빈이라 다행으로 여기며 고개를 숙였다.

그때 배도빈이 입을 열었다.

"들어와요."

배도빈의 말과 노크 소리가 겹쳤고 잠깐 간격을 둔 뒤 죠엘 웨인이 문을 열었다.

같은 경험에 이자벨과 죠엘이 서로를 보곤 웃고 말았다.

두 사람이 왜 웃는지 이해할 수 없어 배도빈이 고개를 갸웃거리는데 죠엘이 입을 열었다.

"보스, 이번 주 관찰 보고 드리겠습니다."

"네."

"공연 수 감소로 인해 전체적인 피로도는 감소했습니다. 다만 셰프와 가우왕 부감독, 찰스 브라움 악장, 나윤희 악장, 이승회 수석은 개인 일정이 늘어난 탓에 피로해 보이기도 합니다."

배도빈이 주먹을 쥐었다 폈다를 반복하다가 입을 열었다.

건강을 철저히 관리하고 있다고는 하나 푸르트뱅글러의 나이가 여든이었기에 배도빈은 그가 가장 염려되었다.

그러나 본인이 없는 상황에서 그를 대체해 베를린 필하모닉을 받쳐줄 사람은 없었다.

"다음 회의에서 정기 연주회를 줄이는 안건을 넣어주세요. 셰프 관련한 일은 특별히 자세히 보고해 주시고요."

"네. 그렇게 하겠습니다."

"그리고 실내악단에서 찰스랑 가우왕을 빼죠. 프란츠."

"네, 형."

"앞으로 네가 밴드 맡아."

"네? 마, 말도 안 돼요! 제가 어떻게 브라움 악장님 역할을 맡아요."

"너도 베를린 필하모닉 단원이면 군말 말고 해. 다니엘이나 윤희 누나가 봐줄 거니까 걱정 말고."

"으으으으."

프란츠 페터가 난데없이 내리친 벼락같은 명령에 떨었다.

"밴드 리더 역할은 다니엘 홀랜드에게 맡기겠습니다. 가우왕 자리는 지훈이가 잘해줄 거예요. 찰스랑 가우왕은 지금처럼 개인 리사이틀과 A팀 공연에 집중하게 해주세요."

"네. 관련 내용 전파하겠습니다."

"그리고 윤희 누나도 이제 B팀 일은 제외하세요. 빈자리는 한스 이안 악장이 채우도록 하시고요. 그리고 승희 누나는……."

배도빈이 고민하고 있을 때 죠엘 웨인이 조심스럽게 입을 열었다.

"보스."

"네."

"이승희 수석에 관한 일은 직접 대화하시는 게 좋을 것 같습니다. 오늘 면담 요청을 하셨거든요."

"면담?"

배도빈이 의아하여 되물었다.

다른 단원도 아니고 이승희가 면담을 요청하는 경우는 지금껏 없었다.

허물없이 지내는 사이였기에 할 말이 있어도 그때마다 바로 처리해 왔었다.

"바로 불러주세요."

뭔가 중요한 일이 있음을 직감한 배도빈이 몸을 일으켜 세웠다.

잠시 후.

이승희가 배도빈의 집무실을 찾았다. 한스 이안이 함께했기에 의아해하던 배도빈은 두 사람의 결혼 사실을 전해 듣곤 크게 기뻐했다.

"축하해요."

배도빈이 손을 뻗었고 이승희와 한스 이안이 그의 손을 맞잡아 악수했다.

"식은요?"

"아직. 바쁠 때기도 하고. 좀 정리가 되면 하려고."

배도빈이 고개를 끄덕였다.

"필요한 건 뭐든 말해요. 결혼식 비용은 걱정하지 말고."

"아니야. 무슨 말이야."

"다른 일도 아니고 두 사람이 결혼하는 일이잖아요. 죠엘."

"네, 보스."

"책임지고 두 사람 결혼식 최고로 준비해 주세요. 두 사람도 눈치 보지 말고 하고 싶은 건 모두 말해요. 모든 비용은 내가 댑니다."

"도빈아."

"시끄러워요."

이승희가 배도빈을 말리려 했지만 그는 완고했다. 그녀와 한스는 배도빈이 이렇게까지 기뻐해 주니 고마울 뿐이었다.

"결혼식, 내년은 되어야 할 수 있을 것 같아."

"왜요?"

"아이 낳고 하려고."

배도빈이 허리를 폈다.

결혼 사실만으로도 기뻐했던 그는 생각지도 못한 소식에 드물게 호들갑을 떨었다.

"얼마나. 얼마나 됐어요?"

"6개월."

배도빈이 입을 벌렸다.

마치 가족처럼 진심으로 두 사람을 축복했고 그럴수록 이승희는 고마우면서도 마음이 무거워졌다.

"그래서…… 당분간 나도 한스도 휴가를 내야 할 것 같아."

"목소리가 왜 그래요. 당연한 일을."

이승희와 한스가 말이 없자 배도빈이 고개를 저었다.

"두 사람 다 걱정할 거 없어요. 축복받을 일이에요. 출산 휴가는 얼마든지 써요. 얼마든 늘려줄 테니까."

"……그렇게 말해줘서 고마워."

"고맙긴요. 다시 한번 말하지만 당연한 일이에요. 단원들은 알고 있어요?"

"응. 배불러오니까 다들 묻더라."

배도빈이 고개를 끄덕였다.

"걱정 말고 푹 쉬고 몸조리도 잘하세요. 한스도요."

이승희와 한스 이안이 대화를 마치고 밖으로 나서자 배도빈이 숨을 길게 내쉬며 흥분했던 마음을 가라앉혔다.

그러고는 이승희와 한스 이안의 공석을 어떻게 채울지 고민했지만 마땅한 방법이 떠오르지 않았다.

"사람을 더 뽑아야 할 것 같아요. 첼로는 소소가 맡아준다고 하니 다행인데, 악장 자리를 맡아줄 사람이 필요하겠어요."

"어떻게 할까요?"

"최대한 경력이 긴 사람을 위주로 모집해 보세요. 이 이야기는 세프랑 악장단하고 같이 논의하겠습니다."

"네, 자리 마련하겠습니다."

배도빈은 소파에 등을 기대며 이승희와 있었던 일들을 떠올렸다.

일본에서 녹음하면서 처음 만났을 때와 그녀가 한국으로 찾아와 베를린 필하모닉에 입단하라 권했을 때.

그 이후로 십수 년을 교류하며 지낸 그녀가 결혼하고 아이까지 가졌다니 감회가 새로웠다.

그의 머리에 그녀의 강인하고 활기찬 첼로 연주가 떠올랐고 곧 선율로 이어졌다.

'결혼식에 맞춰 준비해 봐야겠어.'

배도빈은 그녀와 한스 이안을 위한 곡을 만들자고 마음먹었다.

"이제 끝인가요?"

"네."

"수고했어요. 참, 산타 요즘엔 어때요?"

말이 제법 늘었지만 타마키가 죽은 후로 우울하게 지낸다는 이야기를 떠올린 배도빈이 죠엘에게 물었다.

"걱정해 주신 덕에 잘 지내고 있습니다."

"쓸쓸해한다고."

"시간이 해결해 줄 일이죠."

죠엘의 말에 배도빈이 고민하다 입을 열었다.

"타마키 히로시 피아노 협주곡 공연할 때 데려와요."

"감사하지만 일반 공연에는……."

타마키가 떠난 이후로 그가 남긴 '타마키 히로시 소나타'를 매일 반복해 들으며 그를 그리워하는 동생이었다.

그러나 과거 콘서트홀에서 소동을 냈을 때가 떠오르자 망설일 수밖에 없었다.

'정말 좋아하겠지만.'

들려주고 싶어도, 동생이 정말 기뻐할 일이라도 다른 관객에게 피해를 줄 수는 없는 노릇이었다.

배도빈이 다시 입을 열었다.

"그럼 다음 주 연습실로 데려와요."

"보스."

"관객이 있는 편이 연습할 때 도움이 될 거예요."

"……감사합니다."

죠엘이 고개를 숙였다.

그녀는 음악을 사랑하는 동생이 음악을 즐길 수 있도록 해주는 이곳, 베를린 필하모닉에서 일할 수 있는 것이 너무나 감사했다.

그것을 가능하게 해준 배도빈에게 그 무엇으로도 보답할 수 없을 만큼 큰 은혜를 받고 있다 여겼다.

이미 단원들이 서로를 가족처럼 여기는 것처럼 죠엘 웨인도 점차 베를린 필하모닉의 구성원으로서 자아를 잡아나가고 있었다.

악단주 배도빈이 여러 업무에서 손을 놓은 지 세 달째.

베를린 필하모닉은 조금씩 위기감을 느끼고 있었다.

빌헬름 푸르트벵글러를 비롯해 케르바 슈타인, 니아 발그레이, 헨리 빈프스키, 가우왕, 찰스 브라움과 같은 인물이 분전하고 있지만 조금씩 힘에 부치는 게 사실이었다.

"단원을 확충해도 이러니."

헨리 빈프스키 감독이 한숨을 내쉬었다.

B팀을 구성할 때부터 지금까지 매년 새 인력을 확충하여 각 단원이 느끼는 부담은 줄어들었으나, 악장과 같이 고급 인력은 과거보다 더 아쉬웠다.

레몽 도네크, 파울 리히터의 빈자리가 너무나 크게 느껴졌으며 그나마 새롭게 취임한 한스 이안마저 출산 휴가가 예정되어 있으니 헨리 빈프스키 감독대행은 때때로 악장 역할까지 도맡아야 하는 상황에 이르렀다.

악장단도 크게 다르진 않았다.

찰스 브라움은 대내외로 가장 많은 업무를 수행하고 있었으며, 나윤희는 악단 내에서 찰스 브라움과 동일한 일정을 소화하는 동시에 배도빈의 악보 작업을 도왔고 왕소소 역시 최근 대교향곡의 첼로 독주를 준비하고 있었기에 상황을 방치했다가 또 다른 희생자가 나올 수 있었다.

이번 정기 회의에서는 어떻게든 해결책을 마련해야만 했다.

악단주 배도빈이 입을 열었다.

"누구라도 좋습니다. 우리 악단에서 악장으로 활동할 만한 사람이라면 악단 내외를 가리지 말고 말씀해 보세요."

"……."

감독, 악장, 수석들의 고민이 길어졌다.

누구 하나 빠짐없이 훌륭한 바이올리니스트였지만 악장 역할을 맡길 수 있을 만큼 확고한 사람은 찾기 힘들었다.

외부 인사의 경우에도 마찬가지였는데 대부분 악장으로서 오랜 경력을 보유한 사람은 쉽게 움직이지 않아 영입에 어려움이 예상되었다.

침묵이 길어지자 배도빈이 어쩔 수 없다는 듯 입을 열었다.

"모집 공고를 해서 적합자가 없으면 일정을 줄여야 하겠네요."

그 말에 찰스 브라움이 반대하고 나섰다.

"악단 수익이 줄고 있는 시점에 이보다 더 줄이면 악화될 뿐이야."

"대안이 없잖아요."

"……테스트는 해봐야 하겠지만."

찰스 브라움이 뜸을 들이다 결국 입을 열었다.

"스칼라를 추천한다."

회의에 참석한 사람들은 그들의 귀를 의심했다.

스칼라의 하프 연주 실력은 누구나 인정하나 제1바이올린을 이끌며 동시에 악단 전체를 조율해야 하는 악장이란 직책을 그가 소화할 수 있을지 의문이었다.

"흐음."

다시 한번 고민이 이어지던 중 케르바 슈타인이 입을 열었다.

"스칼라는 곤란해. 일단 에반스가 은퇴하면서 하프는 스칼라밖에 없으니까. 또 악장이라면 제1바이올린을 이끌어야 하는데 스칼라에게 그런 능력이 있을지는……."

케르바 슈타인의 지적은 적절했다.

하프 수석이었던 에반스가 작년 조용히 은퇴하고 남은 단원 중 하피스트는 스칼라뿐이었다.

더군다나 배도빈과 찰스 브라움 등 일부 단원을 제외하면 스칼라의 바이올린을 들어보지 않은 사람이 대부분이었다.

악장직은커녕 바이올린을 다룰 수 있는 사실조차 모르고 있었다.

찰스 브라움이 입을 열었다.

"바이올린 연주는 지금 평단원 중에선 가장 나아."

"문제는 악보를 다루고 단원들을 이끄는 능력이죠."

배도빈이 찰스 브라움의 말을 끊었다.

어렸을 적부터 오케스트라를 다루기 위해 수많은 경험과 공부를 병행했던 배도빈은 과연 스칼라가 그것을 해낼 수 있을지 의심되었다.

세상과 단절된 작은 마을에서 악보조차 없이 구전과 전수로만 음악을 익혔던 스칼라는 세상에 나온 지 이제 고작 2년이었다.

그의 바이올린이 수준급이라는 것을 차치하고 악장이 가져야 할 기본적인 소양이 턱없이 부족해 보였다.

"나도 같은 생각이야. 무시하는 건 아니지만 모르는 게 너무 많아."

"그러고 보니 곱셈도 못 하더라. 더하기를 여러 번 하던데."

"그건 베토벤도 그랬으니 상관없지 않나."

"……."

가우왕의 말에 배도빈이 눈썹을 꿈틀거렸다.

"분명 놀라울 정도로 바보지만."

때마침 찰스 브라움이 입을 열어 배도빈이 가우왕의 목소리를 쫓아가는 일은 없었다.

"음악에 관해서라면 걱정하지 않아도 돼. 밴드 활동 하면서 이것저것 물어봐서 가르쳐 줬는데 금방 이해하더군."

찰스 브라움의 말에 배도빈이 신음하며 고민했다.

여러 의문이 있었지만 찰스 브라움이 추천할 정도라면 분명 이유가 있을 테고 또 대안이 없었다.

결정을 내리기까지 그리 오래 걸리지 않았다.

"좋아요. 이 건은 스칼라를 검토해 보고 결정하도록 하겠습니다. 그리고."

배도빈이 당부하듯 말을 덧붙였다.

"힘들 땝니다. 어쩌면 좀 더 어려운 상황이 올지도 모르죠. 하지만 그 때문에 개인이 희생하는 일은 없어야 해요."

배도빈의 목소리에 애정이 가득 담겨 있었다.

"여러분이 지금 스스로를 희생하고 있는 거 잘 알고 있습니다. 제게 닥친 일을 얼마나 슬퍼해 주는지도 알고 있어요. 그렇기 때문이라도 여러분이 겪고 있는 그 감정을, 저와 다른 단원이 지도록 하지 말아주세요."

회의에 참석한 사람들은 배도빈의 말을 들으며 작게 고개를 끄덕였다.

"공연, 조금 줄이면 됩니다. 수익, 줄면 어때요. 우리 목적이

돈을 많이 버는 것만은 아니잖아요."

배도빈이 단호히 말했다.

"우리의 목적은 최고의 음악을 연주하는 겁니다. 불편한 일, 애로사항 모두 보고하세요. 만약 여러분에게 무슨 일이 생긴다면 저는 제 자신을 용서치 않을 겁니다."

배도빈이 말을 마치자 회의 참석자 모두 고개를 끄덕이거나 대답으로 그의 마음에 답했다.

그 모습을 지켜보고 있던 빌헬름 푸르트벵글러는 대견한 마음에 슬며시 미소 지었다.

'정말 다 컸구나.'

배도빈.

작곡에 있어서는 만 3세 때 이미 완성되어 있던 기린아였다.

무엇에 구속된 것처럼 들리던 연주는 나이를 먹을수록 정교하고 노련해져, 베를린으로 돌아온 16세 때는 그 누구도 그를 부정할 수 없었다.

지휘자로서는 첫 오케스트라 대전 당시 만 17세의 나이로 지금도 살아 있는 전설로 불리는 이들을, 빌헬름 푸르트벵글러 본인을 제치고 당당히 우승했다.

그리고 지금.

다음 오케스트라 대전을 한 해 앞둔 만 20세.

한 악단의 주인으로서.

244명의 단원과 120명의 직원을 둔 리더로서의 면모를 보였다.

무엇 하나에 빠지면 주변에서 무슨 일이 나든 신경 쓰지 않고 빠져드는 외골수 같은 점도.

한번 정한 일은 조금도 타협하지 않는 고집스러운 점도.

커피나 카레처럼 사소한 것에 집착하는 점도.

평소에는 초연한 듯하면서도 음악과 동료에 관해서는 격정적인 점도 이제는 걱정되지 않았다.

배도빈이 자리를 비우자 하나같이 먼저 나서서 조금이라도 더 일하려는 단원들과 어떻게 해서든 더 나은 조건을 확보하려고 추가 근무를 마다치 않는 직원들이 그것을 증명했다.

이렇게 많은 사람을 단지 계약 관계로 다루는 것이 아니라 동료로서, 친우로서 유대할 수 있는 건 푸르트뱅글러 본인조차 해내지 못한 일.

그는 자신이 일으킨 제국이 더욱 융성해질 것을 믿어 의심치 않으며.

배도빈 체제의 베를린 필하모닉을 볼 수 있어 진실로 행복했다.

"아, 그리고."

푸르트뱅글러가 사색에 잠겨 있을 때 배도빈이 입을 열었다.

"다들 따로 맡아줄 일이 있습니다."

배도빈의 목소리가 사뭇 진지했기에 다들 의아해하는 중 그가 엄중히 주문했다.

"아마 세프에게 가는 부담이 가장 클 겁니다. 평소에는 은퇴하고 싶다고 노래를 불러도 이럴 때는 이상하게 고집을 부릴 테고요."

몇몇 단원이 고개를 끄덕였다.

"괜찮냐고 물어봤자 거짓말할 테니 여러분이 제 눈이 되어 줘야 합니다. 세프를 항상 잘 감시해 주세요. 안색이 안 좋거나, 앓는 소리를 낸다거나, 화장실을 자주 간다거나, 평소 안 하던 일을 한다거나 하면 그 즉시 보고하세요. 이것은 전 직원 모두에게 해당되는 사항이니 이후 전파하도록 합니다."

"네."

몇몇 단원이 키득키득 웃기 시작했고 푸르트벵글러는 입술을 씰룩이다 호통쳤다.

"네 걱정이나 해, 이 녀석아!"

회의를 마치고.

배도빈은 찰스 브라움과 함께 스칼라를 호출했다.

테메스 마을에서 이미 그의 바이올린을 들었던 터라 연주

실력은 문제가 되지 않았다.

그가 오케스트라를 얼마나 이해하는지, 공연이란 문화를 어떻게 받아들이는지가 중요했다.

배도빈은 내심 놀랐다.

몇 번의 질문과 찰스 브라움의 설명을 통해 부족하긴 하나 그가 소양을 갖추고 있음을 확인할 수 있었다.

단원들의 말대로 선거와 투표가 무엇이고 세금을 왜 내야 하는지, 왜 공원에서 사냥하면 안 되는지조차 몰랐지만.

심지어 곱셈, 나눗셈조차 못 하는 녀석이 현대 음악 지식을 갖춘 것이 놀라웠다.

배도빈이 중얼거렸다.

"어느 틈에."

"프란츠, 타마키랑 놀다 보니."

"놀아?"

"얘기하다 보면 내가 모르는 말을 많이 하더라. 이것저것 묻다 보니 답답했는지 알려줬어. 찰스도."

스칼라는 프란츠 페터가 배도빈에게 배운 내용을 스칼라에게 설명하는 식으로 공부했고.

타마키 히로시가 답답한 마음에 음표부터 박자, 조성 같은 기초부터 가르쳐 주었음을 설명했다.

또 웃고 떠드는 밴드 팀장이었던 찰스 브라움이 악보를 읽지 못해 꼭 연주를 한 번 들려줘야 했던 스칼라의 심각성을 깨달아 전반에 걸쳐 교수 노릇을 했단 사실도 알게 되었다.

"……."

음악 바보끼리 모여 있었으니 음악에 관한 이야기만 나눴을 테고.

특히 타마키 히로시는 세 명 중 가장 뛰어나면서도 지식의 불균형이 심각한 스칼라를 그냥 두지 못했을 터였다.

배도빈은 어처구니가 없어 허탈하게 웃었다.

"그런데 그건 왜 묻지?"

스칼라가 고개를 갸웃거리는데 배도빈이 물었다.

"여기 찰스나 윤희 누나, 소소처럼 할 수 있겠어?"

"난 하프를 연주하고 싶은데."

"같이 하란 뜻이야."

스칼라가 으음 하고 신음하며 고민하더니 마음을 굳혔다.

"새로운 경험은 언제나 즐겁지. 할 수 있을지는 모르겠지만 하고 싶어."

의지가 전해져 배도빈이 고개를 끄덕였다.

"타마키가 남긴 소나타를 편곡했어. 협주곡이고 무대에 올릴 거야."

"음."

"프란츠 통해서 악보 전달해 줄 테니 한번 준비해 봐. 모르는 건 찰스가 봐줄 거야. 실 연습은 3주 뒤."

"3주."

"공식 무대가 아니라 자선행사에서 할 거야. 내가 인정할 만큼 성공해내면 정식으로 취임하게 될 테고 정기 연주회에도 올리겠지."

"그래. 알겠어."

배도빈이 죠엘의 부축을 받고 일어났고 스칼라는 두 손을 깍지 끼고 생각을 정리했다.

그는 악장이란 직책이 얼마나 중요하고 무거운지 지난 2년 동안의 악단 활동으로 충분히 느끼고 있었다.

그러나 새로운 것을 접했을 때의 경이로움과 즐거움도 잘 알고 있었다.

척박한 오지를 떠나 베를린에 도착했을 때 그는 미처 상상도 하지 못한 모습에 기함했다.

몰랐기에 꿈에서조차 그리지 못했던 다양한 음악은 그의 순진한 가슴을 마음껏 헤집어놓았다.

또 한 번 새로운 무대로 올라서기에 앞서.

스칼라의 가슴은 마치 처음 비행기에 오를 때처럼 두근거렸다.

'잘할게. 타마키.'

스칼라가 그의 가슴에 품어둔 친우에게 약속했다.

♪

악장으로서의 능력을 시험하기 위해 이벤트 공연을 맡게 된 뒤로도 스칼라의 생활에 큰 변화는 없었다.

퇴근 후에는 본인이 몰랐던 곡을 찾아 몇 번이고 반복해 듣고 연주했다.

다만 몇 가지 달라진 점도 있었는데 첫 번째는 단원들을 관찰하기 시작한 것이었다.

'릴리는 비브라토가 좋네.'

'숀은 오늘 컨디션이 안 좋은 것 같아.'

악장은 제1바이올린은 물론 악단 전체를 파악해야 한다는 찰스 브라움의 가르침 때문.

'이랬구나.'

단원들을 관찰하며 그들의 연주를 깊이 느낀 스칼라는 지금까지와는 전혀 다른 기분에 사로잡혔다.

하프 연주자가 그뿐이었고 주로 독주 파트를 맡아왔기 때문에 악단의 구성원이라는 느낌보다 협력자에 가까웠던 그는 조금씩 베를린 필하모닉을 이해해 나갔다.

두 번째 변화는 작곡가와 지휘자의 의도를 파악하려 노력한다는 점이었다.

지금까지 스칼라는 배도빈이 주문하는 내용을 자신의 연주에 그대로 적용했고 그것만으로도 훌륭한 연주를 해냈지만, 그것이 어떤 과정을 거친 것인지에 대해선 알지 못했다.

그러나 막연히 듣기 좋다는 느낌만이 아니라 작곡가가 어떤 의도로 음을 배치했고 지휘자가 그것을 어떤 방식으로 해석하는지 공부하게 되면서 의문이 생기기 시작했다.

배도빈은 그러한 현상을 매우 높이 평가했다.

"이 부분은 도저히 이해가 안 돼. 이런 방식으로 연주하는 게 더 좋지 않나? 내가 아직 모르는 게 많은 건가."

"의문이 생기는 게 당연한 거야. 고민 없이 발전할 수 있을 리 없잖아. 다시 연주해 봐."

평소와 같이 기숙사와 베를린 필하모닉을 오갈 뿐이었지만 하루에도 수십 번씩 의문을 던지는 과정에서 스칼라는 조금씩 성장했다.

오직 새롭고 멋진 음악을 위해 무작정 나섰던 그가 지금까지 자신이 새로운 음악을 제대로 이해하지 못했단 사실을 깨달은 것이었다.

의미를 찾고.

그 의미 속에서 다시 의문을 품는 과정이 미처 발견하지 못했던 새로운 사실을 들려주었다.

순박한 청년 스칼라는 실로 행복했다.

그리고.

'이런 생각이었구나.'

스칼라는 타마키 히로시 피아노 협주곡을 살피며 당시 그가 어떤 마음으로 노트를 적었는지 비로소 이해할 수 있었다.

타오르는 열정과 그것을 억누르는 한계.

타마키 히로시의 곡은 중음부에서의 거칠고 사나운 화음을 이어가면서도 일정 음계 이상을 오르지 않았다.

그렇게 억눌린 감정을 고조시키다 클라이막스에 이르러 마침내 모든 것을 폭발시키는 전개.

악보를 보는 것만으로도 타마키가 얼마나 슬퍼했는지, 희망을 갈구했는지 알 수 있었다.

'여기 트럼펫이랑 북은 그걸 더 잘 표현하기 위해서 넣은 거겠지.'

타마키 히로시의 의도를 알게 되니 배도빈의 편곡도 자연스레 이해할 수 있었다.

어찌 가만있을 수 있을까.

스칼라는 한 층 더 높은 곳을 향해 바이올린을 잡았다.

연습을 이어가던 왕소소가 첼로를 내려놓았다.

"후."

10살이 되기도 전부터 스승으로부터 천재로 인정받았던 그녀는 지금 처음으로 한계를 느끼고 있었다.

불가능이 없었던 그녀의 얼후는 대교향곡이라는 거대한 산을 맞이해 있었고.

현악기 전반을 다루던 빛나는 재능 역시 대교향곡 3악장의 첼로 독주 앞에서는 보잘것없었다.

이승희로부터 첼로를 배우고 또 스스로 노력하길 석 달.

왕소소는 갈피를 잡지 못한 채 안개 속을 걷는 듯한 기분에 사로잡혀 있었다.

문득.

해내지 못할지도 모른다는 생각이 그녀를 괴롭혔다. 손끝에서 느껴지는 통증이 마음을 약하게 했다.

최근 들어 잦게 찾아오는 포기라는 단어를 잊기 위해 소소는 고개를 세차게 저었다.

다시 현을 켜기 시작했다.

현존하는 가장 뛰어난 첼리스트 이승희의 연주를 떠올렸다.

그녀는 엄살을 부린 것과 달리 두 달 만에 대교향곡을 완벽히 소화했다.

그 소리가 너무나 고혹적이라.

왕소소는 또다시 자신과 이승희를 비교하게 되었고 끝끝내 한계를 맞이했다.

'……안 되나 봐.'

하루 14시간.

좋아하는 드라마 시청과 디저트 투어까지 포기하고 연습에 매진했다.

대교향곡이라는 완벽한 곡을 연주하고 싶은 욕심과 배도빈에게 힘을 주고 싶다는 간절함으로 그 어느 때보다 진지했지만, 아무리 노력해도 이승희의 연주를 따라갈 수 없음에 좌절하고 말았다.

조금씩 가까워진다면 또 모를까.

아무리 조언을 받고 연습해도 감을 잡지 못한 탓에 한 걸음 내딛기가 무서웠다.

이승희로부터 물려받은 첼로 수석이라는 직책을 내려놔야 할 것 같았다.

왕소소가 절망에 고개를 숙였을 때 노크 소리가 났다.

스칼라였다.

"잠깐 괜찮아?"

"……아니."

"그럼 다음에 찾아오지."

스칼라가 문을 닫으려 하자 왕소소가 정신을 차리고 그를 붙잡았다.

"뭔데."

"의논하고 싶은 게 있어."

스칼라의 의욕적인 표정을 본 왕소소는 다시 고개를 떨어 뜨리곤 고개를 저었다.

"나한테 말해봤자 소용없어."

"그럴 리가. 첼로 수석의 의견을 듣지 않으면 곤란해."

"……빌이나 레논에게 물어봐."

"수석은 너잖아."

"임시직이야."

스칼라는 왕소소가 평소와 다름을 느끼고 있었지만 의지 를 굽히지 않았다.

"임시든 정식이든 이승희가 네게 자리를 맡겼으니 네가 수석 이야. 그리고 타마키 히로시를 연주할 때 첼로가 해줬으면 하 는 일이 있으니 의견을 듣고 싶고."

왕소소가 악기를 정리하기 시작했다.

더 이상 대화하고 싶지 않다는 뜻이었지만 스칼라는 포기 하지 않고 악보를 보였다.

"여기, 이 부분. 제1바이올린을 대두시키는 게 더 효과적이 지 않을까 싶은데 첼로 음량을 낮추는 건 어떻게 생각해?"

왕소소가 슬쩍 악보를 보곤 퉁명스럽게 말했다.

"그럴 거면 2바이올린이 같이 하면 되잖아."

"그게 더 나은 이유는?"

"다른 악기 소리를 낮춰서 강조한다고 효과가 클 리 없잖아."

"아. 그렇군. 그렇다면 여기는?"

스칼라의 거듭된 질문에 왕소소가 고개를 돌렸다.

"도빈이한테 물어보면 되잖아. 찰스도 있는데 왜 자꾸 나한 테 물어."

"네 생각을 듣고 싶으니까."

"……비켜."

잠시 말문이 막혔던 왕소소가 자리를 피하기 위해 나섰고 스칼라는 그녀를 굳이 막지 않았다.

대신 다시 한번 부탁했다.

"도와줘."

스칼라의 목소리가 왜 그렇게 간절하게 들렸는지 왕소소는 알 수 없었다.

실패를 경험하지 못하고 무엇이든 해냈던 천재는 거듭된 실 패에 크게 낙심했고 도저히 다른 걸 생각할 상태가 아니었다.

자존감이 바닥을 드러내 지친 그녀에게 도와달라는 말이 귀에 들어올 리 없었다.

"도와줘."

그러나 거듭된 말에 왕소소가 한숨을 내쉬곤 자리에 앉 았다.

그녀는 금세 밝아진 스칼라의 얼굴을 애써 무시하고 악보를 받아 들었다.

무엇을 고민하는지는 너무나 명확했다.

배도빈이 만든 바이올린 선율은 철저히 피아노 솔로를 돕고 있었다.

마치 한 몸처럼 엮여 있는데 그것을 어떻게 하면 더 명확히 할 수 있는지를 고민했고 바이올린과 함께 중음부를 확장하는 첼로를 어떻게 할지 의논하고 싶어 했다.

"도빈이가 첼로를 넣은 건 중음이 확실해야 고음부가 대조되기 때문이야. 음량을 조절할 필요는 없어."

"그러면?"

왕소소가 잠시 고민하다 답을 내놓았다.

"도빈이랑 이야기해봐야 하겠지만 전체적인 박자를 늦추는 것도 방법일 거야. 그럼 더 정확히 전달될 테니까."

"늘어지지 않을까 싶은데."

"어차피 바로 뒤에 피아노 솔로가 나오잖아. 분위기 이끄는 일은 오빠 특기고."

스칼라가 가우왕의 속주를 떠올리며 고개를 끄덕였다.

확실히 왕소소의 말대로 피아노 솔로 전에는 박자를 조절하는 편이 그 뒤의 절정을 위하는 것 같았다.

"역시 물어보길 잘했어. 난 아무리 고민해도 답을 낼 수 없었는데."

"······."

항상 듣던 칭찬이었다.

그러나 당연하게 여겼던 이야기가 오늘은 그러지 않았다.

"공부한 지 얼마 안 됐잖아."

"응."

"왜 그렇게 열심히야?"

갑작스레 질문받은 스칼라가 눈썹을 좁혔다.

생각해 본 적 없던 터라 고민이 길어졌고 기다리다 지친 왕
소소가 일어서려 할 때 비로소 생각을 정리할 수 있었다.

"가족들을 초대할 거야."

스칼라는 악장으로 처음 나서는 무대에 테메스 부족인들
을, 그의 가족을 초대하고 싶었다.

"그리고 타마키가 남긴 곡이니까."

그리고 자신이 사귀었던 친구가 얼마나 멋진 곡을 남겼는지
가족과 세상에 알리고 싶었다.

최선의 형태로 완벽히.

"도빈이가 다른 일에 신경 쓰지 않고 대교향곡에 집중하려
면 더 열심히 해야 하고."

또 배도빈이 그랜드 심포니 이외의 일로 부담을 느끼지 않
도록 하고 싶었다.

테메스의 성지에서 한 번 좌절했던 그를 다시는 보고 싶지 않았다.

마지막으로.

"또 음악 좋아하니까."

스칼라가 순박하게 웃었다.

"이유는 많아. 아직 모르는 게 많고 부담을 느끼지 않는 건 아니지만 해야 하니까. 최선을 다하고 싶으니까."

스칼라의 미소를 본 왕소소는 그를 멀뚱멀뚱 바라보다 입을 열었다.

"그러네."

해야 할 이유는 차고 넘쳤다.

그만둘 이유도 여럿이었다.

지쳐서. 능력이 부족해서. 답답해서.

당장에라도 다른 유능한 사람을 찾으라고 하고 싶었지만 그래서는 의미가 없었다.

음악을 사랑하니까.

베를린 필하모닉을 사랑하니까.

왕소소가 첼로 케이스를 열었다.

"가려던 거 아니었어?"

"힘이 났어."

왕소소는 첼로를 연주하기 시작했고 스칼라는 그 선명한

선율에 매료되어 단 하나의 음조차 놓치지 않으려 했다.

♪

이번 자선 콘서트에서는 오랜만에 무대에 오를 예정이다.

피아노 협주곡 '타마키 히로시'를 발표하는 자리이자 악장 스칼라의 시험장이기도 했는데 그 무게감 때문인지 다들 바짝 긴장하고 있다.

음이 선명하고 박자는 날카롭다.

좋은 느낌이다.

한 차례 연주를 마치니 첫 관객도 마음에 드는지 박수를 보낸다.

"잠시 쉬죠. 20분 뒤에 모이겠습니다."

"네, 보스."

죠엘이 다가오길 기다렸다. 그녀에게 의지해 산타 옆으로 향했고 산타는 이쪽이라고 말해주는 듯 계속해서 손뼉을 쳤다.

박수 소리가 가까이 들리자 곧 녀석이 해맑게 웃었다.

"헤흐헤."

"좋았어?"

"네. 히헷."

타마키가 남긴 소나타를 매일 반복해 들었다고 하니, 협주곡도 익숙할 터.

목소리만 들어도 얼마나 기뻐하는지 느껴져 덩달아 기분이 좋아진다.

"부, 북이 좋아요. 헿."

"맞아. 타마키도 좋아했어."

어린이 타악 교실에서 교사로 활동하며 타마키는 여러 아이에게 타악기를 가르쳤는데.

친하게 지내던 산타가 유독 큰북과 작은북을 좋아해 자신도 좋아하게 되었다고 말한 적 있었다.

그 때문에 곳곳에 북을 삽입해 두었거늘 용케 알아들은 모양이다.

그나저나 정말 말이 많이 늘었다.

대화가 거의 불가능했던 전과 달리 지금은 제법 대화가 이어진다.

사르륵. 사르륵.

아마 죠엘이 산타의 머리를 쓸어내리는 소리인 것 같다.

"연습에 방해되진 않았을까요?"

죠엘이 걱정스레 물었다.

"아뇨. 전혀요. 소리도 내지 않고."

"으, 음악 들을 땐 쉬, 쉬이잇."

산타와 함께 있으면 나도 모르게 웃고 만다.

"그렇다는데요? 연주회도 괜찮겠네요."

"⋯⋯감사합니다."

죠엘의 목소리가 살짝 떨렸다.

동생 사랑이 끔찍한 죠엘이 얼마나 기특해할까 생각하니 가슴이 따뜻해졌다.

to be continued